Kathryn Littlewood ist Schriftstellerin, Schauspielerin und Comedian, lebt in New York, USA, arbeitet oft in Los Angeles – und hat eine ebenso große Schwäche für pain au chocolat wie für Kinderbücher. Sie ist eine leidenschaftliche Köchin, aber eine fürchterliche Bäckerin, und gibt zu, dass ihr noch nie ein Kuchen geglückt ist. Essen tut sie ihn dennoch für ihr Leben gern!

Eva Schöffmann-Davidov ist eine der renommiertesten Kinder- und Jugendbuchillustratorinnen Deutschlands. Nach ihrem Studium an der Fachhochschule für Gestaltung in Augsburg machte sie sich in der Kinder- und Jugendliteratur schnell einen Namen und gewann zahlreiche Preise. Als Fachhochschuldozentin gab sie ihr Wissen auch an junge Künstler weiter. Heute illustriert sie Kinderbuchserien und Jugendbücher unter anderem von Bestsellerautoren wie Kerstin Gier oder Tanya Stewner. Die Illustratorin lebt mit ihrer Familie in Augsburg.

Alle Bände über ›Die Glücksbäckerei‹

Band 1: Das magische Rezeptbuch
Band 2: Die magische Prüfung
Band 3: Die magische Verschwörung
Band 4: Die magische Verwandlung
Band 5: Die magische Rettung
Band 6: Die magische Zeit
Band 7: Das magische Fest
Band 8: Die magische Schule

Weitere Informationen zum Kinder- und Jugendbuchprogramm der S. Fischer Verlage finden sich auf *www.fischerverlage.de*

Kathryn Littlewood

Die Glücksbäckerei
Die magische Rettung

Aus dem Amerikanischen
von Eva Riekert

Mit Vignetten
von Eva Schöffmann-Davidov

FISCHER Taschenbuch

Zu diesem Buch ist bei Hörbuch Hamburg ein Hörbuch,
gelesen von Sascha Icks, erschienen,
das im Buchhandel erhältlich ist.

Erschienen bei FISCHER Kinder- und Jugendtaschenbuch
Frankfurt am Main, November 2019

Das amerikanische Original trägt den Titel
›Ready-Made Magic. A Bliss Novel‹

Published by Arrangement with Inkhouse Media LLC,
Brooklyn, New York, USA
Dieses Werk wurde vermittelt duch die
Literarische Agentur Thomas Schlück GmbH, Garbsen
Lektorat: Kerstin Kipker
Satz: Dörlemann Satz, Lemförde
Druck und Bindung: CPI books GmbH, Leck
Printed in Germany
ISBN 978-3-7335-0189-1

Für Teddy und Michael,
die zwei Meisterbäcker

Inhalt

Prolog

Die erste Plage: Zuckerschnee

Rosmarin Glyck fror erbärmlich.
Schlamm schmatzte zwischen ihren Zehen, und das eisige Wasser des Ryder River schwappte in kleinen Strudeln um ihre Taille. Es war noch dunkel so früh am Morgen, und der einzige Lichtstrahl kam vom Scheinwerfer eines Mopeds, das am Ufer parkte.
Nebel wirbelte an ihr vorbei wie ein vom Wind getriebener Schwarm weißer Vögel. Die Nebelschicht über dem Fluss war bekanntermaßen unberechenbar, daher hielt Rose die Luft an und wartete. Unter den linken Arm hatte sie ein blaues Einmachglas geklemmt. Mit der rechten Hand umklammerte sie den Deckel, bereit, ihn über das Glas zu stülpen.

Im idealen Moment – als die Nebelwirbel zusammenzufallen drohten – holte sie mit dem Gefäß aus. Der Nebel verfing sich in dem blauen Einmachglas, versuchte wieder zu entwischen, doch sie klappte schnell den Deckel darüber und schraubte ihn zu. Der Nebel im Glas formte sich zu einer kleinen Wolke.

»War das jetzt das Letzte?«, fragte Devin vom Ufer.

Rose hielt das Gefäß in den Lichtstrahl des Scheinwerfers. »Jep! Das ist wahrscheinlich mehr als genug. Aber man kann von einer Zutat nie genug in Reserve haben.«

»So spricht eine wahre Meisterbäckerin.« Devin Stetson stand unter dem Laubdach der dunklen Bäume bei seinem Moped. Seine schwarzen Shorts und der Saum seines T-Shirts mit dem Logo des Chores aus Calamity Falls waren völlig durchnässt. Er rückte die anderen drei Gläser, die sie schon mit Flussnebel gefüllt hatten, in dem Lenkerkorb am Moped zurecht und sicherte sie mit Spanngurten.

Selbst in dem trüben Licht sah Devin umwerfend aus. Seine blonden Haare, die bisher ziemlich lang gewesen waren, trug er jetzt über den Ohren kurzgeschoren, und nur auf dem Oberkopf waren sie noch etwas länger. Der neue Haarschnitt ließ ihn irgendwie älter und reifer aussehen. Dabei war er erst dreizehn, genau wie

Rose, fühlte sich aber erwachsen genug, um Rose dabei zu unterstützen, eine italienische Festung zu stürmen und ihre entführte Tante zu retten.

Devin half Rose aus dem Wasser, und während sie sich abtrocknete, stellte er das letzte Glas in den Lenkerkorb. »Schon irgendwie abartig«, sagte er grübelnd. »Sollte sich dieser Nebel nicht als Wasser am Glas niederschlagen? Warum tut er das nicht …« Er fing Roses Blick auf und verstummte.

»Magie«, sagten sie beide gleichzeitig, und Rose musste lächeln.

Devin versuchte, sich die Haare aus den blauen Augen zu schütteln – dann fiel ihm ein, dass er ja keine Ponyfransen mehr hatte. »Muss mich immer noch an all das gewöhnen«, sagte er. »Es ist nicht wie bei mechanischen Sachen. Mechanik hat Regeln, die *logisch* sind.«

»Magie hat auch Regeln!« Rose stopfte das feuchte Handtuch in ihren Rucksack, schwang ihn sich auf den Rücken und schlüpfte in ihre Sandalen. Als sie sich hinter Devin auf den Mopedsitz fallen ließ, fügte sie hinzu: »Sie haben eine ganz andere Logik, aber ich könnte wetten, dass du in null Komma nichts dahinterkommst.«

»Schon möglich!« Devin reichte Rose den zweiten

Helm, den sie extra für sie gekauft hatten. »Aber nur, weil du eine so tolle Lehrerin bist.«
Sie waren jetzt offiziell zusammen, aber das war noch eine so neue Sache, dass Roses Herz jedes Mal zu zerspringen drohte, wenn sie so nahe bei Devin war. Sie schlang die Arme um seine Taille, und sie fuhren zurück auf die verschlafenen Straßen von Calamity Falls. Ende August war es morgens schon angenehm warm, so dass Roses Sachen trockneten, noch ehe sie die Hauptstraße erreichten.
»Wozu brauchst du den Nebel überhaupt?«, rief Devin durch das Knattern des Motors.
»Für Millionen Sachen«, erwiderte Rose. »Für die meisten Rezepte aus dem Backbuch braucht man Wasser, und am besten nimmt man Zauberwasser. Du weißt schon, Wasser aus einem Jungbrunnen oder die Tränen eines Clowns. Das zweitbeste Wasser ist jedoch das, was vergessen hat, dass es mal Wasser war, wie dieser Nebel hier. Der hat eine ganz andere Magie.«
»Jungbrunnenwasser?« Devin schnaubte. »Das soll es geben?«
Rose lehnte sich an seinen Rücken. »Genau weiß ich es auch nicht. Ist vielleicht nur ein Märchen.«
Statt zu antworten, hielt Devin mitten auf der Hauptstraße an. Alle Geschäfte – Borzinis Nussladen, das

Blumengeschäft, das Französische Bistro an der Ecke – waren noch geschlossen. Die Schaufenster waren dunkel, die Rollgitter unten.

»Stimmt was nicht?«, fragte Rose.

Devin deutete auf etwas über der Spitze des kleinen Eiffelturm-Nachbaus auf dem Dach von Pierre Guillaumes Bistro. Rose kniff die Augen zusammen und folgte seinem Fingerzeig.

Ein kleiner weißer Fleck flatterte aus dem dunklen Himmel herab.

Eine Schneeflocke.

»Schnee?«, sagte Rose. »Im Sommer?«

Dann, während Rose und Devin weiter zusahen, flatterte noch eine Flocke herab und landete in dem Brunnen, der mitten auf dem Marktplatz stand. Dann rieselten weitere und immer mehr, bis schließlich ein ganzes Schneegestöber herunterkam. Es war, als ob Calamity Falls sich mitten in einer Schneekugel befand, die jemand heftig geschüttelt hatte.

Es gab nur ein Problem: Die Luft war *warm*.

»Wie kann das sein?«, fragte Devin und schlug nach den vorbeischwebenden Flocken. »Wir haben Ende August! Wie kann es da schneien?«

Und wieder sagten Rose und Devin gleichzeitig: »Magie.«

Rose legte den Kopf zurück und sperrte den Mund auf. Ein paar der weißen Flocken fielen ihr auf die Zunge und schmolzen. Sie schmeckten … warm und leicht klebrig.

Und *süß*.

»Das ist kein Schnee«, sagte Rose. »Das ist Puderzucker!« Sie prüfte, ob ihr Helm noch festsaß, und klammerte sich wieder an Devins Taille. »Fahr mich nach Hause – schnell! Hier geht was nicht mit rechten Dingen zu. Das gefällt mir gar nicht!«

»Halt dich fest.« Devin ließ den Motor aufheulen, und sie rasten die Straße entlang.

Ehe sie die Glücksbäckerei erreicht hatten, wurde aus dem Puderzuckerschauer ein regelrechter Schneesturm. Im Nu waren die Rasenflächen, Dächer und Bäume der Stadt wie mit weißen Tüchern verhüllt. Die Autos am Straßenrand sahen wie große Muffins mit Zuckerguss aus.

Schmutziger Zuckermatsch spritzte von den Mopedreifen hoch in die Luft, als Devin bremste und anhielt. Er sprang ab und rüttelte Rose am Arm; sie konnte ihn gerade noch als Umriss erkennen, wie er wild auf das Gebäude vor ihnen deutete.

Halb blind packten Rose und Devin die Gläser mit dem Nebel und wateten durch knietiefe Puderzuckerwehen auf die Tür der Glücksbäckerei zu. Oder besser gesagt, auf einen *Teil* der Tür. Denn der Zucker türmte sich fast bis an die Messingklinke hoch.

Devin kickte die weißen Massen weg, und die beiden stürzten unter heftigem Gebimmel durch die Tür. Rose, die einen Hustenanfall bekam, stieß die Tür mit einem Hüftschwung zu, dann stellte sie die Gläser und ihren Helm auf einen der Bistrotische des Café-Bereichs, um sich das süße Pulver aus dem Gesicht und den Haaren zu wischen.

»Das ist *verrückt*!«, stieß Devin hervor und legte seinen Helm neben den von Rose. Sie gab ihm ein Zeichen, still zu sein, und zeigte zur Treppe – die Bäckerei befand sich im Erdgeschoss des Wohnhauses der Familie Glyck, und alle schliefen noch. Devin deutete auf die Fenster und sagte leiser: »Zucker kann einen Motor kaputt machen. Und wenn Zucker nass wird, dann verklebt er *alles*.«

Rose sah ebenfalls aus dem großen Schaufenster in den schwachen Schein der verschleierten Straßenlaternen und auf die wachsenden Berge von Weiß. Man hätte das da draußen leicht für eine verwunschene Schneelandschaft halten können. Sie leckte sich über die Lippen und schmeckte Zucker.

»Du hast recht. Das Zeug mag ja vielleicht ganz lecker

sein«, stimmte sie Devin zu, »aber es kann zu einem großen Problem werden. Und zu einer Gefahr.«

Devin ergriff alle vier Gläser mit Morgennebel und stieß die Schwingtüren in die Backstube auf. Rose folgte ihm.

»Und ich weiß auch, *was* – oder besser gesagt: *wer* – ebenfalls eine riesengroße Gefahr ist«, sagte Devin und stellte die Gläser auf dem ausladenden Küchenblock ab. »Dieser Graf-Caruso-Typ. Was immer da draußen gerade passiert – er hat seine Finger im Spiel.«

»Schon möglich«, sagte Rose. »Danke, Devin. Du warst mir echt eine große Hilfe beim Zusammensuchen der Zutaten. Jetzt habe ich alles, was ich für die Reise zur Rettung meiner Tante benötige.«

Devin verschränkte die Arme. »Ich kann dir eine noch *viel größere* Hilfe sein, wenn du mich mitnimmst nach Italien, Rose. Ich kann dich beschützen.«

Graf Caruso war ein niederträchtiger Mann mit einem verfaulten Zahn und einer noch viel fauligeren Gesinnung. In Washington D. C. war er an einer geheimen Mission zur Eroberung der Weltherrschaft beteiligt gewesen – doch dann hatte er sich von seinen Mitstreitern, der intriganten Internationalen Nudelholzgesellschaft, abgesetzt und versucht, selbst der Herrscher der Welt zu werden. Mit der Hilfe ihrer Familie und Devin hatte Rose Caruso Einhalt geboten – aber leider war bei der Aktion ihre Tante Lily entführt worden. Sie wurde jetzt von Graf Caruso im Turm einer Festung gefangen gehalten.

Devin war in Washington D. C. wirklich eine große Hilfe gewesen. Aber sosehr er Rose auch beschützen wollte – es war doch immer *sie* gewesen, die *ihn* beschützt hatte.

Rose stellte ihren Rucksack in die Frühstücksecke der Backstube und seufzte. »Darüber haben wir doch schon geredet. Deine Eltern werden dich nicht mitfahren lassen, und ich bin nicht bereit, einen *Beschwatz-mich-Bagel* zu backen, damit sie es sich anders überlegen, egal, wir oft du mich darum bittest. Du weißt doch noch, was die *Vergesslichkeitskrapfen* mit Chip und Mrs Carlson angestellt haben, oder? Nach dieser Sache habe ich mir geschworen, solche Art von magischer Psychokontrolle nicht mehr anzuwenden.«

Rose streckte die Hand aus, um Devin die letzten Zuckerstäubchen von der Wange zu wischen. »Außerdem kennst du mich doch. Ich brauche nicht beschützt zu werden.«

Aus dem dunklen Laden vorne kam die unbekannte Stimme einer Frau. »Bist du dir da sicher?«

Instinktiv hielt Rose sich an Devin fest. Zusammen

schlichen sie zurück durch die Schwingtür in den Café-Bereich. Dort entdeckten sie, dass zwei Frauen an einem der runden Bistrotische saßen. Rose war sicher, dass die beiden eben noch nicht dort gesessen hatten.

Beide Frauen waren in schmale, zugeknöpfte schwarze Mäntel und Lederhandschuhe gekleidet und trugen breitkrempige Hüte. Eine war groß und schlank wie ein Lollipop mit einem langen Stiel. Die andere war das Gegenteil: klein und rund wie ein Drops. Die Große lächelte, ohne dass das Lächeln ihre Augen erreichte. Die Kleinere machte ein Gesicht, als habe sie was Saures gegessen.

»Tut mir leid, aber die Bäckerei ist noch geschlossen«, sagte Rose, auch wenn sie das unheimliche Gefühl hatte, dass diese Frauen nicht zum Kuchenkaufen gekommen waren.

Die Finger der kleinen Frau bewegten sich, denn sie faltete konzentriert ein gelbes Stück Papier. Erfreut über ihren Erfolg hielt sie ihr kleines Werk hoch und sagte: »Eine Rose für Rose.« Vorsichtig legte sie die Origami-Blume auf den Tisch.

»Woher wissen Sie, wie sie heißt?«, fragte Devin und trat vor, wie um Rose zu beschützen.

»Jeder kennt Rosmarin Glyck«, krächzte die kleine

Frau. »Sie ist weltberühmt! Vielleicht hat sie uns deshalb warten lassen – *tz, tz!*«

Die Dünnere der beiden schlug der anderen scherzhaft auf die Schulter. »Wundert euch nicht über meine eineiige Zwillingsschwester. Sie redet zu viel.« Sie stand auf und überragte Rose und Devin. »Ich bin Louann Leatherhead.«

»Und ich bin Suzanne Leatherhead«, sagte die Sitzende.

»Äh, *eineiige* Zwillinge?«, fragte Devin, und seine Blicke schossen zwischen den ganz und gar ungleichen Schwestern hin und her.

»Natürlich wollt ihr wissen, wie ihr uns auseinanderhalten könnt«, sagte Suzanne, zwischen deren Fingern jetzt eine kleine weiße Karte auftauchte. »Merkt euch einfach, *ich,* Suzanne, liebe die alte Kunst des Origami.« Rasch faltete sie die Ecken des Kärtchens um.

»Schluss mit den Papiertricks!« Louann riss ihrer Schwester die Papierrose weg und glättete das Kärtchen zwischen den Händen. »Es wäre mir eine ungeheure Freude, wenn du unsere Kontaktdaten annehmen würdest.« Sie streckte Rose die zerknitterte Karte hin, und Rose nahm sie entgegen.

»Wir sind Repräsentantinnen der Internationalen Nudelholzgesellschaft, und wir sind gekommen, um die Auslieferung deiner Tante Lily Le Fay zu fordern!«

Natürlich, diese verrückten Frauen mussten ja zur Nudelholzgesellschaft gehören. Ha, von Rose würden sie den Aufenthaltsort von Lily keinesfalls erfahren, egal, was sie androhten.

»Wir haben Lily nicht«, erwiderte Rose, »und wir wissen nicht, wo sie ist.«

»Wozu brauchen Sie Lily Le Fay denn überhaupt?«, fragte Devin. »Sie hat die Nudelholzgesellschaft doch ordentlich ausgetrickst, oder nicht?«

»Das geht ausschließlich uns etwas an«, knurrte Louann, »und nicht euch. Ihr müsst nur das eine wissen: Wir wollen sie zurückhaben – und zwar schnell.«

»Vor Halloween!«, warf Suzanne mit erhobenem Finger ein.

»Warum ausgerechnet vor Halloween?«, fragte Rose.

Louann warf ihrer Schwester einen finsteren Blick zu und räusperte sich. »Das tut nichts zur Sache.«

Suzannes Doppelkinn wabbelte, als sie nickte. »Genau! Denkt auf keinen Fall, es hätte etwas damit zu tun, dass das die Zeit ist, in der die Kinder die meisten Süßigkeiten essen.«

»Sei still, Suzanne!« Lächelnd stellte sich Louann vor den Tisch und verdeckte ihre Schwester. »Wie ich

sagte, Lily hat etwas, das der Nudelholzgesellschaft gehört, und das *muss* zurückgegeben werden.«
»Aber wir haben sie nicht!«, hielt Rose ihr entgegen.
»Dann musst du sie finden«, sagte Louann mit drohendem Ton. »Und zwar schnell. Denn bis ihr sie gefunden habt, wird die Nudelholzgesellschaft eure putzige kleine Stadt mit sieben süßen Plagen strafen.«
Devin trat ans Fenster und sah hinaus. Inzwischen reichte der Puderzucker bis zur Hälfte der Fenster. »Sind Plagen nicht so was wie Heuschreckenschwärme und grausame Krankheiten?«
»In unserem Fall nicht.« Louann rückte ihren Hut zurecht. »Dieses Zuckergestöber ist erst der Anfang. Jede Woche wird Calamity Falls von einer neuen Plage heimgesucht – bis ihr uns Lily Le Fay bringt. Ich an eurer Stelle würde schnell handeln. Was als Nächstes kommt, wollt ihr lieber gar nicht wissen.« Sie eilte auf die Tür zu und zischte: »Komm schon, Suzanne!«
Die gedrungene Suzanne sprang auf und watschelte ihrer Schwester entengleich hinterher.
Ehe sie den Türknopf drehte, wandte sich Louann noch mal um und blickte zu Rose und Devin zurück. »Ach ja, Rose, noch etwas. Du solltest den Eltern dieses Jungen auf jeden Fall diesen *Beschwatz-mich-Bagel* verabreichen. Was ist schon gegen ein bisschen magische

Psychokontrolle einzuwenden, wenn sie dir hilft, die Aufgabe zu erledigen?«

Und dann, mit dem Gebimmel der Türglocke und einem Wirbel Zucker, der vom Wind hereingeweht wurde, verschwanden die beiden Frauen in die weiße Dunkelheit nach draußen.

Devin stand am Fenster und beobachtete, wie sie hinter dem Schleier des fallenden Zuckers verblassten. »Was machen wir jetzt?«, fragte er.

Rose musterte die Visitenkarte der Leatherhead-Schwestern, zerknüllte sie und warf sie in den Papierkorb. Dann ging sie um die Kuchenvitrine herum, tippte auf eine Taste der Kasse und ließ mit einem *Pling!* die Geldschublade herausschnellen. Unter dem Fach mit den Münzen und Scheinen fand sie, wonach sie suchte: ebenfalls eine Visitenkarte, die inzwischen zur Sicherheit laminiert war und auf der *Kathy Keegan* stand.

Sie hielt die Karte hoch, damit Devin sie sehen konnte, und sagte: »Wir rufen Hilfe.«

Kapitel 1
Willkommen in San Caruso – bleibt weg!

»Häppchen?«

Roses Urururgroßvater Balthasar warf einen Blick auf das Tablett mit Köstlichkeiten, das der Steward des Privatjets ihm hinhielt. »Nichts dagegen, Jimmy. Sag dem Koch, er soll ruhig weiter auftischen.«

Ein Tag nachdem das unerwartete Zuckergestöber Calamity Falls eingehüllt hatte, befanden sich Rose, ihr Urururgroßvater, ihre Brüder und Devin zehntausend Meter über dem Atlantik in einem Privatjet, der Kathy Keegan, der Chefin des Keegan Konzerns, höchstpersönlich gehörte.

Rose hatte die berühmte Meisterbäckerin im Frühsommer kennengelernt, nachdem sie Kathy und ihren

Backwarenkonzern vor den hinterhältigen Plänen der Internationalen Nudelholzgesellschaft gerettet hatte. Kathy hatte versprochen, Rose zu helfen, wann immer es nötig sein sollte – und nun hatte sich herausgestellt, dass die Telefonnummer einer Multimillionärin eine größere Hilfe war, als Rose sich jemals hätte vorstellen können.

Draußen vor den Fenstern des Fliegers sahen sie flauschige Wolken, und tief unter ihnen lag der Ozean, aber das waren die einzigen Anzeichen, dass sie nicht einfach in einer schicken, aber gemütlichen Villa saßen. »Dieses Flugzeug ist unglaublich«, sagte Rose zu Balthasar, der sich geräuschvoll über ein zurechtgeschnitztes Möhrenstückchen hermachte.

»Man sollte *immer* mit einem Privatjet fliegen, Rosie«, erwiderte er. Obwohl er sonst ganz bescheiden war, hatte sich Großvater Balthasar ziemlich daran gewöhnt, stilvoll durch die Welt zu reisen, und er lehnte sich in die weichen Kissen zurück und seufzte. Er war 127 Jahre alt, wenn er auch keinen Tag älter als 73 aussah. Deswegen wollte er auch nur Großvater genannt werden und verbat sich das »Urururur«.

»Jetzt zeig mal, was du auf den Hüften hast, Rosie.«

»Was?«, sagte Rose.

»Deine Hüfttasche.« Balthasar deutete auf die quietschgrüne Nylontasche mit Reißverschluss, die auf Roses Schoß lag und zurzeit leer war.

»Die gehört Mom«, sagte Rose entschuldigend. »*Ich* würde *nie* mit 'ner Hüfttasche rumlaufen – die sind doch total uncool.«

»Uncool oder nicht, du wirst ja wohl nicht ständig den Kasten mitschleppen wollen.« Im Gang stand aufgeklappt Roses buttergelbe Kiste mit Kuriositäten – der Behälter, in dem sie all ihre Zauberzutaten verstaut hatte. Er war so groß wie Rose selbst. Balthasar fuhr fort: »Du musst also von den wirkungsvollsten Zutaten aus deinem Arsenal ein paar Prisen mitnehmen. Das hier zum Beispiel.«

Balthasar zog ein Reagenzglas aus der Kiste, das aussah, als sei es mit zerstoßenen Federn gefüllt. »Ah. Wind unter den Flügeln.« Er nahm den Korken ab und füllte etwas davon in ein fingerhutgroßes Tütchen, das Rose dann in ihrer Hüfttasche verstaute.

»Das ist nicht nur gut für *Windige Windbeutel*«, sagte Balthasar. »Es passt auch gut in Soßen.« Balthasar stellte das Reagenzglas in Roses Kiste zurück, dann zog er ein weiteres heraus, in dem eine silbrige Flüssigkeit glitzerte. »Sylphentränen. Sylphen sind Luftgeister, sehr hilfreich … Die Tränen nehmen wir mit.«

Rose versuchte zu helfen, während Balthasar ihr die

Zutaten zusammenstellte, doch die Hüfttasche auf ihrem Schoß erinnerte sie an ihre Mutter und daran, dass ihre Eltern nicht mit im Flugzeug saßen. Stattdessen waren sie zu Hause und versuchten, ihre Heimatstadt zu retten. Kathy Keegan hatte ihnen zwar eine Flotte von Schneepflügen und Kipplastern geschickt, um den Zucker, der ganz Calamity Falls bedeckte und verklebte, zusammenzufegen und abzutransportieren, außerdem einen Trupp von zwanzig Hilfskräften, die mit Schläuchen und Schrubbern bewaffnet anpackten und halfen. Aber Rose hatte dennoch das Gefühl, dass sie eigentlich dort gebraucht wurde und nicht hier sein sollte, zehntausend Meter über der Erde bei dieser aussichtslosen Mission, ihre verschwundene Tante zu suchen.

Das hatte sie auch Kathy Keegan gegenüber geäußert, als sie sie um Hilfe angerufen hatte.

»Du musst an dich glauben, Rose«, war Kathy Keegans Antwort gewesen. »Du hast so viel erreicht, obwohl du doch noch so jung bist! Denk daran, eine Meisterbäckerin ist nichts ohne ihr Team. Deshalb der Zusatz ›Meister‹: Du bist jetzt das Vorbild für andere – in der Backstube *und* im Leben. Wenn du denen vertraust, die dir helfen, dann vertrauen sie im Gegenzug dir.«

Kathy Keegans weise Worte hatten ihr geholfen, aber

nach jeder Meile, mit der sie San Caruso näher kamen, wurde Rose innerlich nervöser. »Wenn Mom und Dad doch nur hätten mitkommen können«, sagte sie, während sie sich in dem Sofa umdrehte, um wieder hinaus zu den Wolken zu blicken.

»Die Leute in der Stadt brauchen sie«, antwortete Balthasar, »vor allem, weil weitere Plagen dieser Art angekündigt sind.«

»Und sie müssen zu Hause bleiben und Nella beschützen, ich weiß.« Am meisten fehlte Rose ihre kleine vierjährige Schwester. »Wenigstens hast du es rechtzeitig geschafft, aus Mexiko zu kommen, um uns zu helfen, Großvater. Ich glaube nicht, dass ich es allein schaffen würde.« Rose schnallte sich die inzwischen gefüllte Hüfttasche um und zog ihr T-Shirt darüber, um sie zu bedecken. »Das fühlt sich komisch an.«

»Sieht auch komisch aus«, pflichtete Balthasar ihr bei.

Jemand prustete los. Rose sah ihren zehnjährigen Bruder Basil am Eingang zum Speiseraum des Jets stehen. Seine Wangen waren beinahe so rot wie seine Haare. »Rose, dein Bauch sieht fast so rund aus wie der von Großvater!«

»Keine Scherze über meinen Bauch«, grummelte Balthasar und tätschelte sich den Wanst.

Hinter Basil tauchte Roses älterer Bruder Tymo auf. Mit sechzehn war er der älteste der Glyck-Kinder und von Natur aus cool. Er hatte sich für die Europareise einen neuen Haarschnitt zugelegt und seine Haare jetzt mit Gel auf der Kopfmitte zu einem Kamm hochgebürstet. Rose fand, dass er wie ein Delphin mit einer feuerroten Rückenflosse aussah.

Tymo drängte sich an Basil vorbei und ließ sich gegenüber von Rose und Großvater auf ein Sofa fallen. »So sollte das Leben immer aussehen, was? Privatjets, Gourmetspeisen und mittendrin *ich,* frisch getrennt von all meinen amerikanischen Freundinnen und bereit, in Italien die wahre *passione* zu finden – das ist der italienische Ausdruck für *pasión,* was Spanisch ist und Leidenschaft heißt.« Tymo setze sich eine Sonnenbrille auf. »Hört auf mich! Ich bin quasi schon ein internationaler Superstar!«

»Traum weiter, Bruderherz!«, krähte Basil und ließ sich in einen Sessel fallen.

»Wir sollten uns auf unsere Aufgabe konzentrieren«, fing Rose an, doch da tauchte Devins blonder Kopf unter der Tür auf, und sie vergaß, was sie hatte sagen wollen.

»Hey, der Steward sagt, dass der Flieger demnächst landet.« Devin lächelte, als er sich hinsetzte und Rose den Arm um die Schulter legte. »Ich bin froh, dass du mich nun doch hast mitkommen lassen. Ich bin noch nie geflogen.«

»*Ich* bin froh, dass deine Eltern ja gesagt haben«, erwiderte Rose und ließ zu, dass er sie an sich zog. »Und zwar sogar ganz ohne die Anwendung von Magie.«

Basil griff sich an den Hals. »Kotz«, sagte er. »Kotz, kotz, kotz.«

»Basil hat recht, ihr zwei.« Balthasar erhob sich stöhnend und öffnete die Gepäckablage über den Sitzen, um in seinem Handgepäck zu kramen. »Schluss jetzt mit der Schmuserei. Ihr seid zu jung dafür, und wir haben Arbeit vor uns.«

»Wie sieht denn nun unser Plan aus, *hermana*?«, wollte Tymo von Rose wissen.

Rose zögerte. Sie hatte viele *Ideen*, wie Tante Lily gerettet werden konnte, aber eigentlich noch keinen konkreten *Plan*. Erst mal wollte sie Lily einfach so schnell wie möglich finden.

Alle starrten Rose erwartungsvoll an, und sie löste sich verlegen von Devin. Klar, sie hatte ja schon öfters das Kommando übernommen, aber immer wieder auch so viele *Fehler* gemacht – so dumme Fehler, die eine richtige Meisterbäckerin nie machen würde. Wenn man es genau nahm, war es ein reiner Glücksfall gewesen, dass sie in Washington D. C. über Graf Caruso triumphiert hatten. Und wieder wünschte Rose ihre Eltern herbei, aber zumindest war Großvater Balthasar bei ihr.

Sie räusperte sich. »Äh … so weit habe ich irgendwie noch gar nicht gedacht.«

»Dann müssen wir improvisieren!«, rief Großvater Balthasar aus. »Wenn unser Flugzeug gelandet ist, finden wir einen Weg, uns in die Stadt San Caruso zu schmuggeln, Tante Lily aufzuspüren und sie rauszuhauen.« Er schüttelte den Kopf. »Egal wie oft du behauptest, dass sie ein neues Leben begonnen hat, ich glaube weiter, dass sie eine intrigante Person ist.«

»Vertrau mir«, sagte Rose. »Tante Lily hat sich geändert. Ganz und gar. Wirst du schon sehen.«

Balthasar grunzte, dann zog er eine Babytrage aus dem Gepäckfach. Er schnallte sie sich um und rief: »Asparagus! Schluss mit dem Dösen! Wir landen gleich!«

Die fehlenden Mitglieder ihres Rettungsteams kamen aus dem Speiseraum herübergetapst. Eines davon war ein grauer Kater. Er hatte die Größe einer Bowlingkugel und gefaltete Ohren, die wie kleine pelzige Tortellini aussahen. Das andere Teammitglied war eine kleine graue Maus, die mit ständig zuckendem Näschen neben dem Kater her hüpfte.

Der Kater, der zwar mit vollem Namen Asparagus

hieß, den die Kinder aber nur Gus nannten, schlug verärgert mit dem Schwanz, als er die Babytrage sah. »Das ist ja so unwürdig«, grummelte er mit der Stimme eines snobistischen Engländers. »Muss ich wirklich wie ein Kleinkind herumgetragen werden?«

Die Maus, Jacques, sah zu Gus auf und fragte mit schwerem französischem Akzent: »Würden Sie lieber zu Fuß gehen, *Monsieur*?«

Gus überlegte, während seine Schnurrhaare zuckten. »Lieber nicht. Ich klettere hinein.«

Beide Tiere hatten einmal *Gouda-Geplauder-Gebäck* verzehrt und konnten daher sprechen. Da im Leben niemand auf die Idee kam, dass ein Tier spionieren konnte, waren die beiden im Kampf gegen die Nudelholzgesellschaft zu unverzichtbaren Verbündeten geworden.

Während alle die Sicherheitsgurte anlegten und man sich für die Landung in Italien bereitmachte, sah Rose sich um und verstand in der Tat, warum alle – Kathy Keegan eingeschlossen – so zuversichtlich waren, auch wenn das auf sie selbst nicht zutraf. Die Familie Glyck und ihre Freunde hatten bereits mehrere Male die Welt gerettet. Rose war zwar immer noch besorgt darüber, dass ausgerechnet sie das Kommando hatte, aber mit Devin an ihrer Seite und mit Tymo, Basil, Großvater

Balthasar, Gus und Jacques zur Unterstützung durfte sie sich vielleicht doch erlauben, ein bisschen zuversichtlicher zu sein.
Erst mal wenigstens.

Der Flughafen vor den Toren von San Caruso war winzig – er bestand aus kaum mehr als einem Wartebereich an einem Kontroll-Tower und einem langen Rollfeld.
»Das hier ist Villagio Triste«, wandte Balthasar sich an Rose, während Devin, Tymo und Basil zur Gepäckausgabe gingen. Jacques steckte sicher in Roses Blusentasche und schnarchte leise. »Man kann nicht direkt nach San Caruso fliegen. Wir müssen also an den Grenzposten vorbei und dann über die Brücke.«
»Der Flughafen sieht ja ziemlich verlassen aus«, sagte Rose und sah sich um. Ein oder zwei Geschäftsleute trieben sich rum, sonst war alles leer.
Abgesehen von den No-Direction-Plakaten.
Auf dem Weg zum Ausgang konnten Rose und Balthasar praktisch nicht umhin, die vier riesigen Transparente zu bemerken, die von dem Glasdach über ihnen herabhingen. Jedes Plakat zeigte einen der Boygroup-Mitglieder in einer Nahaufnahme; alle blickten sexy in die Kamera. Da war Zip, der große sensible Typ mit

den langen Wimpern und dem geschwungenen Mund. Hunter, der auf Künstler machte mit seiner wilden, bunt gesträhnten Frisur und dem vielsagenden Lächeln. Trevor, der Grüblerische mit dem rätselhaften Blick und den rabenschwarzen Haaren. Und Arnold, der Durchschnittstyp mit seinem schiefen Grinsen und den zu kleinen Augen.

Rose erkannte sie sofort – alle Mädchen aus ihrer Klasse liebten No Direction so sehr, dass viele beim Ansehen der YouTube-Videos Tränen in den Augen hatten.

Und dann glitten die Glastüren auf und sie waren draußen. Ein Schwall salziger Meerluft schlug Rose entgegen.

»Da ist es, Rosie«, sagte Balthasar und deutete geradeaus. »San Caruso.«

Die Kopfsteinpflasterstraße voller Fußgänger und Sportwagen endete an einer schroffen Klippe mit Blick auf das türkisfarbene Mittelmeer, und aus dem Meer erhob sich eine weiße Felseninsel mit moosgrünen Bäumen. Auf der Insel befand sich wahrscheinlich auch eine kleine Stadt, aber jeglicher Blick auf sie wurde von hohen weißen Steinmauern verdeckt, die die Insel umgaben.

Aus dem Mittelpunkt der Insel erhob sich ein hoher Fels, der mit roten Blumen bewachsen war, und auf dessen Gipfel ein phantastisches Märchenschloss stand. Auch dieses Schloss war aus weißen Steinen, obwohl es ein bisschen schmuddelig wirkte, als ob es lange nicht mehr renoviert worden war. Die Schlosstürme liefen in spitze Rundtürmchen aus, deren kegelförmige Dächer vom gleichen Blau waren wie das Meer.

Die Straße vom Flughafen ging an der Küste entlang bis zu einer Brücke, die über das Wasser zu dem Tor führte, das der Eingang zu der Insel sein musste.

»Falls mich meine Erinnerung nicht täuscht, war die Mauer um die Insel noch nicht da, als ich das letzte Mal diese Gegend besuchte«, sagte Balthasar.

Aus der Trage auf seiner Brust sagte Gus: »Und die furchteinflößenden Grenzposten wohl auch nicht.«

Rose hielt gegen die helle Morgensonne schützend die Hand über die Augen und konnte ungenau einen Wachmann erkennen, der dort stand, wo die Straße auf die Brücke führte.

Sie hörte ein Flügelschlagen und erschrak, als etwas auf ihrer Schulter landete und sie ins Ohr pickte. Es war ein grauer Vogel mit einem Bauch so gelb wie die Sonne, und Rose erkannte ihn sofort. Sie hob die Hand, und er landete sachte auf ihrem Finger.

Der Vogel zwitscherte und neigte den Kopf von Seite zu Seite.

»Das ist genau so ein Singvogel wie der, den uns Tante Lily geschickt hat«, sagte Rose. »Glaubst du, dass er uns den ganzen Weg von Calamity Falls gefolgt ist?«

»Das können wir nur auf eine Art rausfinden!« Balthasar trat an einen Zeitungskiosk und verhandelte mit dem Mann hinter der Theke, dann kam er mit einer Plastiktüte halbzerkrümelter Ingwerkekse zurück. *Greatcake* stand auf dem Päckchen.

»Igitt, Großvater«, sagte Rose. »Hättest du keine bessere Sorte wählen können?«

»Sei still.« Während Balthasar in den Taschen der Babytrage herumkramte, sagte er: »Wir brauchen den kleinen Reisetiegel aus deiner Hüfttasche. Und die Tinktur mit Soprano-Spucke.«

Sie setzten sich auf eine Steinbank, und Rose reichte ihm den Tiegel, ein Gefäß von der Größe einer Teetasse ohne Henkel. Balthasar schüttete den Inhalt mehrerer kleiner Tüten mit Gewürzen hinein – Zimt und Muskat und Paprika, wie Rose den Düften nach annahm – und gab dann eine ganze Phiole Soprano-Spucke dazu. Als die Flüssigkeit auf die Gewürzmischung traf, explodierte sie zu einer kleinen regenbogenfarbenen Wolke. Dabei war ein Geräusch wie ein melodisches Seufzen zu hören.

»*Singende Ingwerkekse?*«, fragte Rose, als ihr Groß-

vater die Gewürz-Spucke-Mischung in die Tüte mit den krümeligen Keksen kippte. »Damit die innere Stimme des Singvogels ertönt?«
Balthasar nickte und schüttelte die Tüte, bis alle Kekse gleichmäßig mit der Zauberglasur überzogen waren. »Fabrikplätzchen für die Zubereitung der *Singwerkekse* zu nehmen ist zwar nicht perfekt, aber muss nun halt genügen.«
Der Singvogel wartete geduldig auf Roses Finger, bis die Mischung fertig war.
Dann steckte Rose eine Hand in die Tüte, brach ein kleines Stück von einem *Singwerkeks* ab und hielt es ihm hin. Der Singvogel pickte dreimal bis der Krümel verschwunden war, dann fing er an, ein verzweifeltes Lied zu singen:

»*Nein, nein, nein, nein, neiiin,*
rein, rein, rein, rein, reiiin,
Nicht rein! Nicht rein!
Geht nicht! Geht nicht!
Neiiiin!«

Die gelbe Brust des Singvogels hob sich aufseufzend, als er das Lied beendete und Rose erwartungsvoll ansah.
Gus brach in seiner Trage in entnervtes Geheul aus:

»Was will uns dieses armselige Piepsen, das offenbar ein Lied sein sollte, sagen? Vögel sind ja dermaßen nutzlose Wesen!«

»Er hat sein Bestes versucht.« Rose streichelte den weichen Kopf des Vogels mit dem Finger. »*Rein, rein, rein, rein?* Vielleicht drängt er uns, uns zu beeilen! Vielleicht ist Lily in größerer Gefahr als zuvor!«

»Oder vielleicht funktioniert es auch deshalb nicht, weil diese Kekse mehr als staubtrocken sind«, sagte Balthasar.

Der Vogel zwitscherte noch einmal, dann flog er von Roses Finger hoch in den Himmel und auf das ferne Inselschloss zu.

»Du solltest den Rest aufbewahren«, sagte Großvater Balthasar und stopfte die restlichen *Singwerkekse* in Roses geöffnete Hüfttasche. »Bloß keine verzauberten Lebensmittel umkommen lassen.«

Die automatischen Türen hinter ihnen glitten mit leisem Zischen auf, und Devin, Tymo und Basil schoben einen Wagen durch, der bis obenhin voll war mit ihrem Gepäck und Roses Kuriositätenkiste. Jacques hüpfte auf den größten Koffer und wickelte den Schwanz schützend um sich.

Devin stieß einen lauten Pfiff aus. »Das ist also San Caruso, was? Sieht aus wie …«

»Wie ein Themenpark!«, sagte Basil und sprang neben Rose auf die Bank. »Seid ihr sicher, dass es sich wirklich um die gefährliche Festung des Schurken handelt und nicht um Eurodisney?«
»Absolut«, sagte Balthasar und erhob sich. »Hoffen wir mal, dass die Warteschlangen am Eingang nicht so lang sind wie bei einem Disneypark.«

Es war kein einziges Taxi zu finden, das bereit war, sie nach San Caruso hineinzubringen – nicht mal bis an den Anfang der Brücke, die über das Wasser zum Stadttor führte.
»Automobile dürfen nicht nach San Caruso hineinfahren, *signore*«, ließ ein Fahrer Balthasar wissen. »Und auch keine Fahrräder, weder mit zwei, drei oder auch nur mit einem Rad! Nur ganz winzig kleine Muffins dürfen rein, und in einem Muffin kann man ja nicht fahren.«
Nachdem ihnen der fünfzehnte Fahrer eine abschlägige Antwort erteilt hatte, blieb ihnen nichts anderes übrig, als die ganze Strecke bis zur Brücke zu laufen. Aber je mehr sie sich der bewachten Schranke näherten, wuchsen Roses Befürchtungen. Aufgeregt wirkende Menschen stritten mit den Wachleuten vorne an der Schranke und forderten, eingelassen zu werden. Im

Hintergrund standen bedrückt wirkende Anwohner in grauen Klamotten mit ebenso grauen Gesichtern. Sie schienen nicht in eine so lichtdurchströmte, fröhliche Gegend wie die italienische Küste zu passen. Eher sahen sie aus, als wären sie auf dem Weg ins Gefängnis.

Balthasar und die anderen stellten sich am Ende der langen Schlange von Leuten an, die auf Einlass warteten, direkt hinter einem Pferdefuhrwerk, das mit Tierfellen beladen war. Die Schlange kam nur zentimeterweise voran.

Jacques sprang vom Gepäckwagen auf Roses Schulter. Er zupfte sie am Haar und flüsterte ihr ins Ohr: »*Mademoiselle* Glyck, lassen Sie mich vorauslaufen und – wie sagt man doch – ausspähen.«

»Gute Idee«, erwiderte Rose und setzte ihn auf das staubige Kopfsteinpflaster, »aber sei vorsichtig.«

Jacques salutierte mit seiner kleinen Pfote und huschte davon.

Großvater Balthasar befühlte die Felle auf dem Fuhrwerk vor ihnen. »Yak-Felle. Auf einem Pferdefuhrwerk! Wo sind wir denn? Etwa im Mittelalter?«

Die Pferde des Fuhrwerks wieherten, und die Karre rumpelte ein Stück voran. Rose spähte an der Karre vorbei und sah, wie ein paar wichtig aussehende Menschen erbost in eine schwarze Limousine mit französischen Flaggen an den Antennen stiegen und davonfuhren.

»Von wegen Mittelalter, Großvater«, sagte Basil und stieß Tymo augenzwinkernd an. »Bei uns gibt es pferdelose Karossen schon mindestens, seit du fünfundvierzig Jahre alt warst!«

»Wenn du keine besseren Witze hinkriegst«, sagte Balthasar und verschränkte die Arme, »wirst du es niemals zu einem Comedian bringen.«

»Komm schon!«, sagte Basil. »Das war doch gar nicht schlecht, oder, Tymo? *Pferdelose Karossen?* Das allein ist doch witzig genug!«

»Was ist eine pferdelose Karosse?«, fragte Tymo, der sein Spiegelbild auf dem Display seines Handys betrachtete.

»Ein altmodischer Ausdruck für Auto«, sagte Balthasar. »Dein Bruder will damit andeuten, dass ich uralt bin.«

»Wie alt ist euer Großvater denn eigentlich?«, flüsterte Devin Rose zu.

Ehe sie antworten konnte, kam Jacques unter den Rädern des Fuhrwerks hervorgesaust und sprang auf das Gepäck. Atemlos stieß er hervor: »*Non!* Verstecken Sie sich! Sofort!«

»Was? Warum?«, fragte Tymo.

Jacques fuchtelte wild mit den Pfoten herum. »Die Wachen, sie haben Plakate!«

»Komm schon, Kumpel, es sind doch überall Plakate aufgehängt«, sagte Devin und deutete über die Straße. Weitere No-Direction-Plakate hingen an den Ladenfronten. Allerdings sah es aus, als ob jemand auf diese Plakate mit roter Farbe geschrieben hatte: *Kommt bitte!*

Basil deutete hin. »Ich wette, die hat diese Tochter von Graf Caruso aufgehängt. Sie *liebt* No Direction. Sie hat in ihren Textnachrichten von nichts anderem geschrieben. Damals, als wir verlobt waren, kurz vor der Hochzeit.«

Jacques Schwanz knallte hin und her wie eine Peitsche. »*Non*, auf den Plakaten, die ich meine, sind Sie und Mademoiselle Rosmarin und Tymo und sogar Gus! Sie hängen in den Wachhäuschen, damit nur die Brückenwachen sie sehen können.«

»Unser Ruhm ist uns vielleicht vorausgeeilt«, sagte Tymo. »Rose und ich sind ja schließlich wirklich ziemlich berühmt.«

Die Maus schüttelte den Kopf. »*Non*, nicht berühmt, eher berüchtigt. Auf den Plakaten steht in großen Buchstaben *GESUCHT: TOT ODER LEBENDIG.*«

Rose schüttelte ungläubig den Kopf. »Graf Caruso geht anscheinend auf Nummer Sicher. Er tut alles dafür, dass wir nicht reinkommen und Tante Lily befreien.«
Basil lehnte sich an den Handgriff des Gepäckwagens. »So leicht wie wir dachten, wird es also nicht. Ich fand unsere Vorgehensweise ohnehin total langweilig.«
»Eine neue Idee muss her!«, sagte Devin. Er lächelte Rose zu. »Was meinst du, Boss? Diesmal was richtig Riskantes und Hinterlistiges?«
»Dein Freund ist ja ganz schön krass drauf, *hermana*«, sagte Tymo und steckte sein Handy weg. »Aber du hast doch sicher einen Plan, stimmt's?«
Rose spürte, wie der Angstschweiß ihr die Stirn bedeckte. *Einen Plan?*
Doch dann fiel ihr Blick noch mal auf die Plakate mit No Direction. Nachdenklich betrachtete sie die Fotos, dann ihre Brüder und Devin. Und tatsächlich, ein riskanter, hinterlistiger Plan formte sich in ihr – genau das, was sie brauchten, um Tante Lily zu retten.
»*Wir* bekommen vielleicht keinen Einlass nach San Caruso«, sagte sie, »aber wisst ihr, wer garantiert einreisen darf?«
Devin begriff sofort, was sie meinte. »Eine weltberühmte Boygroup!«
Gus lachte höhnisch aus der Babytrage. »Wie soll das

denn gehen? Die Band besteht doch aus vier Jungs und wir sind drei Jungs, ein Mädchen, ein ziemlich älterer Herr, eine Maus und ich, ein unverkennbar edler schottischer Faltohrkater.«

Tymo grinste. »Nach *abuelo* oder einer Maus sucht ja auch niemand, die sind also kein Problem«, sagte er. »Außerdem haben alle meine Exfreundinnen gesagt, dass ich genauso süß bin wie Zip. Vielleicht sogar *noch* süßer.«

Rose sah in die faltigen Äuglein ihres Großvaters. »Denkst du dasselbe wie ich?«

Großvater Balthasar nahm sich eine Handvoll Felle von dem Fuhrwerk: »Genau. Aber wir müssen uns beeilen.«

Kapitel 2
Das Mädchen mit den Yak-Haaren

»Na ja …«, sagte Balthasar ungefähr eine halbe Stunde später zu Rose. »Ihr seid nicht gerade die *attraktivste* Boygroup, die ich je gesehen habe. Aber es muss genügen.«

Rose kratzte an der Fellperücke auf ihrem Kopf. »Danke, ja, das muss es wohl.«

»Ich finde, dass ich toll aussehe«, sagte Tymo und setzte seine Sonnenbrille auf. Es war naheliegend gewesen, dass Tymo in die Rolle von Zip schlüpfte, da er der größte war. Er musste nur noch seine Haare nach unten kämmen und ein bisschen von Balthasars Muskatpulver darüberstreuen, um seinen roten Schopf in einen gedämpft braunen zu verwandeln. Wenn man nicht genau hinsah, hätte man ihn wirklich für Zip halten können.

Devin eignete sich perfekt, um den grüblerischen Trevor dazustellen – er hatte die gleichen verführerischen blauen Augen. Das einzige Problem war, dass er sandfarbene Haare hatte, Trevor hingegen pechschwarze.

Da hatte der Wagen mit den Fellen ebenfalls Abhilfe geschaffen.

Es war kein Problem, ein Stück schwarzes Yakfell so hinzuziehen, dass es mehr oder weniger wie eine Perücke aussah, und es Devin überzustülpen. So hatten sie es auch mit Roses Frisur gemacht – nämlich ihre langen Haare unter einem weißen Fellpuschel versteckt und dann alle möglichen Gewürzpulver darübergestreut, bis ihr Kopf alle Regenbogenfarben von Cayennerot über Kurkumagelb bis Dillgrün hatte. So verrückt und bunt wie die Haare des richtigen Hunter.

Blieb noch Basil übrig.

»Warum muss ich Arnold sein?«, jammerte er, als sie ihm ein schlammbraunes Yakfell auf den Kopf setzten. »Dieser Arnold hat ein Gesicht wie ein Ei.«

Tymo schlug ihm auf den Rücken. »Genau, *hermano*. Dann passt du ja super!«

»Sieh doch darin eine Übung für deine Schauspielerlaufbahn«, sagte Rose. »Viele Comedians haben als Schauspieler angefangen!«

»Genau!«, stimmte Devin ihr zu. »Versuch in Arnolds Rolle zu schlüpfen und die ganze Zeit so richtig dämlich auszusehen, dann bist du perfekt.«

Basil drehte sich beleidigt um, dann zog er verblüfft die Luft ein. »Wow, Großvater – du siehst ja irre aus! Wie hast du das denn gemacht?«

Ihr Ururururgroßvater Balthasar hatte sich komplett verwandelt. Er stützte sich jetzt auf einen knotigen Spazierstock, den er am Wegesrand gefunden hatte. Ein Bündel aus mehreren Fellen hatte ihm einen Buckel verpasst. (Gus und Jacques waren unter die unförmige Ausbuchtung auf seinem Rücken gekrochen und riefen: »Ist ganz gemütlich hier!«) Seine Arme und Beine zitterten, und er sagte: »Dann mal los, ihr Flitzpiepen!«

Rose und die Jungen folgten Großvater Balthasar, der an dem Pferdefuhrwerk vorbeischlurfte – mit einer kurzen Pause, um dem überraschten Fellhändler für die Felle, die sie sich genommen hatten, ein paar Münzen zuzustecken. Dann marschierten sie Richtung Grenzposten.

Rose warf einen letzten Blick auf die Plakate und seufzte

unschlüssig auf. Wie sollten diese abartigen Verkleidungen irgendjemanden täuschen?
Der Grenzposten bestand aus zwei grauen Häuschen zu beiden Seiten der Brücke, zwischen denen ein hölzerner gelbweißgestreifter Schlagbaum den Zugang versperrte. Zwei sehr große Wachmänner standen vor den Häuschen. Sie trugen makellose schwarze Uniformen mit Goldknöpfen in der Form von winzigen Muffins. Ihre Mienen waren wie in Stein gemeißelt.
»Was führt euch her?«, fragte der Wachmann an dem rechten Häuschen und betrachtete Rose und ihr kunterbuntes Gefolge misstrauisch.
Balthasar rief: »Ist das nicht die weltberühmte Gesangsgruppe No Direction?« Er verdeckte seinen Mund mit der Handfläche, nahm eine falsche hohe Stimme an und kreischte: »O mein Gott, wir lieben euch, No Direction!«
Der linke Wachmann beugte sich vor. »Was brabbelst du da, Bettelmann?«
Großvater Balthasar eilte vor die Kinder und ihren Gepäckwagen. »Erkennen Sie die Elite des Popgeschäfts etwa nicht?«, fragte er und deutete fuchtelnd auf Tymo, Devin, Rose und Basil. »Die Haare! Die Augen! Der weißliche Eierkopf! Bestimmt haben Sie diese wundersamen Barden doch schon auf YouTube gesehen?«

Der rechte Wachmann runzelte die Stirn. »Klar, kennen wir No Direction. Hier hängen ja überall die Plakate von ihnen. Diese … Spinner hier … sehen ihnen überhaupt nicht ähnlich.«
Tymo schenkte dem Wachmann sein schönstes Zipähnliches Grinsen und setzte sich auf den gestreiften Schlagbaum. »Die Fotos dort sind doch gefotoshopt, Alter. Erstaunlich, was man mit Fotoshop alles machen kann. Sogar unser armer Arnold sieht auf den Plakaten ganz ansehnlich aus.«
»Hm.« Der linke Wachmann beäugte Basil und dann das Plakat auf der Straßenseite gegenüber. »Stimmt, wenn man genau hinsieht, ist Arnold wirklich hässlich.« Er zuckte die Schultern.
»Ich sehe *viel* besser aus in echt!«, protestierte Basil.
Der Wachmann tat ihn mit einem Winken ab. »Na gut. Zeigt uns eure Ausweise, und wir lassen euch rein.«
»Unser Ruhm ist doch Ausweis genug!«, sagte Devin. »Jeder weiß, wer wir sind!«
Der linke Wachmann sah Tymo mit zusammengekniffenen Augen an. »Vielleicht kannst du uns ja ein bisschen was vorsingen.«
Der rechte Wachmann nickte. »Zum Beispiel ein paar Zeilen aus *Du bist mein Herzanfall?*«
»Äh, im Moment können wir nicht singen«, krächzte

Rose und versuchte, ihre Stimme so tief wie die eines Jungen zu machen. »Wir müssen unsere Stimmen für den Auftritt schonen.«

»Wir sind hier, um für Contessa Fela zu singen«, sagte Basil. »Sie hat uns *persönlich* eingeladen. Wir müssen also unbedingt top in Form sein.«

»Papperlapapp«, sagte der linke Wachmann und rümpfte die Nase. »Wir bestehen auf einem Ständchen. Ich möchte die himmlischen Töne von No Direction hören.«

Der rechte Wachmann kniff die Augen zusammen. »In allen Klatschmagazinen steht, dass du glockenrein singen kannst, Zip, egal wann und wo.«

»Aber ja!«, mischte sich Großvater Balthasar ein. »Bitte, ihr legendären Barden der Teenagergeneration, trällert uns einfachen Bauerntölpeln ein Lied. Vielleicht kann ich euch mit ein paar Keksen locken, die eure engelsgleichen Stimmen beruhigen und salben.«

Während er das sagte, riss er geschickt Roses versteckte Hüfttasche auf und holte die Tüte mit den *Singwerkeksen* heraus. Auffordernd hielt er ihnen die Tüte hin.

»Jetzt übertreibst du aber ein bisschen, *abuelo*«, flüsterte Tymo und nahm die Tüte.

»Sei still und iss die Kekse«, zischte Balthasar zurück.
Der linke Wachmann stellte sich auf die Zehen, um besser sehen zu können. »Die sind doch nichts Besonderes – das ist ja nur ein Paket mit Greatcake-Ingwerkeksen.«
Aber das Glyck-Team wusste es natürlich besser. Die Kinder reichten die Plastiktüte herum und futterten die verzauberten Kekse bis auf den letzten Krümel auf. Als die Tüte leer war, sahen die Jungs Rose erwartungsvoll an.
»Ich soll anfangen?«, flüsterte sie.
»Hunter fängt *immer* an«, informierte Devin sie.
»Woher weißt du denn das überhaupt?«, fragte sie ihn, dann hielt sie die Hand hoch. »Egal, ich will's lieber gar nicht wissen.« Sie trat vor und suchte in ihrem Gedächtnis nach einem No-Direction-Song. An den Titel, um den der Wachmann gebeten hatte, erinnerte sie sich nicht, aber der neueste Hit der Band fiel ihr ein, und da alle sie anstarrten, holte Rose tief Luft und fing zu singen an.

»*Girl mit dem wunderschönen Haar …*«

Sie hielt inne und machte große Augen. Normalerweise war ihre Singstimme ein bisschen blechern und immer einen halben Ton daneben. Diesmal aber nicht. Der

Song, den sie von sich gab, klang rauchig und überzeugend. Genau so, wie sie ihn im Radio gehört hatte. Devin stieß sie mit dem Ellbogen an, und sie fuhr fort.

»Ob rot oder schwarz, blond oder kahl,
wie immer du aussiehst, mir wär's egal.
Denn für mich bist und bleibst du immerdar
das Girl mit dem wunderschönen Haar.«

Tymo, Basil und Devin hatten sich hinter ihr aufgestellt und wippten vor und zurück und schnipsten mit den Fingern. »*Oooh, dein Haar*«, sangen sie im Chor. »*Yeah, yeah, yeah, dein schönes Haar.*«
Die Wachmänner klatschten begeistert, als der Song endete. Großvater Balthasar steckte die Finger in die Mundwinkel und stieß einen anerkennenden Pfiff aus.
»*Bravissimo!*«, rief der rechte Wachmann. »Kein Zweifel! Ihr seid wirklich No Direction!« Er hielt ihnen ein Stück Papier hin und auch einen Stift. »Ihr müsst mir ein Autogramm geben, alle vier.« Er schnipste in Richtung seines Kollegen. »Dino, sag im Hotel Luce Del Sole Bescheid, dass die Gäste der Contessa endlich da sind.«

Die falschen Boygroup-Mitglieder taten wie gebeten und kritzelten ihre falschen Namen hin. Alle außer Basil, der aus Versehen mit *Ba* anfing und dann schnell *Arnold* daraus machte.

»Baarnold?«, fragte der Wachmann und zog eine Augenbraue hoch.

»So heiße ich in Wirklichkeit«, sagte Basil.

Der Wachmann schüttelte den Kopf und sagte: »Nein, was bist du für ein Pechvogel.« Er drückte in dem Wachhäuschen auf diverse Knöpfe und zog an Hebeln, dann fügte er hinzu: »Eure Unterkunft ist bereit. Geht einfach die Hauptstraße entlang, bis ihr das Hotel seht.«

Der gelbweißgestreifte Schlagbaum ging auf und der linke Wachmann, Dino, winkte sie durch. »Willkommen in San Caruso, No Direction. Wir wünschen einen schönen Aufenthalt in der Welthauptstadt der kleinsten Muffins!«

Schweigend schritten sie durch die Sperre, und Großvater Balthasar schlüpfte hinter dem Gepäckwagen ebenfalls hinein. Keiner wagte zu sprechen, aus Angst, dass die *Singwerkekse* nicht mehr wirkten. Vor ihnen erstreckte sich hell und leer die gepflasterte Brücke. Von unten schlugen Wellen an die Brückenpfeiler.

Roses Plan hatte funktioniert.

Sie waren drin.

Am Ende der Brücke durchschritten sie ein weiteres Tor, und Rose blieb unvermittelt stehen. Ihr erster Gedanke war: *Wie schön dieser Ort ist!*

Direkt hinter dem zweiten Tor, am Ende der Brücke, stand ein Brunnen aus Bronze. Er war mit kleinen Engeln verziert, die auf den Zehen standen und kleine bronzene Muffins in den Himmel streckten. Hinter dem Brunnen führte eine lange gepflasterte Straße durch das Zentrum der kleinen Stadt auf den weißen Berg zu, den sie von weitem schon gesehen hatten. Um den Fuß des Berges lief eine zweite Mauer, und ganz oben über allem stand das schöne Schloss mit den Türmchen und den blauen Ziegeldächern.

Roses zweiter Gedanke war: *Wo sind denn die Einwohner?*

Die Straßen waren nämlich menschenleer – nur deshalb hatten sie einen so guten Blick auf das Schloss.

»Warum fühlt es sich hier so unheimlich an?«, fragte Basil, während das Glyck-Team langsam weiterging. Ihr Gepäckwagen rumpelte und ratterte über das Kopfsteinpflaster.

Zu beiden Seiten der prächtigen Straße waren zwei völlig ausgetrocknete Kanäle, und auf dem trockenen, rissigen Schlammboden lagen umgekippte rote Boote. In einiger Entfernung, wo der Kanal um ein Gebäude bog, entdeckte Rose ein langes, flaches Boot – eine Gondel? –, unter das Räder montiert waren. Ein Mann stieß das Boot mit einer langen Stange ab, und es verschwand um die Ecke. Während er sich entfernte, konnte Rose schwach die Melodie eines Liedes hören, das er in einer unverständlichen Sprache trällerte – Italienisch?

»*Abbiamo avuto una volta barche,*
ma ora dobbiamo avere solo tortine!«

Rose verstand kein Wort, aber die Melodie klang sehr traurig.

Wie sich herausstellte, war die ganze Stadt voller ausgetrockneter, toter Kanäle. Sie wurden von bogenförmigen Brücken überspannt, die die Straßen miteinander verbanden; Straßen, an denen sich große Gebäude und Läden mit Arkadenfenstern und roten Ziegeldächern aneinanderreihten. Die Häuserreihen wirkten einengend. Anders als in Calamity Falls, wo alles sehr weitläufig war, standen die Läden und Häuser hier dicht beieinander, hoch und kahl, so dass jede Straße aussah wie ein Schlund mit zu vielen Zähnen.

Aus den dunklen Fenstern warfen die Bewohner kurze Blicke auf sie, als sie vorbeigingen. Dann verschwanden sie schnell wieder in den Schatten, doch Rose hatte ihre Gesichter kurz gesehen – sie wirkten so öde wie die Straßen.

Als sie die dritte Brücke überquerten, fiel Rose etwas auf: Die meisten Läden boten nichts anderes an außer winzigen Muffins.
Ein trübsinnig wirkendes Paar saß unter einem Sonnenschirm vor einem Café. Beide aßen Spaghetti, die muffinförmig auf dem Teller aufgehäuft waren. In der Nähe bot ein Marktstand muffinförmige Tomaten und Auberginen an. Ein Clown mit einer aufgemalten grauen Grimasse stand einsam da und drehte einen Ballon nach dem anderen zu Muffins.
Graf Caruso hatte ja seinerzeit gesagt, dass San Caruso die Heimat der winzigen Minimuffins sei, aber Rose hatte natürlich keine Ahnung gehabt, dass hier *nichts anderes* hergestellt wurde.
An einer Kreuzung, die zum Marktplatz führte, fanden sie das Hotel. Auf einem Schild über der Tür stand *Luce Del Sole – Zimmer frei.*
»Das muss es sein«, sagte Balthasar. »Und keine Sekunde zu früh. Der Kater soll mir schnell den Buckel runterrutschen. Ich kann nicht mehr!«
»Ich bin genauso scharf darauf wie du, dem Gefängnis dieser lächerlichen Verkleidung zu entkommen«, murrte Gus unter Balthasars Mantel.
»Still, Gus«, sagte Rose und ging voraus.
Die schwere Holztür knarrte protestierend, als sie die

Lobby betraten, die mit einem großen gemauerten Kamin und dicken Ledersesseln sehr behaglich wirkte. Als Balthasar das Gepäck hereinrollte, eilte ein steifer Mann mit Nickelbrille aus einem Hinterzimmer.
»Willkommen, willkommen!«, sagte er und glitt hinter den Empfangstresen. »No Direction, habe ich recht? Die Grenzposten haben schon angerufen und uns wissen lassen, dass ihr kommt. Wir fühlen uns sehr geehrt, euch hier im Luce Del Sole begrüßen zu dürfen!«
Tymo riss sich die Sonnenbrille ab, dann besann er sich eines Besseren und setzte sie langsam wieder auf. »Ach, vielen Dank, Signore …?«
»Einfach Peabody«, sagte der Mann mit einer Verbeugung. »Ohne Signore, nur Peabody. Für eure Zimmer hat Contessa Fela gesorgt.«
»Woher hat sie gewusst, dass wir heute kommen?«, fragte Rose und dachte mitten im Satz gerade noch daran, ihre Stimme tiefer klingen zu lassen.
»Ihre Hoheit hat seit Monaten eine Dauerreservierung veranlasst. Und wir sind das einzige Hotel in der Stadt.« Peabody lächelte und schob ein ledergebundenes Buch über den Empfangstresen. »Ihr müsst euch nur noch ins Gästebuch eintragen.«
Als die vier mit ihren falschen Namen unterschrieben,

bemerkte Rose, dass hinter Peabody noch eine Person in die Lobby getreten war: eine ältere Frau mit grauen Haaren und einem undurchdringlichen Gesicht. Sie beobachtete sie stumm.

Peabody betrachtete Großvater Balthasar misstrauisch. »Oh, wir sind nur auf vier Personen vorbereitet. Leider muss euer … *Freund* sich ein Zimmer in einem anderen Hotel besorgen.«

»Aber Sie sagten doch gerade, dass dies das einzige Hotel der Stadt ist!«, hielt Rose ihm entgegen.

Peabody nickte. »Hmmm. In der Tat.«

Basil stellte sich auf die Zehenspitzen und verschränkte die Arme auf dem Tresen. Seine Yak-Perücke war so verrutscht, dass sie abzufallen drohte, und darunter schauten ein paar rote Strähnen hervor.

»Hören Sie mal zu, Peabody«, sagte er. »Wir sind No Direction und dieser Mann ist unser Gast. »Wir *bestehen* darauf, dass er ein Zimmer bekommt.«

Peabody bemühte sich zu lächeln, doch er sagte: »Das verstehe ich, wir sind jedoch ein sehr teures Hotel, und da wir No Direction bereits umsonst hier wohnen lassen, können wir es uns nicht leisten –«

Während der Mann weiterschwafelte, kramte Rose in ihrer Hüfttasche und fand die Notfall-Kreditkarte, die Kathy Keegan ihr gegeben hatte. Sie steckte sie Großvater Balthasar zu, der sie auf den Tresen knallte. »Nur keine Sorge, Peabody. Ich kann für mich selbst zahlen.«

Peabody hielt die Karte hoch, betrachtete sie über den Brillenrand und las sie. »Kathy Keegan. *Sie* sind Kathy Keegan?«

Balthasar stand unbewegt da und starrte Peabody fest an. »Ja.«

Peabody starrte ein paar Sekunden zurück. »Sie sehen gar nicht aus, wie ich Sie mir vorgestellt habe!« Er lächelte und sagte: »Willkommen im Luce Del Sole, Mrs Keegan! Folgen Sie mir alle. Hier geht es zu Ihren Zimmern!«

Peabody führte sie zu zwei nebeneinanderliegenden Suiten – eine für die falsche Boygroup und die andere für die falsche Kathy Keegan, also Großvater Balthasar – und rollte den Gepäckwagen neben ihre Betten. Als er schließlich ging und die Zimmertür hinter sich schloss, stießen alle erleichtert die Luft aus.

»Ich war sicher, dass man uns auf die Schliche kommen würde!«, sagte Devin und riss sich die schwarze Yak-Perücke ab. »Und das Ding da juckt, als hätte ich einen Flohzirkus auf dem Kopf.«

»Man wäre uns vielleicht auf die Schliche gekommen,

wenn mehr Leute auf den Straßen gewesen wären«, sagte Rose. »Aber diese Stadt kommt mir wie eine Geisterstadt vor.« Sie fuhr mit dem Finger über die Fensterbank. Sie war staubbedeckt, als sei schon lange niemand mehr in dem Zimmer gewesen.

Tymo trat neben sie und spähte durchs Fenster in die Straßen unter ihnen. »Genau. Man hätte doch annehmen sollen, dass man mich um Autogramme belagert.«

»Vielleicht haben die Mädchen von San Caruso ja *Geschmack*«, erwiderte Basil.

Es klopfte an der Tür, und im nächsten Moment schlüpfte Balthasar ins Zimmer. »Ausgezeichnete Arbeit, Kinder«, sagte er.

Er war seinen pelzigen Buckel losgeworden, und Rose konnte jetzt sehen, dass er die Babytrage mit Gus und Jacques auf den Rücken geschnallt hatte. Gus zog eine Grimasse und fragte: »Kann ich jetzt aus diesem Ding da raus?« Jacques lag aufgerollt zwischen den gefalteten Ohren des Katers, und sein langer rosiger Schwanz fegte Gus übers Gesicht.

»Auftrag erfolgreich beendet. Wir sind in der Stadt«, sagte Balthasar und trat zwischen Rose und Tymo, um aus dem Fenster zu sehen. »Jetzt müssen wir nur noch in das Schloss einbrechen.«

Rose warf einen Blick auf das riesige weiße Schloss. Die Hauptstraße unter ihnen führte direkt durch die Mauer, die den Burgfelsen umgab, zu einer zickzackartig angelegten Treppe, die sich zu dem Schloss hinaufschlängelte. Undeutlich konnte Rose Wachen erkennen, die auf jeder Zinne und jedem Türmchen des Gebäudes herumkrochen wie Ameisen auf einem Kuchen.

»Lily ist in einem der Türme dort«, sagte sie. »Ziemlich sicher. Jetzt brauchen wir nur noch einen Plan, um hineinzukommen und sie zu finden.«

»Und wir müssen uns auch einen Fluchtplan ausdenken«, fügte Devin hinzu. »Wir sind auf einer Insel mit nur einer hinein- und hinausführenden Straße – wenn wir die nicht nehmen wollen, müssen wir schwimmen.«

Tymo zog sein Handy heraus und verkündete: »Ich rufe Mom und Dad an und sage ihnen, dass wir gut angekommen sind.«

Während er den internationalen Fernruf vorbereitete, half Rose Devin und Basil, das Gepäck abzuladen. Sie suchte sich ein Bett aus und stellte ihren Koffer darauf, dann öffnete sie ihn, um nachzusehen, ob alles in Ordnung war.

Und dort, mitten auf ihren T-Shirts und Hosen, lag

Louann Leatherheads kleine, weiße Visitenkarte. Die Origami-Knicke waren noch zu sehen.
Rose starrte sie an. Sie erinnerte sich, die Karte zerknüllt und in den Papierkorb geworfen zu haben. Sie war sich dessen sogar *sicher.* Dass die Karte nun dort lag, fast wie frisch gedruckt, ließ ihre Haut kribbeln, als hätte sie Ameisen darunter.
Schnell zerknüllte sie das Kärtchen erneut und warf es aus dem Fenster.
»Ich stelle euch auf laut«, sagte Tymo in das Handy.
Er legte es auf den Tisch, und sie hörten Pollys Stimme. »Könnt ihr uns verstehen? Ich kann diese Lautsprechfunktion ja nicht leiden – das klingt, als ob man in einen Hohlraum spricht.«
»Hi, Mom!«, sagte Rose voller Erleichterung. Ihr war gar nicht klargewesen, wie sehr die Stimme ihrer Mutter ihr gefehlt hatte.
»Ich bin auch dran, Kinder«, sagte Albert, ihr Vater. »Wir sind total gespannt, wie's bei euch steht, aber hier hat es auch eine neue Entwicklung gegeben.«
»Die zweite Plage hat in Calamity Falls zugeschlagen«, verkündete Polly.
»So schnell?«, fragte Devin. »Aber diese Damen haben doch gesagt, es wäre erst in einer Woche so weit! Das ist doch erst zwei Tage her!«

»Vielleicht meinten sie eine Woche gerechnet in Hundejahren?«, vermutete Basil.
Balthasar beugte sich über das Handy und fragte viel zu laut: »Was für eine Plage ist es denn diesmal?«
»Wie es aussieht, hat sich das Wasser der Stadtwerke in verschiedene Arten von Limonade verwandelt«, berichtete Polly. »Nach eurer Abreise gestern war es Traube, heute Grapefruit. Es ist furchtbar – überflüssige Kalorien, von denen man auch noch Karies kriegt. Wir müssen massenhaft Wasser aus anderen Bundesstaaten importieren.«
Basil machte große Augen. »Das ist doch keine Plage! Das ist genial! Wir sollten es in Flaschen abfüllen und in aller Welt verkaufen! Natürliche Fruchtlimonaden! Das *muss* ein finanzieller Erfolg werden!«
»Hmm«, sagte Albert, »keine schlechte Idee.«
In dem Moment klopfte es an der Tür.
Tymo flüsterte ins Handy: »Wir müssen Schluss machen! Wir laufen hier nämlich als berühmte Boygroup!«
»Als *was*?«, fragte ihre Mutter, da stellte Tymo das Handy ab und ließ es in die Tasche gleiten.
Mit verstellter Stimme sagte Rose: »Äh, bitte nicht stören. Wir hatten einen langen Flug und brauchen unseren … Schönheitsschlaf.«

Von der anderen Seite der Tür kam Peabodys gedämpfte Stimme. »Deswegen bin ich noch mal gekommen – ich habe vergessen, euch zu warnen: Euer Zimmer geht auf den Platz, auf dem in San Caruso die Verbrecher bestraft werden. Das ist sehr laut, und es fängt ungefähr in einer Stunde an.«

»Wie werden sie bestraft?«, fragte Rose.

»Ach, auf viele schlimme Arten«, erwiderte Peabody. »Macht lieber die Fenster zu und steckt euch Minimuffins in die Ohren, damit ihr nichts hört.«

Devin sah Rose verwirrt an und sagte mit stummer Lippenbewegung: *»Muffins?«*

»Ich bin's, Zip«, sagte Tymo. »Was für Verbrecher werden denn bestraft?«

»Hoffentlich nicht unsere Fans!«, sagte Basil.

»Aber nein, solche doch nicht«, sagte Peabody. »Aber es gibt da so eine Person, eine ganz heimtückische Verbrecherin. Eine, deren Straftaten berühmt-berüchtigt sind – so wird jedenfalls behauptet. Ihr Name ist Lily Le Fay, und sie ist Staatsfeind Nummer eins. Schlaft gut.«

Kapitel 3
Saure Trauben

»*Tia Lily!*«, rief Tymo aus, nachdem Peabody wieder abgezogen war. »Was machen sie mit ihr?«
Rose trat wieder ans Fenster und sah auf den großen Platz hinunter. Dort gab es eine Art Amphitheater aus riesigen Blöcken unbehauener alter Steine. Es sah aus, als ob es aus dem Mittelalter stammte. Einer runden Steinbühne lag eine halbmondförmige Anordnung mit Steinbänken gegenüber, und auf der freien Fläche zwischen den Sitzen und der Bühne befand sich ein hoher Holzpfahl, der ganz schwarz aussah – wie von Feuer verkohlt, so kam es Rose vor.
Devin, Tymo, Basil und Balthasar stellten sich neben Rose, um auch hinunterzusehen, und Gus und Jacques

sprangen auf die Fensterbank. Vor ihren Augen marschierte ein steter Strom von San Carusanern gehorsam auf den Platz und füllte das Amphitheater.
»*Sacré bleu!*«, quiekte Jacques entsetzt. »Will man sie etwa an dem Marterpfahl verbrennen?«
»Die blanke Barbarei«, brummte Balthasar. »Ich glaube, wir sind wirklich im Mittelalter gelandet!«
Devin deutete aus dem Fenster. »Seht mal, da wird etwas herangerollt.«
Aus dem Bereich hinter der Bühne schoben mehrere Arbeitskräfte einen großen Bottich auf Rädern herbei und stellten ihn direkt neben dem Pfahl ab. Er war aus Holz und um die Mitte mit Metallbändern zusammengehalten und sah wie die untere Hälfte eines großen Weinfasses aus. Was in dem Bottich war, konnten sie nicht sehen; er war mit einer Plane abgedeckt.
»Wir müssen hinunter«, sagte Rose und riss sich die Perücke ab. »Das könnte Öl sein. Wir können nicht zulassen, dass sie Tante Lily darin sieden!«
»Graf Caruso ist ja noch verrückter, als wir angenommen haben«, sagte Devin stirnrunzelnd.
Schnell legten sie ihre restliche Verkleidung ab, und Balthasar öffnete die Tür einen Spalt. Gus und Jacques huschten in den Korridor, um festzustellen, ob die Luft rein war.

Einen Moment später kamen Maus und Kater zurück.
»Keiner zu sehen«, verkündete Gus und sprang auf eine Kommode. »Genauer gesagt, würde ich zu behaupten wagen, dass sich in diesem Hotel keiner befindet außer uns, dem armseligen Portier und der alten Dame.«
Jacques löste die Pfoten aus dem Fell des Katers, in das er sich geklammert hatte, und glitt von seinem Rücken. »Ich habe die Feuertreppe entdeckt«, sagte er. »Sie ist hinter der Tür am Ende des Korridors.«
»Gute Arbeit«, lobte Rose ihn. Sie überprüfte, ob ihre Hüfttasche fest saß, und zog dann ihr T-Shirt darüber. »Gus und Jacques, ihr zwei haltet euch hier versteckt und passt auf, dass niemand herumschnüffelt, solange wir weg sind.«
Gus sank als graues Bündel auf der Kommode zusammen. »Aber gerne.«
Draußen wurde die Menge allmählich laut, und die Leute, die bisher so trist gewirkt hatten, unterhielten sich murmelnd. Was auch immer da unten bevorstand, fing wohl schon sehr bald an. Und würde bestimmt etwas Unschönes.
»Auf geht's!«, sagte Rose.
Hintereinander schlichen sie in den leeren Korridor. Devin schloss mit dem altmodischen Messingschlüssel

ab, den Peabody ihm gegeben hatte, dann steckte er ihn in die Jeanstasche.

Rose ging voran und führte Devin, Tymo, Basil und Balthasar leise zum Notausgang am Ende des Korridors. Devin machte sich an dem großen roten Hebel zu schaffen, auf dem *Alarmglocke* zu lesen war, bis er die Alarmfunktion ausgeschaltet hatte, dann schlüpften sie durch die Tür auf die Feuertreppe.

Auf der Straße war es ziemlich einfach, sich zwischen die Leute zu mischen, die auf den Platz strömten.

»Folgt mir«, sagte Rose. »Spielt die Coolen.«

»Spielen?«, wiederholte Tymo. »*Hermana,* ich bin doch von Geburt an … *frigorífico.*«

»Das bedeutet *Kühlschrank*«, sagte Balthasar. »Du meinst wohl *chulo.*«

»Ich bin ziemlich sicher, dass *frigorífico cool* heißt«, erwiderte Tymo.

»Vielleicht passt auf dich eher das Wort *Freak-o*«, schlug Basil vor. »So wie ich dich immer nenne.«

»Seid doch endlich mal still, Jungs«, fauchte Rose über die Schulter.

Die Stimmen der Einwohner wurden lauter, je näher die Kinder und Großvater Balthasar dem Amphitheater kamen. Auch wenn die Stadt bei ihrer Ankunft völlig menschenleer gewirkt hatte, war der Platz jetzt vollgepackt mit trübselig aussehenden Menschen – sie strömten herbei, eine riesige Menge, die den ganzen Platz rund um den verkohlten Pfahl mit dem Bottich füllte. Rose vermutete, dass ganz San Caruso anwesend war.

Mehrere offiziell wirkende Personen bahnten sich Gassen durch die Menschenansammlung. An Riemen um den Hals trugen sie Tabletts vor dem Bauch. Auf den Tabletts standen kleine Popcorn-Becher, wie sie auch bei Baseballspielen angeboten wurden. Nur dass die Pappbecher kein Popcorn enthielten.

Sie waren mit Minimuffins gefüllt.

Mürrisch seufzend nahmen sich die Einwohner ihre Becher. Und als einer der Muffinverkäufer an Rose vorbeikam, nahm sie sich auch einen. Devin, Balthasar und ihre Brüder taten es ihr nach.

Basil zog einen der Muffins aus dem Pappbecher und roch daran. Er würgte und ließ ihn auf der Stelle wieder fallen. »Igitt! Stinkt nach Zimt, Nelken und Orangen.«

»Das klingt doch gar nicht so schlecht!«, sagte Devin – dann roch er auch daran. »Eklig, die riechen ja schlimmer als die Duftblütenmischung, die meine Großmutter in ihrem Badezimmer hat.«

Rose drückte einen der Muffins zwischen den Fingern.

Er war steinhart. »Die Dinger können wir nicht essen, was sollen wir also damit machen?«
Großvater Balthasar leckte an einem, dann fuhr er sich mit der Zunge über die Lippen und überlegte, nach was das Küchlein schmeckte. »Hmm«, grunzte er. »Schlimme Mischung.«
»Schimmelmischung?«, fragte Tymo. »Wer zum Teufel mischt Schimmel mit Gewürzen?«
Balthasar bekam nicht mehr die Gelegenheit zu einer Erklärung, denn in diesem Moment jaulten und knackten die Lautsprecher, die auf einem halben Dutzend Steinsäulen angebracht waren, und eine Stimme hieß alle willkommen.
Eine vertraute, eine gefährliche Stimme.
»Bewohner von San Caruso!«, dröhnte Graf Caruso. »Ich freue mich so, dass ihr hier seid und eure Pflicht mir gegenüber erfüllt, mir, eurem großen Anführer Graf Caruso! Applaudiert mir!«
Die Leute richteten ihre Aufmerksamkeit auf die Bühne. Keiner klatschte.
»Ich sagte *applaudiert*!«, rief Graf Caruso erneut.
Diesmal taten die Leute wie geheißen. Sie klemmten die Becher mit Muffins unter die Arme, so dass sie unbeholfen klatschen konnten.
Jetzt endlich entdeckte Rose den Grafen.

Er stand mitten auf der Bühne vor einem Mikrophon, hatte die Stummelarme erhoben und ein gütiges Lächeln aufgesetzt. Er war ein seltsam aussehender Mann mit seinem länglichen Rumpf und kurzen Gliedmaßen. Sein mit Pomade zurückgekämmtes Haar war so schwarz wie sein Anzug. Eine Handvoll golden glitzernder Orden war an sein Revers geheftet.

Aber es war sein Zahn, der ihn unverwechselbar machte. Der Graf lächelte, und Rose sah ein dunkelblaues Aufblitzen zwischen seinem Eckzahn und den Schneidezähnen. Der Zahn hatte die Farbe von Blaubeeren und war zackig, als sei er in zwei Teile gespalten.

»Seht doch mal, wer da ist«, sagte Basil und streckte den Finger aus. »Contessa Fela! Ob sie sich wohl noch an mich erinnert?«

Fela, die Tochter des Grafen, stand auf der Bühne, direkt hinter ihrem Vater, und war mit ihrem Handy beschäftigt. Sie sah aus, als sei sie geradewegs von einem Pariser Laufsteg gekommen: Sie trug einen goldenen Jumpsuit und absurd hohe Absätze, und ihre langen schwarzen Haare fielen ihr glänzend und glatt bis zur Taille. Sie war im selben Alter wie Tymo, aber viel erwachsener angezogen.

»Ich danke euch«, sagte Graf Caruso. »Wir haben uns

heute hier versammelt, um eine schlimme *Sünderin* zu bestrafen.« Sein Gesicht verzog sich zu einer finsteren Grimasse. »Ihre falschen Tricksereien und Lügenmärchen sind Verbrechen gegen die Krone von San Caruso. Heute wird sie zum siebten Mal dafür bestraft, dass sie uns alle hintergangen hat und nicht nur uns, sondern auch die Quelle unseres Reichtums: den Minimuffin. Seht, die *abscheuliche* Lily Le Fay!«

»Uff«, machte Devin. »Was für eine bescheuerte Vorstellung.«

Ein halbes Dutzend Soldaten begann die Menge zu teilen und einen Weg zu dem Pfahl in der Mitte des Amphitheaters frei zu machen. Hinter ihnen kam ein Pferd angetrottet, das eine große zweirädrige Holzkarre zog.

Und in der Karre kauerte Tante Lily.

»Buuuh«, zischte Graf Caruso ins Mikrophon. Er blickte unwillig in die Menge und setzte lauter hinzu: »Das war ein *Befehl.*«

»Buh«, sagte Contessa Fela lahm, ohne von ihrem Handy aufzusehen.

Die Leute fielen in das Buhen ein, erst leise und dann immer lauter, je näher das Pferd die knarrende Karre an den Holzpfahl heranzog. »Buh, buh, buh!«

»Klingt eher wie *muh*«, sagte Basil.

»Die Leute sind echt so doof wie *Rindviecher*«, murmelte Devin.

Lily saß mit gesenktem Kopf in der Karre, während Hilfskräfte sich daranmachten, die Plane von dem Bottich zu ziehen.

»Ach, die arme *Tia* Lily«, flüsterte Tymo.

Balthasar schüttelte den Kopf. »Vielleicht hattet ihr ja doch recht in Bezug auf sie, Kinder. Sie sieht *erbarmungswürdig* aus.«

Tante Lily war immer der Inbegriff von Perfektion gewesen, eine Filmschönheit mit schwarzen gewellten Haaren, roten Lippen und einem makellosen Geschmack in Sachen Kleider. Aber die Gefangenschaft hatte sie verwandelt. Das seidige Haar war jetzt ein wirres Vogelnest. Ihr Gesicht war aschfahl und fleckig, und sie trug ein viel zu großes schmutziges T-Shirt, auf dem drei Wölfe den Mond anheulten. Darunter trug sie gelbe Shorts.

»Ziehen sie ihr das an, um sie zu quälen?«, fragte Basil.

»Es ist grausam und ungewöhnlich, das steht mal fest«, sagte Tymo.

»Nehmt eure Finger weg!«, kreischte Lily, als zwei Wachen sie zwangen, aufzustehen und aus der Karre zu steigen.

»Seht euch ihre Beine an!«, stieß Basil hervor. »Sie sind – sie sind – sie sind –«

»Lila!«, rief Tymo aus. »Das beißt sich ja entsetzlich mit den gelben Shorts.«

»Das spielt doch keine Rolle«, sagte Rose. »Aber *warum* sind sie lila?«

Die Wachen schubsten Lily grob in den Bottich, und Rose sah, dass die Hände ihrer Tante mit zwei schweren Metallbügeln aneinandergefesselt waren. Von den Bügeln hingen Dutzende kleiner Ketten, an deren Ende jeweils ein eisernes Amulett in der Form eines Minimuffins hing.

»Ha ha!«, schrie Graf Caruso ins Mikrophon. »Seht sie nur an! Die elende Gestalt!«

Lily hob den Blick, und Rose wurde von Stolz ergriffen, als sie die trotzige Miene ihrer Tante sah.

»Seid ihr bereit, Leute von San Caruso?«, krähte der Graf. »Es ist an euch, dazu beizutragen, die Bestrafung mit Schmähungen zu *würzen.* Los, verspottet sie!«

Die Wachen befestigten Lilys Handfesseln an schweren Stahlketten, die an dem verkohlten Pfahl befestigt waren. Es war schwierig, in den Bottich zu sehen, aber als Lily zur Seite geschubst wurde, schwappten lauter kleine runde Dinger heraus.

Trauben, stellte Rose fest. *Das Fass ist voller Trauben.*

An einer Seite des Bottichs war ein Zapfhahn angebracht, den die Wachen aufdrehten. Dann stellten sie eine Plastikwanne darunter.

»Was soll das denn für eine Art von Strafe werden?«, raunte Rose kaum hörbar, weil das Buhen der Zuschauer so laut war.

»Werden wir ja gleich sehen«, flüsterte Großvater Balthasar zurück. »Sei einfach nur froh, dass niemand verbrannt wird.«

»Zumindest heute nicht«, meinte Devin.

Die Lautsprecher knackten wieder, und mit Gitarrengeklimper plärrte eine vertraute Melodie aus den Boxen.

»Ist das …?«, fragte Tymo.

»Das sind wir!«, rief Basil aus. »Ich meine, das ist No Direction!«

Es war einer der früheren Hits von No Direction, aus der Zeit, als sie gerade den ersten Platz in einer Castingshow gemacht hatten und ganz oben in den Charts gewesen waren.

»*Oh Girl, du stampfst, stampfst, stampfst*«, ertönte es von No Direction.

»*Du hast den Rhythmus im Fuß.*
Oh Girl, du tanzt, tanzt, tanzt
Mein armes Herz mir zu Mus.«

Devin zog eine Grimasse. »So einen blöden Song sollen *wir* gesungen haben?«

Als die Musik über den Platz dröhnte, kam etwas Bewegung in die Menge, und die Leute tanzten lahm mit. Dazu trat Lily müde und erschöpft die Trauben in dem Bottich. Langsam aber sicher rann ein dünner Strahl von tiefviolettem Saft aus dem Spund in die Wanne.

»Jawoll!«, rief Graf Caruso und flippte auf der Bühne herum, als sei er in Euphorie verfallen. »Werft eure Gewürzmuffins auf die Schurkin! Und lacht sie aus! Vergesst nicht, über die Darbietung der großen, gedemütigten Lily Le Fay zu lachen!«

Die Menge tat wie befohlen. Ein Schwall winziger Gewürzmuffins flog im hohen Bogen durch die Luft. Die Muffins schlugen auf Lily auf und zerbröselten, und die Gewürzkrümel überzogen ihr Gesicht und rieselten in den Traubensaft hinab. Das Johlen der Menge wurde laut – bis Rose nur noch das spöttische Gelächter und die Melodie von *Du bist mein Herzanfall* von No Direction hören konnte.

Sie zitterte am ganzen Leib. »Das ist ja schrecklich«, sagte Rose. »Wir müssen eingreifen!«

Sie riss sich von Devin los, bereit, sich durch die Menge zu stürzen, um ihrer Tante zu helfen. Aber sie wurde von einer starken Hand bei der Schulter gepackt –

Großvater Balthasar. Er musste Rose nichts erklären, sie verstand sofort.

Wenn sie hinrannte, würde sie nur ebenfalls gefangen genommen und in einem ähnlichen Traubenbottich enden.

»Ja, das ist wirklich schrecklich«, sagte Basil mit unsicherem Lächeln. »Alle lachen, dabei ist das, was sie macht, nicht mal lustig. Ich muss mich zehnmal mehr anstrengen, um Lacher zu kriegen.«

Devin sah Basil missbilligend an. »Echt? *Das* ist es, was du daran schrecklich findest?«

Basil trat verlegen auf dem Kopfsteinpflaster herum. »Wollte nur die Stimmung ein bisschen aufheitern.«

Rose merkte, dass Tymo nicht mehr bei ihnen stand. Langsam drehte sie sich im Kreis, bis sie ihn unter den Umstehenden entdeckte. Er lehnte an der Steinmauer des Amphitheaters und plauderte mit einem schönen, dunkelhaarigen Mädchen seines Alters.

Rose nahm Devins Hand und zog ihn zu Tymo rüber, und Balthasar und Basil folgten. Als sie näher kamen, hörten sie, wie Tymo fragte: »Warum macht ihr Leute das? Ich interessiere mich nämlich für die Bräuche anderer Kulturen, weltgewandt wie ich bin.«

Das Mädchen zuckte die Schultern. »Warum machen wir dies und das in San Caruso?« Sie nickte zur Bühne hin. »Weil Graf Caruso es verlangt. Und das Traubenstampfen ist laut Graf Caruso unbedingt notwendig, um unsere weltberühmten Glühweinmuffins zu machen.«

»So was behaupten sie hier in der Gegend?«, unterbrach sie Großvater Balthasar. »Denn weißt du, Mädel, so wie ihr das hier macht, so wird Glühwein überhaupt nicht hergestellt.«

Das Mädchen entfernte sich. »Wir machen es jedenfalls so. Ich muss jetzt zurück.«

»Warte!«, sagte Tymo und holte sein Handy heraus. »Kannst du mir deine Nummer geben? Falls ich mal eine Führung durch diese schöne Stadt haben will?«

Das Mädchen wurde rot, nahm Tymos Handy, tippte etwas ein und reichte es ihm zurück.

»Nur vierstellig?«, fragte Tymo.

Sie zuckte die Schultern. »Wir sind nicht so viele in San Caruso. Vier Stellen reichen.« Sie winkte kurz mit einem Finger und sagte »*Ciao*«, dann verschwand sie in der Menge.

Plötzlich hörte die Musik auf.

Erschöpft sank Lily in dem Weinbottich auf die Knie, und die Soldaten lösten sie von den Ketten an dem Pfahl und hoben sie wieder in die Karre, die ein paar Sekunden später davonrumpelte.

»Danke, dass ihr eurer Pflicht so großzügig nachgekommen seid, Bürger von San Caruso!« Der Graf wischte sich die Stirn mit einem weißen Taschentuch ab. »Geht nun nach Hause und an eure Arbeit. Morgen wird erneut Wein gewürzt.«

Alle brachen in ein »Hoch lebe Graf Caruso!« aus, dann machten sie kehrt und verkrümelten sich wieder.

Graf Caruso verließ die Bühne zusammen mit Contessa Fela. Rasch wurden sie von einer Gruppe von Sicherheitsleuten zum Schloss zurückgebracht.

»Glaubt ihr, dass das eine richtige Telefonnummer ist?«, fragte Tymo und musterte sein Handy. »Weil, diese *chica* war nämlich echt *muy bonita.*«

»Flirten kannst du später immer noch, Tymo«, sagte Rose und deutete in die Richtung, in die Lily verschwunden war. »Los! Wir müssen Lily hinterher!«

Kapitel 4
Der größte Fan von No Direction

»Rose, wir sind direkt hinter dir!«, rief Balthasar.

Rose drängte sich durch die kleiner werdende Menge. Über die Köpfe der Bewohner von San Caruso hinweg konnte sie Lily erkennen, durchnässt von Traubensaft und überzogen mit stinkenden Gewürzen. Doch Lilys Kopf war stolz erhoben, während sie in ihre Gefängniszelle zurückgebracht wurde, wo immer diese sein mochte.

Rose *musste* sie retten.

Das Pferd, das den Wagen mit Lily zog, stampfte über das Kopfsteinpflaster. Hinter ihm holperte und knarrte die Karre und überquerte eine von San Carusos vielen Brücken – ein Pulk Gefolge hinterher. Und am Ende

des Pulks die Glycks und Devin. Die Nachmittagssonne stand hoch am Himmel und brannte, und der Schweiß lief Rose übers Gesicht – sie wusste nicht, ob wegen der Aufregung oder wegen der Hitze.
Die Karre bog von der Hauptstraße in eine düstere Gasse zwischen zwei Reihen von weiß getünchten Gebäuden. Rose musste aufpassen, dass sie weit genug hinter der Karre mit dem Pulk blieben, um keine Aufmerksamkeit auf sich zu ziehen, jedoch nicht *zu* weit, um ihre Tante nicht aus den Augen zu verlieren.
Einer der Wachmänner brüllte ein Kommando, und vorne kamen die anderen Wächter und die Karre zum Stehen. Rose duckte sich hinter eine Regentonne, und die anderen taten es ihr nach.
Rose hielt einen Finger an die Lippen, dann spähte sie vorsichtig über den Rand der Tonne.
Der Wächter, der gebrüllt hatte, ging um die Karre herum und bückte sich, um sich die zwei riesigen Räder anzusehen. Nachdem er entdeckte, wonach er gesucht hatte, rief er den anderen etwas auf Italienisch zu.
»Was sagt er, *abuelo*?«, fragte Tymo seinen Großvater.
Großvater Balthasar legte die Hand hinters Ohr und versuchte zu horchen. Nach einem Moment flüsterte er: »Irgendwas von einem Riss im Holz. Wird aber

schon nicht brechen. Sie wollen es mit Klebeband umwickeln.«
»Mit Klebeband?«, sagte Basil und zuckte mit den Augenbrauen. »Bleibt die Karre dann nicht kleben?«
Rose hatte keine Lust auf die Kalauer ihres Bruders.
»Jetzt sind sie abgelenkt«, sagte sie, während sie zusah, wie die Wachen Klebeband von einer grauen Rolle rissen. »Wir sollten hinrennen und sie rausholen!«
Devin legte Rose eine Hand auf die Schulter, um sie daran zu hindern. Er zog eine Art Schutzbrille aus der Tasche und setzte sie auf. Die Brille hatte vor den Gläsern noch zusätzliche Linsen, und als er seitlich an kleinen Hebeln herumfummelte, drehten sie sich teleskopartig heraus.
»Meine Version von einem Fernglas«, erklärte Devin gelassen. Nachdem er das Gefährt einen Moment lang beobachtet hatte, zog er die Brille wieder ab. Er machte ein grimmiges Gesicht. »Sie ist in der Karre angekettet, und ich bin mir nicht ganz sicher, aber ich glaube, die Wachleute tragen Waffen.«
Rose fummelte am Reißverschluss ihrer Hüfttasche herum. »Vielleicht könnten wir irgendwas zaubern, um erst die Wachen abzulenken und dann mit einem anderen Zaubermittel die Ketten zu schmelzen. Vielleicht –«

Großvater Balthasar tätschelte Rose die zittrigen Hände. »Das ist jetzt kein guter Zeitpunkt, Rosmarin. Ich weiß, dass du Lily helfen willst, aber ich kann nicht zulassen, dass jemand von euch Kindern verletzt wird. Nicht, solange ich auf euch aufpasse.«

Rose war den Tränen nahe, doch dann kam ihr Weinen kindisch vor. Lieber sollte sie Tante Lily retten. »Aber –«

Balthasar schüttelte den Kopf. »Was ist das Wesentliche für das Gelingen von gutem Backwerk?«

Rose blickte hinunter auf das Moos, das um die Regentonne wuchs. »Geduld.«

»Ganz genau«, flüsterte Balthasar. »Wenn man sich nicht genug Zeit nimmt, um den Teig gehenzulassen, fällt er im Ofen zusammen. So ist das auch mit unserem Rettungsplan. Wenn wir die Sache übers Knie brechen, könnte sie zu einer Katastrophe führen.«

Er hatte natürlich recht. Rose gab sich innerlich einen Tritt. Da hätte sie doch fast impulsiv gehandelt und mal wieder nur einen dummen Fehler gemacht – wie schon so oft zuvor. So verhielt sich eine gute Teamführerin nicht. Sie musste sich Zeit nehmen. *Nachdenken.*

Rose sah ihren Großvater an und nickte.

»Hey, sie fahren wieder los«, flüsterte Tymo.

Nachdem Rose und ihr Team die Wachen eine weitere Viertelstunde verfolgt hatten, überquerte die Karre eine Brücke über einen weiteren der breiten Kanäle – doch da fiel Rose auf, dass es gar kein Kanal war. Auf der andern Seite der Brücke war die Mauer, die sich hoch in den Himmel erhob und den Berg umringte, auf dem das Schloss stand.

Obwohl inzwischen ebenfalls ausgetrocknet, war dieser Kanal einmal ein Burggraben gewesen.

Die Brücke führte zu einem Seiteneingang des Schlosses, der von einem Fallgitter aus gekreuzten Eisenstäben abgesperrt war. Oben auf der Mauer hielten weitere Männer Wache. Rose wagte es nicht, mit Devin und ihrer Familie näher zu kommen – bestimmt würde man sie entdecken.

Hilflos musste sie zusehen, wie das Fallgitter unter Getöse hochgezogen wurde, um die Pferdekarre einzulassen.

Wir sind hier – dreh dich um!, versuchte Rose ihrer Tante per Gedankenübertragung mitzuteilen. *Dreh dich doch mal um, Lily, damit du siehst, dass wir gekommen sind, um dich zu retten.*

Doch Lily Le Fay sah sich nicht um, sondern wurde durch das Tor gebracht. Hinter ihr krachte das Fallgitter nach unten.

»Auf diesem Weg kommen wir wohl nicht hinein«, murmelte Devin.

»Vielleicht doch!«, sagte Basil. »Ich habe Hunderte von Computerspielen gespielt, und wenn ich etwas weiß, dann, dass sich unter dem Level mit dem Schloss *immer* ein Level mit einem Abwassersystem befindet. Wir könnten uns durch die Abflussrohre der Klos reinschmuggeln!«

Tymo verzog das Gesicht. »Diese Schuhe hier sind brandneu, *hermano*. Und ich brauche solch frische Treter, wenn ich das Mädchen aus San Caruso zu einem Date ausführe.«

»Außerdem«, setzte Devin hinzu, »wimmeln die Abwasserkanäle in den Spielen immer von riesigen Ratten.«

»Und was soll an Nagern so schlimm sein, *Monsieur?*«, quiekte eine Stimme hinter ihnen.

Alle drehten sich um und sahen Gus das Kopfsteinpflaster entlangschleichen. Auf dem grauen Kater ritt Jacques, als sei Gus sein höchstpersönliches Ross. Jacques zuckte gekränkt mit den Barthaaren und fuhr fort: »Ich gebe zu, dass Ratten, wie sagt man doch, *unsauber* sein können. Aber eine Maus niemals, *non*!«

»Ja, ja«, näselte Gus. »Mäuse: die reinlichsten aller Nagetiere. Ihr Markenzeichen.«

Großvater Balthasar bückte sich und kraulte den Kater hinter den knubbeligen Faltohren. »Asparagus, solltest du nicht die Zimmer bewachen?«

Der Kater schlängelte sich zwischen Balthasars Beinen durch und schlang seinen Schwanz um dessen Knöchel. »Das habe ich auch *gemacht*«, sagte Gus, »aber alles passiert doch hier draußen, auf der Straße! Außerdem sind wir gerade rechtzeitig gekommen, um euer Problem zu lösen.«

»Wie denn?«, fragte Rose eifrig. »Weißt du, wie man da reinkommt?«

»Wir haben es gelesen!«, verkündete Jacques. »Auf dem Tisch lag eine – äh, heißt das bei Ihnen auch *brochure*?« Er nickte mit dem kleinen grauen Kopf. »*Oui*, eine Broschüre. Da stand drin, dass man das Schloss besichtigen kann!«

Balthasar richtete sich wieder auf und blickte mit zusammengekniffenen Augen zu den dünnen weißen Türmchen, die sich hinter der dicken Mauer erhoben. »Eine Besichtigung, tatsächlich? Das klingt doch nach einem eleganten und einfachen Plan.«

»Das wird ja kinderleicht«, sagte Basil. »Wir müssen uns nur Tickets besorgen!«

»Uff«, flüsterte Basil, reckte den Hals und sah ehrfürchtig hinauf. »Vielleicht wird das ja doch nicht so leicht, wie ich dachte.«

»Kann man wohl sagen, *uff*«, wiederholte Rose.

Es war eine Stunde später – so lange hatten sie nämlich gebraucht, um den Weg durch die labyrinthartigen Gassen und über die Brücken der Stadt zu suchen. Schließlich entdeckten sie die breite Prachtstraße, die zum Haupteingang in der Mauer führte. Das glänzende silberne Flügeltor war so hoch wie ein zweistöckiges Haus und schimmerte in den Strahlen der späten Nachmittagssonne. Die Türflügel öffneten sich unter einem weißen Marmordurchgang, der in eine riesige Treppe mündete, die direkt in den weißen Stein des Felsens gehauen war. Sie verlief im Zickzack den steilen Anstieg bis zum Eingang in die große Schlosshalle hinauf.

Es wäre ein schöner Anblick gewesen, wenn es nicht gleichzeitig so anstrengend ausgesehen hätte.

»Warum denn nur so viele Stufen?«, fragte Tymo sich laut. »Glaubt ihr, dass es auch einen Fahrstuhl gibt?«

Aber Rose ließ sich nicht abschrecken. »Was stand in der Broschüre über die Öffnungszeiten?«, fragte sie Jacques, der immer noch auf dem Kopf von Gus saß. Beide hockten gemütlich in der Babytrage, die Balthasar umgebunden hatte.

Die Maus kratzte sich das Schnäuzchen. »Soviel ich mich erinnere, von Sonnenaufgang bis Sonnenuntergang.«
Tymo tippte auf seinem Smartphone herum. »Sonnenuntergang ist um 19.59 Uhr, so heißt es zumindest in meiner *Wann-ist-Sonnenuntergang-in-San-Caruso-*App.«
»Dann bleibt uns etwas mehr als eine Stunde«, sagte Rose. »Wir sollten uns lieber beeilen!«
Zuerst sprangen alle munter von Stufe zu Stufe und machten Pläne, wie sie sich heimlich während der Führung von der Besuchergruppe entfernen könnten.
Ab dem dritten Treppenabsatz verstummte einer nach dem anderen, und es war bald nur noch heftiges Atmen zu hören. Das heißt, einer verstummte nicht – Basil. Er machte seine Bemerkungen zu den leuchtenden Mohnblumen auf den Felshängen (»Was sind das für rote Blumen da drüben?«), den modrigen Wasserbrunnen auf jedem Treppenabsatz (»Oberekliq!«) und sogar zu den Buchsbäumchen auf den Treppenpfosten, die wie Muffins zugeschnitten waren. »Stellt euch mal vor, ihr müsstet so was Bescheuertes machen«, sagte er, »Hecken zu Muffins zurechtschneiden.«
»Puh«, schnaufte Tymo. »Kannst du vielleicht mal eine Weile die Klappe halten?«

»Verzeihung, ich versuche nur, die Stimmung aufzuheitern«, sagte Basil. Dann setzte er hinzu: »Macht euch der ganze weiße Stein auch schneeblind?«

Aber nachdem sie die dreizehnte Treppe hinter sich hatten, war selbst Basil zu erschöpft, um noch zu reden.

Großvater Balthasar ließ sich auf eine der Steinstufen sinken. »Geht ohne mich weiter«, sagte er keuchend. »Ich halte euch nur auf!«

»Wir lassen dich nicht zurück, Großvater!«, sagte Basil.

Tymo hielt Balthasar den Arm hin. »Du kannst dich auf mich stützen, *abuelo.*«

»Und auf mich«, sagte Devin.

»Menschen!«, murmelte Gus aus der Trage. »Sie kommen immer so schnell außer Atem!«

»... sagt der dicke Kater, der überallhin getragen wird«, knurrte Balthasar.

»Die Ballen meiner Pfoten sind eben *sehr* empfindlich!«, miaute Gus.

Nachdem die beiden älteren Jungen Großvater Balthasar stützten, schafften sie den Rest und erreichten das Ende der Treppe. Vor ihnen lag der Eingang zum Schloss. Die riesigen Tore standen noch offen, in Gold getaucht von den letzten Sonnenstrahlen.

Sie traten in die große Halle aus verwitterten Mauersteinen und gemeißelten Säulen. Bogenfenster aus Buntglas zeigten Muffins in allen Regenbogenfarben, und am Ende der Halle waren zwei riesige Flügeltüren aus poliertem Mahagoni. Daneben befand sich eine kleinere, normalgroße Tür für den täglichen Gebrauch.

Zwei Wachen in schwarzen Uniformen, deren muffinförmige Goldknöpfe blitzblank poliert waren, standen zu beiden Seiten der Tür und sahen neugierig dem Glyck-Team entgegen.

Nach einigem Zögern räusperte sich einer der Wachmänner und sagte: »Können wir euch weiterhelfen?«

Rose lächelte und sagte: »Ja, gerne, vielen Dank! Wir sind zu einer Führung gekommen.«

Der Wachmann runzelte die Stirn. »*Führung?* Was für eine Führung?«

Balthasar trat vor und sagte mit seiner freundlichen Großvaterstimme: »Nun, mein Freund, in der Broschüre in unserem Hotel stand –«

»Signore«, sagte der zweite Wachmann. »Es gibt für Außenstehende keine Schlossführungen mehr seit … vielen Jahren. Nicht mehr, seit ich diesen Posten hier innehabe.«

Der erste Wachmann zuckte die Schultern und setzte hinzu: »Nicht mehr, seit Graf Caruso an die Macht gekommen ist.«

»Machen Sie Witze?«, sagte Basil. Mit tiefem Aufseufzen ließ er sich auf den Boden sinken. »Das hätten Sie einem auch unten an der Treppe mitteilen können, echt.«

Der zweite Wachmann kicherte höhnisch. »Ah, Amerikaner. Keine Liebhaber von Bewegung, hä?«

»Hören Sie«, sagte Rose, »wir möchten das Schloss so gerne besichtigen. Gibt es denn niemals Führungen, überhaupt nicht? Nicht mal für Würdenträger?«

Der erste Wachmann lachte bellend. »Vor allem nicht für Würdenträger! Höchstens jemand, der *ganz* wichtig ist, dürfte *vielleicht* mal einen Blick hineinwerfen.«

»Wisst ihr, wer vielleicht wichtig genug wäre, um eine Führung zu bekommen?«, überlegte der zweite Wachmann und rieb sich das Kinn. »Diese Boygroup, die sich in der Stadt aufhält. Sie haben so einen dämlichen Namen. Wie heißen die doch gleich, Pietro?«

»No Direction«, erwiderte der erste Wachmann begeistert. »Die singen doch den Song: *Girl mit dem wunderschönen Haar.*« Und gemeinsam sangen sie noch die Zeile »*Ob rot oder schwarz, blond oder kahl, wie immer du aussiehst, mir wär's egal …*«

»Diese wundersam talentierten Jungs – die dürften rein«, sagte der zweite Wachmann. »Aber ihr nicht.«

Rose fühlte sich wie ein geplatzter Luftballon. Wieder ein gescheiterter Plan. Devin legte ihr den Arm um die Schultern, und Tymo sagte mit gezwungenem Lächeln: »Na denn, vielen Dank auch. Viel Spaß weiterhin beim Rumstehen und beim *Keine*-Führungen-Machen.«

Sie verließen die Halle und stiegen die erste der vielen Treppen hinunter. Sobald sie außer Sicht der Wachen waren, setzten sie sich, und Rose stützte das Kinn in die Hände.

»Wir müssen Tante Lily wohl die ganze Nacht da drin zurücklassen, oder?«, fragte sie.

»Ach komm, sie wird's schaffen«, sagte Devin. »Sie hat's doch bisher überlebt.«

»Ich wette, das Schloss ist von innen nicht mal interessant!«, sagte Tymo. »Wahrscheinlich nichts als ein paar Sofas und Sessel, die wie Muffins aussehen, Muffin-Statuen und Muffin-Tapeten.«

»Ich weiß nicht«, sagte Basil. »Ich finde, das klingt doch ganz spannend. Wie wohl ein Muffin-Klo aussieht?«

»Abartig, Basil«, sagte Rose knapp und zerbrach sich den Kopf. Der Wind hier oben war heftig – er peitschte ihr die Haare ins Gesicht, und sie war so frustriert, dass sie sogar eine Wut auf die Strähnen hatte, die ihr in die Augen gerieten.

»Na gut, vergiss die Muffin-Klos«, sagte Basil. »Aber ihr habt doch gehört, was die Wachen gesagt haben. Nur jemand wie No Direction darf rein. Die Grenzposten haben wir ja vielleicht mit unseren Yak-Perücken überlistet, aber Contessa Fela ist ein Superfan und sie *lebt* hier. Die durchschaut unsere Verkleidungen sofort.«

»Schon möglich«, erwiderte Rose. Selbst wenn *einige* von ihnen nicht an den Wachen vorbeikommen würden, hieß das aber noch nicht, dass *keiner* reinkam. Sie drehte sich um und deutete auf Großvater Balthasar – oder genauer: auf Gus und Jacques in der Trage vor seiner Brust. »Wärt ihr zwei vielleicht bereit, hier ein bisschen herumzuspionieren?«

Gus schlug mit der Pfote nach ihrem Finger. »Ich bin *immer* zu ein bisschen Auskundschaften bereit, meine liebe Rose.«

»*Oui*, ich ebenfalls!«, quiekte Jacques von seinem Plätzchen auf Gus' Rücken.

»Super«, sagte Rose. »Während ihr zwei für uns das

Schloss ausspäht, gehen wir zurück zum Hotel. Es ist an der Zeit, neue Pläne zu schmieden!«

Über eine Stunde später waren Rose, Devin, Tymo, Basil und Großvater Balthasar wieder unten und auf dem Weg ins Hotel Luce Del Sole.

Mit dem anbrechenden Abend wurde es in den gepflasterten Straßen dunkel, und in den Kanälen waren jetzt einige der Gondeln auf Rädern unterwegs mit Laternen, die an den gebogenen Hörnern des Bugs baumelten. Die Gondolieri in ihren gestreiften Hemden stießen sich ab und sangen dabei traurige Lieder, zu denen die Reifen ihrer Gondeln auf den trockenen Kanalböden quietschten. Die wenigen Menschen auf den größeren Straßen waren stehen geblieben und sahen den Gondolieri zu, und einige schluchzten leise zu den traurigen Melodien.

Die Stadt San Caruso, so entschied Rose, war keine glückliche Stadt.

Natürlich konnten Rose und die anderen nicht durch die Haupttür ins Hotel treten, da sie Peabody ja in dem Glauben gelassen hatten, dass die Jungen von No Direction noch immer im Hotelzimmer neben ihrer buckligen Begleiterin Mrs Keegan schliefen.

Aber sie hatten vorausgedacht.

Sie schlichen sich wieder über die Feuertreppe und stiegen bis zu ihrem Stockwerk. Die Tür zum Notausgang hatten sie beim Verlassen vorsorglich blockiert, und sie war noch offen. Rose hielt sie auf, damit alle eintreten konnten, aber im selben Moment hörte sie, wie jemand auf dem Korridor an eine der Zimmertüren polterte.

Rose wandte sich zu den anderen um und legte einen Finger auf die Lippen, dann zog sie die Tür einen Spalt weiter auf und spähte in den schwach erleuchteten Korridor.

Am Ende des Ganges, vor der Tür zu ihrem Zimmer, standen drei Leute: zwei bullige Wachen mit Sonnenbrillen, die die Person beschützten, die an die Tür zum Zimmer der Glycks pochte: Contessa Fela in ihrem glitzernden goldenen Jumpsuit.

»Ich weiß, dass ihr da drin seid!«, rief sie. »Nehmt die Muffins aus den Ohren und macht die Tür auf! Schließlich seid ihr nur *meinetwegen* hier.«

Einen Moment lang hatte Rose Angst, dass man sie entlarvt hatte und die Contessa gekommen war, um sie alle festnehmen zu lassen, weil sie sich in die Stadt eingeschlichen hatten.

Doch dann wurde ihr klar, dass Superfan Contessa Fela tatsächlich nur gekommen war, um No Direction zu treffen!

Rose drehte sich um und stieß mit Devin zusammen, der direkt hinter ihr stand.
»Wer ist da?«, flüsterte Devin. »Peabody?«
»Das Mädchen, von dem ich die Nummer hab?«, fragte Tymo voller Hoffnung und checkte sein Handy.
Aber ehe Rose einem von ihnen antworten konnte, zischte jemand: »Pssst!«
Sie fuhren herum. Auf einem Treppenabsatz weiter oben stand die seltsame alte Dame, die sie hinter dem Empfangstresen des Hotels gesehen hatten.
Sie winkte ihnen verzweifelt zu und flüsterte: »Kommt mit mir, wenn euch euer Leben lieb ist!«

Kapitel 5
Von Donuts verschandelt

»Hier entlang!«, sagte sie und führte sie wieder über die Feuertreppe zurück nach unten.

»Nichts als Treppen raufsteigen, dann umkehren und wieder runter«, meckerte Basil.

»Pssst!«, sagte die Dame und ging weiter.

Sie kamen ins Erdgeschoss, doch die Frau blieb nicht stehen und verließ auch nicht die Treppe. Stattdessen zog sie eine Kerze aus der Tasche und zündete sie an, dann ging sie einen Schritt in die Düsternis unter der Treppe, wo eine weitere verstaubte Treppe auf sie wartete.

Am Ende dieser Treppe war eine Tür mit einem Schild, auf dem *Nur für Personal* stand. Die Frau schloss mit

ihren Schlüsseln auf, dann schob sie die Glyck-Familie und Devin hinein. Alle stießen aneinander, dann schloss sich die Tür geräuschvoll hinter ihnen und die Kerze erlosch.
Es war stockdunkel und Rose hielt den Atem an. Sollte die alte Dame sie womöglich ausgetrickst haben?
Im nächsten Moment knipste die Dame das Licht an, und Rose stellte erleichtert fest, dass sie sich in der Küche des Hotels befanden.
»Wow«, sagte Tymo. »Cool.«
Der Raum war behaglich. Er hatte einen Steinboden und Arbeitsplatten aus weißen Kacheln mit roten Blumen. In der Mitte befand sich ein großer hölzerner Küchenblock, um den lauter unterschiedliche Hocker standen, und von der Decke baumelten Dutzende von Töpfen und Pfannen, denen man den häufigen Gebrauch ansah. Eine ganze Wand wurde von einem mit Holz angefeuerten Herd eingenommen, über dem sich ein Bogen aus hellen Backsteinen wölbte.
Obwohl diese Küche der Backstube in der Glücksbäckerei daheim gar nicht glich, fühlte Rose sich plötzlich ganz zu Hause.
»Ihr müsst ja alle großen Hunger haben«, sagte die Frau, führte sie an den Küchenblock und forderte sie auf, sich zu setzen. Sie war klein, nicht größer als Basil,

und sie hatte lange graue Haare, die sie zu einer hübschen Zopffrisur hochgesteckt hatte. Sie war kräftig gebaut und ganz braungebrannt – ihr Gesicht war runzelig und lederartig, aber die Fältchen um ihre Augen ließen die Frau freundlich erscheinen.

Sie stellte eine Keksdose aus Porzellan mitten auf den Küchenblock und nahm den Deckel ab. Darin waren lange, knusprige Kekse. »Ihr seid alle so mager! Greift zu, esst!«

»*Biscotti!*«, rief Devin. »Meine Lieblingskekse.«

»Mmm!«, sagte Basil und knusperte einen Keks. »Erst retten Sie uns vor Contessa Fela, jetzt füttern Sie uns mit Keksen. Ich mag Sie jetzt schon gut leiden!«

Balthasar verschränkte die Arme. »Sie haben uns jetzt hier hineingelotst, meine Dame. Ich glaube, es ist an der Zeit, uns wissen zu lassen, wer Sie sind.«

»Ich bin die Besitzerin dieses Hotels«, sagte sie, »und mein Name ist Griselda Farina D'Ambrosio Caruso-Smith. Meine Freunde nennen mich Sunny, das könnt ihr auch so halten.«

»Caruso!«, sagte Rose erschrocken. »Bedeutet das –«

Sunny machte eine wegwerfende Handbewegung. »Nein, nein, mit dem Verräter da oben im Schloss bin ich nicht verwandt. Ich bin nicht mal sicher, ob Caruso sein richtiger Name ist.«

»Wie schön, Sie kennenzulernen, Signora Sunny.« Tymo stand auf, ergriff Sunnys Hand und hauchte einen Handkuss darauf. »Wir sind natürlich die Band No Direction. Ich bin Zip, aber das wissen Sie ja schon.«

Die Frau machte große Augen, dann fing sie so zu lachen an, dass sie sich die Seiten halten musste. »Ach, Kleiner! Du machst keinem was vor! Ich weiß, wer du bist, Tymo Glyck, und ich glaube, ich weiß nur zu gut, warum ihr hier in San Caruso seid.« Sie fasste sich wieder und sah alle nacheinander an. »Ihr verfolgt ein edles Ziel, indem ihr gekommen seid, um jemanden zu befreien, aber es ist nur eine Frage der Zeit, bis man euch auf die Schliche kommt. Ihr müsst San Caruso verlassen. Heute Abend noch.«

»Aber das geht nicht!«, rief Rose. »Graf Caruso hält unsere Tante Lily gefangen, und wir müssen sie retten. Ohne sie gehen wir nicht.«

Devin ergriff Roses Hand und drückte sie zustimmend. »Ich bin derselben Meinung wie Rose. Wir haben eine Mission.«

»Sie sollten wissen, dass Rose, wenn sie in geheimer Mission unterwegs ist, niemals aufgibt«, sagte Basil und stibitzte sich noch einen Keks. »So sind wir Glycks nun mal gestrickt.«

Großvater Balthasar sah Sunny an und zuckte die Schultern, als könne er gegen die wild entschlossenen Kinder nichts ausrichten. Aber seine Miene konnte nicht verbergen, wie stolz er auf sie war.

»Wisst ihr«, sagte Sunny, »ich bewundere euch für euer Rückgrat. Ihr seid töricht, aber unerschrocken. Das gibt's hier in San Caruso heutzutage kaum noch. Alle haben … aufgegeben.« Sie lehnte sich an eine der Arbeitsflächen zurück und klopfte mit den Fingern auf die Kacheln. Nach einem Augenblick nickte sie. »Auch ich bin töricht und unerschrocken. Daher kann ich nicht anders, ich muss euch helfen.« Sie zog ein Schubfach auf und entnahm ihm ein dickes, schweres Buch. »Und das hier wird wahrscheinlich ebenfalls hilfreich sein.«

Sunny schob Rose das Buch hin. Es war alt und in blaues Leder gebunden, und auf dem Deckel stand in verblassten Goldbuchstaben *Erinnerungen an San Caruso.*

»Es hat meiner Großmutter gehört«, erklärte ihnen Sunny. »Und jetzt gehört es mir.«

Basil, Tymo und Devin stellten sich um Rose, die die fleckigen Seiten umblätterte. Es war ein Backbuch, ganz ähnlich dem aus der Glücksbäckerei, voll mit handgeschriebenen, hilfreichen Rezepten und lehrreichen Geschichten von Backwaren – ein Backbuch für das Glück von San Caruso. Aber es waren noch andere Sachen darin – alte Postkarten und Fotos von lächelnden Menschen an Kanälen, die im italienischen Sonnenlicht funkelten, weil sie mit kristallklarem Wasser gefüllt waren. Die Ränder waren mit Notizen und kleinen Kritzeleien und mit dem einen oder anderen schokoladigen Fingerabdruck verschmiert. All das bewies, dass das Buch sowohl oft benutzt als auch geliebt worden war.

»Ist das wieder so ein Glycks-Rezeptbuch?«, fragte Devin.

»Die Glycks waren große Zauberbäcker«, sagte Sunny mit erhobenem Finger. »Aber meine Großmutter kannte auch den einen oder anderen Trick.«

Großvater Balthasar entspannte sich und nahm sich einen von den *Biscotti*. »Soviel ich weiß, hat uns Rose einen Plan versprochen, sobald wir wieder im Hotel wären.« Er biss von dem Keks ab. »Aber erst mal müssen wir das Mädchen loswerden, das an unsere Tür hämmert. Sonst kommen wir nicht an Roses Koffer mit den Zutaten.«

Tymo grinste. »Ihr könntet mich hochschicken. Auch wenn sie vielleicht nicht glaubt, dass ich Zip bin, möchte ich wetten, dass ich Contessa Fela bezirzen

kann. Ich hätte nichts dagegen, wenn ich auch in Europa die eine oder andere Freundin hätte.«
Basil fuhr auf seinem Hocker herum und brüllte vor Lachen. »Ich *kenne* Contessa Fela, Alter. Die verspeist dich bei lebendigem Leib!«
»Ich glaube«, sagte Rose und wandte sich wieder dem Backbuch zu, »dass wir stattdessen lieber ein *Rezept* finden sollten, das uns weiterhilft.«
Balthasar stand hinter Rose und sah ihr über die Schulter, während sie Sunnys Buch durchblätterte. Er stieß mit seinem halb gegessenen Keks auf eines der Rezepte. »Das hier könnte doch zum Beispiel ein leckeres Rezept sein für unsere Lage.«
»*Verschandelungs-Donuts?*«, fragte Rose. »Klingt ja nicht wirklich besonders lecker.«
Basil hielt sich den Kopf mit den Händen. »Wen hast du vor zu verschandeln? Ich weiß, dass ich einen ziemlich runden Kopf mit vielen Sommersprossen habe, aber irgendwie hab ich mich an ihn gewöhnt.«
»Immer mit der Ruhe«, grummelte Großvater Balthasar. »Es handelt sich nur um einen Zauber, der wieder vergeht.«
»Also eine andere Art von Verkleidung?«, fragte Tymo.
»Die Contessa will mein Hotel nicht eher verlassen,

bis sie diese Boygroup getroffen hat«, sagte Sunny. Sie eilte an einen Schrank und holte einen großen gusseisernen Topf heraus. »Wenn du Donuts machen willst, dann brauchst du Öl.«

»Ihr habt Glück«, sagte Devin. »Zufälligerweise habt ihr auch einen Experten für Donuts dabei.« Wieder drückte er Rose beruhigend die Hand. »Sieht ja so aus, als ob ich bei mehr helfen kann als nur bei technischem Kram, stimmt's?«

»Eindeutig«, erwiderte Rose. »Lasst uns mit Backen anfangen.«

Obwohl es erst zwei Tage her war, dass Rose zum letzten Mal eine Schürze umgebunden hatte, fühlte es sich auf einmal so an, als sei sie durch eine Wüste gewandert und hätte endlich eine Oase erreicht.

Der Versuch, Tante Lily zu retten, war gespickt mit Unwägbarkeiten. Aber backen? Backen konnte Rose im Schlaf.

Mit Devins Hilfe verrührte Rose Hefe mit etwas Wasser aus einer Spezialflasche, die Sunny ihr reichte. Sie rührten Mehl ein, und zu Roses Überraschung verdoppelte sich der Teig in Sekunden statt in der üblichen halben Stunde.

»Was ist denn in der Flasche?«, fragte sie und musterte

das Gefäß. Es war aus blauem Glas mit einem Facettenmuster, und Rose hatte den Eindruck, dass es sehr alt war.

»Das Wasser ist aus der alten Stadtquelle«, erklärte Sunny. »Es handelt sich um ein ganz besonderes Wasser, und darauf beruht die Wirkung des Rezepts.«

In einem alten Standmixer verrührten Rose und Devin die aufgegangene Mischung mit Zucker und Eiern, Vanille und Butter, und der Teig entwickelte sich mit rasender Geschwindigkeit immer weiter. Was für ein Spezialwasser das auch sein mochte, es ließ die Hefe Blasen werfen wie nichts, was Rose je zuvor gesehen hatte.

»Ein letzter Schritt«, sagte Großvater Balthasar und überflog das Rezept mit Hilfe seines Fingers. »Wir müssen in den Teig die Gesichter der Personen einprägen, die ihr werden sollt.«

»Wie soll das denn gehen?«, fragte Devin.

»Man drückt den Teig auf ein Bild, und er zieht es ab. Wie ein Abziehbild.« Balthasar bemerkte ihre verständnislosen Blicke. »Das kennen Kinder heutzutage wohl nicht mehr?« Er zuckte die Schultern. »Egal, wenn man dann die daraus gemachten Donuts isst, verändert man sein Aussehen.«

»Aha«, sagte Rose. »Aber woher sollen wir Fotos von No Direction nehmen?«

Tymo steckte die Hand in die Hosentasche und verdreht seine Augen zur Decke. »Kann sein, dass ich am Schlagbaum zufällig ein paar von den Flyern mitgenommen habe. Ihr wisst schon, weil ich … so ein Fan von denen bin …«

Basil machte große Augen. »Bist du doch gar nicht!«

Rose streckte die Hand aus. »Her damit. Wir brauchen sie.«

Tymo seufzte und zog einen Stapel Flyer heraus. Auf jedem Blatt war quer über Arnolds Gesicht ein großes Herz gemalt, und in dem Herz stand *Nimm lieber Zip!* Sowie Tymos Handynummer.

»Tymo«, sagte Rose. »Hast du mit den Dingern etwa Mädchen aufreißen wollen?«

Er zuckte die Schultern. »Möglich?«

Balthasar rieb auf der Schrift herum, aber sie wurde nicht schwächer. »Bin mir nicht sicher, was die Schrift nun mit deinem Gesicht macht, Basil, aber das Risiko müssen wir in Kauf nehmen.«

Basil versetzte seinem Bruder einen Stoß. »Warum hast du unbedingt was über *mein* Gesicht schreiben müssen?«

»Das ist doch nicht *dein* Gesicht, *hermano,* es ist das von Arnold.«

»Schluss jetzt!«, fuhr Rose die beiden an. »Wir müssen

uns beeilen, wenn wir rechtzeitig fertig werden wollen.« Sie und Devin rollten vier Teigkugeln aus, dann drückten sie jeweils eine auf eines der vier Gesichter auf dem No-Direction-Flyer. Als sie das Papier von dem Teig abzogen, war auf jeder Teigkugel ein seitenverkehrtes Abbild der vier Bandmitglieder.

»Bereit!«, sagte Sunny. Ihr Topf mit Öl fing gerade zu sieden an.

Mit einer Schutzbrille und einer geblümten Schürze nahm Devin die bedruckten Teigkugeln, formte Kringel daraus und tauchte sie in das heiße Öl.

»Das war ja einfach!«, sagte Basil, als die Kringel gar wurden und an die Oberfläche schwammen. »Jetzt essen wir also diese Donuts und werden zu den Jungs von No Direction, richtig?«

»Nicht so schnell«, sagte Sunny. »Ihr seht dann aus wie die Band, aber ihr *klingt* noch nicht so.«

Tymo grinste Sunny an. »*Null problemo.* Wir brauchen nur wieder ein paar von den komischen Plätzchen, die wir schon mal gegessen haben.«

»Äh«, machte Rose. Sie zog die leere Tüte, in der die *Singwerkekse* gewesen waren, aus ihrer Hüfttasche. Nur ein paar Krümel waren übrig. »Alle-alle. Und ich hab keine Soprano-Spucke mehr, um neue zu machen.«

Sunny lächelte. »Die brauchst du vielleicht nicht! Ich glaube, es gibt etwas in dem Backbuch meiner Großmutter, das euch weiterhilft.«
Die alte Frau setzte sich neben Rose und blätterte die Seiten um, als ob sie genau wusste, wonach sie suchte. Dann hielt sie Rose das Buch hin.

Memoria-Caramellen

Mein Ehemann Salvador war während des Krieges viele Jahre fort, und als er zurückkam, stellten wir fest, dass sein Gehör durch den Geschützdonner gelitten hatte und er nicht mehr hören konnte, wenn ich Klavier spielte und ihm seine Lieblingslieder vorsang.

»Das hört sich ganz anders an als ein Glyck-Rezept«, sagte Rose.
Sunny tätschelte ihr die Schulter. »Weil es ja auch ein *Caruso*-Rezept ist, Liebes. Meine Großmutter hat es selbst erfunden.«

Salvador wurde ganz niedergeschlagen und war nicht mehr der lebenssprühende Mann von einst, und oh!, das konnte ich nicht zulassen. Also fertigte ich dieses Rezept, liebe Griselda, damit er in seinem Gedächtnis kramen und sich an die Zeit vor dem Krieg erinnern konnte. Meine Kreation besteht aus Keksen mit Haselnüssen und Schokoladestückchen, getaucht in einen Überzug aus Karamell, in den das Geflüster einer unvergessenen Liebe gemischt wird, und ich sage dir, liebe Enkelin, es ist ein wirklich sensationelles Konfekt. Diese Caramellen gab ich meinem Salvador zu essen, und als ich wieder Klavier spielte und seine Lieblingslieder anstimmte, war es wie beim ersten Mal. Ich sang ihm stundenlang vor, und wir tanzten die ganze Nacht an den Kanälen von San Caruso entlang, und nach dieser wunderbaren Nacht war es, als sei er niemals fort gewesen.

Für das Rezept nehme man …

»Ich glaube, ich hab's verstanden«, sagte Rose und überflog den Rest. »Wir lassen Contessa Fela diese *Memoria*-Dinger essen, dann hört sie nicht *uns*, wenn wir für sie singen. Stattdessen wird sie ihre ursprüngliche Erinnerung an die Lieder hören – nämlich die Originalsongs von No Direction.«

Großvater Balthasar nickte anerkennend. »Das ist pfiffig.«

Während Rose die Zutaten aufschrieb, die sie brauchten, überflog Basil die Geschichte zu dem Rezept. »Die großen Gräben da draußen waren also mal richtige Kanäle?«, fragte er Sunny.

Sunny nickte. »Es hat sich eine Menge verändert, seit Graf Caruso die Macht übernommen hat.«

»Der Typ«, sagte Tymo, »ist die *Pest.*«

»Eindeutig«, stimmte Rose ihm zu. »Tymo, Großvater, Basil? Ich brauche eure Hilfe.« Sie trat kurz an den Herd zu Devin. »Wie weit sind die Donuts?«

»Fast fertig«, sagte er und wendete den letzten Donut in dem Öl. Die drei anderen lagen säuberlich aufgereiht auf einem Kuchengitter. Die Ober- und Unterseiten zeigten ein sattes Goldbraun, außen herum lief ein blasserer Ring.

Alle halfen dabei, die Zutaten für die *Memoria-Caramellen* zusammenzustellen: Schokolade und geröstete Haselnüsse, Mehl und Eier und kleine Karamellbonbons. Während Rose den Teig in einer Rührschüssel anrührte und ihn dann in runde Förmchen goss, sah sie Sunny an. »Vielen Dank für Ihre Hilfe. Und für die Hilfe Ihrer Großmutter. Hört sich an, als ob sie eine außergewöhnliche Person war.«

»In der Tat, das war sie«, sagte Sunny leise und nahm ein Tuch, um die Arbeitsfläche sauberzureiben. »Ganz San Caruso war außergewöhnlich, damals. Es wurde gerühmt als die schönste Stadt am Mittelmeer. Die Stadt der siebenundzwanzig Brücken wurde sie genannt, und es hieß, das Wasser in den Kanälen sei so rein gewesen, dass es die Bewohner von San Caruso jung hielt.«

»Fertig«, sagte Devin, schaltete den Herd ab und legte den letzten Donut zu den anderen.

Rose schob das Konfekt – die *Memoria-Caramellen* – in den Ofen, und alle versammelten sich um den Küchenblock, um zu warten und Sunny zuzuhören, die mit ihrer Geschichte fortfuhr.

»Das Kanalwasser stammte aus einer Quelle, die mitten in San Caruso war, versteckt in dem Felsmassiv, das unsere Stadt überragt. Der Quelle entspringt magisches Wasser mit einer natürlich sprudelnden Kraft, das sich perfekt für unsere Art von Backwaren eignet. Das Wasser macht sie unglaublich wirkungsvoll.«

»Das war also in der Flasche, die Sie für die *Verschandelungs-Donuts* benutzt haben!«, sagte Basil. »Ich dachte schon, Sie wollten nicht damit rausrücken, weil es in Wirklichkeit Schneckenschleim oder so was war.«

Sunny lächelte wehmütig. »Ach ja, damals zur Zeit meiner Großmutter war San Caruso ein Ort, den Jungvermählte aufsuchten, um ihr gemeinsames Leben zu beginnen; kranke alte Menschen kamen zu Besuch und wurden von dem lieblichen Wasser geheilt; und jene, die an gebrochenem Herzen litten, kamen, um es wieder kitten zu lassen. Damals gab es unzählige Caruso-Bäckereien, und meine Großmutter hatte die größte, die Königliche Küche, direkt am Fuß des Berges. Ihre Zauberspeisen beglückten die Bewohner der Insel und hielten sie gesund.«

Genau wie unsere Glücksbäckerei in Calamity Falls, dachte Rose bei sich.

Seufzend ließ Sunny ihren feuchten Lappen in das Spülbecken fallen. »Aber all das änderte sich vor sechsundzwanzig Jahren. Der Graf kam und nannte sich Caruso. Und er machte jeden im Königreich zu seinem Sklaven. Keiner kommt hier mehr weg und keiner wagt ihm zu trotzen.«

Tymo verschluckte sich fast an einem Stück Keks. »Halt mal, haben Sie gesagt, *keiner kommt hier weg*?«

Der Küchenwecker klingelte, und Rose sprang von ihrem Hocker, um das dampfende Konfekt aus dem Ofen zu nehmen.

»Ich erzähle euch später mehr«, sagte Sunny und stellte einen Topf Wasser zum Kochen auf den Herd. »Helft mir, die Karamellbonbons auszuwickeln, damit wir damit den Überzug für die *Memoria-Caramellen* machen können.«

Sunny sah zu, wie die anderen die Karamellbonbons

aus dem Wachspapier wickelten und sie in eine Glasschüssel warfen. Ehe sie die Schüssel auf das Wasserbad setzten, damit das Karamell schmelzen konnte, brauchten sie noch eine letzte entscheidende Zutat: das Geflüster einer unvergessenen Liebe.

»Diese Zutat kann ich beisteuern«, sagte Großvater Balthasar. Langsam beugte er sich über die Schüssel und flüsterte so leise hinein, dass ihn niemand verstehen konnte. Sofort bildeten sich an den Karamellwürfeln Kristalle, die im warmen Licht der Küche wie Diamanten glitzerten. Er flüsterte immer weiter, und ein rosiger Dunst kringelte sich um die glitzernden Bonbons. Rose glaubte ein schwaches, erfreutes Lachen aus der Schüssel zu hören.

Als er fertig war, richtete Balthasar sich wieder auf und wischte sich Tränen aus den Augen. »Was glotzt ihr alle so?«, grummelte er. »Lasst uns mit den Dingern zu Ende kommen, damit wir die Contessa endlich loswerden!«

Sie ließen die Karamellen schmelzen, dann spießten sie die Schokolade-Haselnussstückchen auf und tauchten sie in die magische Glasur.

»Jetzt ist es an der Zeit«, sagte Sunny, als sie die *Memoria-Caramellen* fertig hatten. »An der Zeit, euch mit den Donuts zu tarnen.«

Devin verteilte sie und sagte dabei die Namen der Bandmitglieder auf und reichte jedem der Glyck-Kinder seinen entsprechenden Donut.

»Vielleicht sollte ich lieber Zip sein«, sagte Basil und griff nach dem Donut von Tymo, doch Tymo war zu schnell.

»Du bist Arnold, *hermano*«, sagte er. »Damit musst du leben.«

»Äh, will jemand anfangen?«, fragte Devin nervös.

Tymo grinste. »Alter, du musst keine Angst vor Zauberkuchen haben, wenn wir Glycks ihn gebacken haben.« Er nahm einen großen, entschlossenen Bissen von seinem Donut, kaute zweimal und schluckte. »Lecker!«, sagte er.

Und dann begann Tymo zu beben und sich zu *verändern*.

Sein Gesicht wurde an den Rändern undeutlich, seine Mimik verschwamm wie auf einem Video, das plötzlich keine hohe Auflösung mehr hatte. Als sein Gesicht wieder scharf wurde, war er nicht mehr er selbst.

Er war aber auch nicht Zip.

Er war Arnold.

Tymo stemmte seine neuen stummeligen Arme in die zu breiten Hüften und grinste schielend. »Wie seh ich aus?«

Basil brach in Gelächter aus, ließ sich fallen und rollte über den Boden. Tymo sah zu ihm hinunter und kräuselte dabei ärgerlich seine blasse Stirn.

»Oje«, sagte Rose, »ich glaube, du hast den falschen Donut erwischt.«

Tymo riss sein Handy heraus und stellte auf Kamera, dann stieß er einen erschrockenen Schrei aus. »O nein! Warum Arnold? Jeder andere, nur nicht Arnold!« Er warf das Handy auf den Küchenblock, sackte zusammen und vergrub das Gesicht in den Armen. »Ich kann gar nicht hinsehen!«

»Hey, tut mir echt leid«, sagte Devin und sicherte sich und Rose zwei Donuts. »Mein Fehler. Aber vor Zauberkuchen muss man ja keine Angst haben, Alter, stimmt's?«

»Ha-ha«, jammerte Tymo. »Mach dich in so einem Moment nicht auch noch lustig über mich. Ich krieg die Krise.«

»Beeilt euch, Kinder«, sagte Balthasar, während er und Sunny die abgekühlten *Memoria-Caramellen* in eine Schachtel legten.

Rose, Devin und Basil aßen ihre Donuts, und kurz danach sahen sie alle wie die Spiegelbilder der No-Direction-Mitglieder aus. Rose und Devin waren wieder Hunter und Trevor, Basil jedoch war zu seiner großen Freude der hochgewachsene, sehr gutaussehende Zip.

»Vielleicht verschandeln einen diese Donuts ja nicht wirklich«, sagte er und blickte mit seiner neuen Größe herablassend auf seinen älteren Bruder. »Vielleicht enthüllen sie unsere innere Schönheit.«

»Ach, warum muss ausgerechnet mir so was passieren!«, klagte Tymo.

Rose *fühlte* sich nicht anders, aber ein Blick in Tymos Handy bewies, dass sie jetzt wie ein freakiger Typ mit regenbogenfarbenem Haar aussah. »Das hält ja nur eine kurze Zeit«, sagte sie, nicht nur, um Tymo zu beruhigen, sondern vor allem sich selbst.

»Hör mit deinem Gejammer auf, Thymian«, sagte Balthasar. »Wir müssen jetzt diese Contessa täuschen.«

Sunny schloss die Schachtel mit den *Memoria-Caramellen*. »Und jetzt … ist es an der Zeit. Vorhang auf für No Directions beste Show aller Zeiten!«

Kapitel 6
Memoria-Caramellen

Rose und die anderen drängten sich in den Hotelfahrstuhl. Sie dufteten nach frischem Backwerk und sahen total anders aus als sonst. Alle hatten die Augen auf die leuchtenden Zahlen über der Tür gerichtet, während sie in den zweiten Stock hinauffuhren, wo Contessa Fela und ihr Gefolge warteten.

Der Fahrstuhl hielt an und die Türen glitten mit einem *Pling!* auf. Nacheinander traten sie in den Korridor und blieben erst mal stehen, bis die Fahrstuhltüren sich hinter ihnen mit leisem Zischen schlossen.

Contessa Fela bemerkte sie zunächst gar nicht. Doch dann kamen die beiden bulligen Wachmänner in Bewegung, stellten sich im Korridor nebeneinander und versperrten den Blick auf die Contessa. Einer sprach in ein verborgenes Mikrophon am Ärmel seiner Anzugjacke, während der andere der Gruppe vor dem Fahrstuhl Einhalt gebot.

»Dieses Stockwerk wurde zur Sicherheitszone erklärt!«, sagte er. »Nur zugelassene Gäste der Contessa von San Caruso dürfen es betreten!«

Großvater Balthasar baute sich wichtig auf, als gehöre ihm das Hotel. »Ihr Typen seht wohl nicht gut mit euren Sonnenbrillen, stimmt's? Die vier hier sind No Direction. Wir haben das ganze Stockwerk reserviert. Was bedeutet, dass *Sie* eigentlich eine Genehmigung benötigen, hier zu sein.«

Die Wachleute bekamen keine Gelegenheit mehr zu einer Antwort. Eine Person hinter ihnen kreischte los, als sei sie in einen eiskalten See gesprungen – und im nächsten Moment drängte Contessa Fela sich hektisch zwischen den beiden Männern hindurch.

»Was machen wir jetzt?«, flüsterte Devin Rose zu.

»Dastehen und cool aussehen«, flüsterte sie zurück.

»Ganz richtig«, wisperte Sunny mit der Schachtel Konfekt in der Hand. »Sie darf euch nicht hören, zumindest nicht, bis sie die *Memoria-Caramellen* gegessen hat.«

Die gertenschlanke Contessa fasste sich, lächelte und

kam den Korridor entlanggeschlendert. Die Absätze ihrer Highheels klackerten über die Bodendielen. Dicht vor Großvater Balthasar blieb sie stehen. Mit ihren Highheels überragte sie ihn deutlich, und in ihrem goldenen Jumpsuit sah sie wie eine lebensgroße Oscar-Statue aus.

»Wird aber auch Zeit«, sagte die Contessa mit eingestemmten Händen. »Wer sind *Sie* denn?«

»Ich bin der Manager der Jungs«, erwiderte Balthasar. »Und mir scheint, Sie versperren uns den Zugang zu ihren Zimmern.«

Contessa Fela warf die langen schwarzen Haare zurück. »Weil ich schon seit *Ewigkeiten* auf No Direction warte. Seit Ewigkeiten!«

Basil als Zip streckte die Hand aus – damit Fela sie *schüttelte?*, fragte sich Rose – und sagte: »Tut uns leid, dass Sie warten mussten, Contessa –«

Großvater Balthasar legte den Finger auf Basils neue geschwungene Lippen. »Äh-äh. Zuzippen, Zip. Du musst *deine Stimme schonen.*«

Basil tat, als würde er seine Lippen mit einem Reißverschluss verschließen, und trat zur Seite … und stieß mit Rose, Devin und Tymo zusammen. Der Korridor war sehr, sehr eng. »Uups«, sagte er und setzte hinzu: »Uups, uups – ich soll ja meine Stimme schonen!«

Doch Contessa Fela achtete gar nicht auf seine Worte. »Genau! Ihr alle müsst eure kostbaren Stimmen schonen! Ich habe für morgen Abend für euch alle das Amphitheater von San Caruso gebucht, und ihr müsst in Bestform sein.«
In dem Moment hob Sunny ihre Schachtel mit *Memoria-Caramellen* hin, trat vor und stellte sich neben Großvater Balthasar.
Mit hochgezogener Augenbraue musterte die Contessa Sunnys Schachtel mit Konfekt. »Was ist das?«
Sunny knickste. »Ein Fluch würde mein Hotel befallen, wenn ich der Contessa von San Caruso und ihren Gästen nichts anbieten würde.« Sie hielt die Schachtel hoch. »*Caramellen?*«
Contessa Fela stupste eine der *Memoria-Caramellen* an und runzelte verwirrt die Stirn. »Die … die sehen ja gar nicht wie Minimuffins aus. Verstehe ich nicht.«
Sunny legte einen der *Memoria-Caramellen* auf eine Serviette und reichte ihn der verunsicherten Contessa. »Sie sind, Contessa, so *einzigartig* und *göttlich!* Ich dachte, Sie möchten vielleicht einmal etwas anderes kosten. Außerdem passt die Karamellglasur zu Ihrem Outfit.«
Zögernd nahm Contessa Fela das Konfektstückchen

und biss davon ab. Einer der Wachmänner griff sich ebenfalls eines, doch Contessa Fela schlug seine Hand weg. »Nichts für euch!«, sagte sie unwirsch. »Wachen dürfen nur ihre tägliche Ration an Minimuffins essen. So, und jetzt gebt ihnen die Setlist.«
Mürrisch zog der Wachmann ein Stück Papier aus der Tasche und reichte es Balthasar.
»Die Songs *müssen* unbedingt in der aufgelisteten Reihenfolge gespielt werden«, sagte die Contessa und versprühte Schokoladekrümel. Dann grapschte sie nach einem weiteren Stück Konfekt. »Ich habe jahrelang an meiner No-Direction-Playlist gefeilt.«
»Selbstverständlich«, sagte Balthasar. »Doch meine Jungs müssen jetzt wirklich in ihr Zimmer und sich ausschlafen. Jetlag, verstehen Sie.«
Contessa Fela seufzte. »Ach, wirklich. Eine winzige Kostprobe aus meinem Lieblingssong kann ihnen doch nicht schaden, oder?«
Großvater Balthasar warf einen unsicheren Blick auf die falsche Boygroup und dann auf die bedrohlich großen Wachmänner, die noch kein Zaubergebäck bekommen hatten. Aber es war klar, dass die Contessa keinen Schritt weichen würde, bis sie bekam, was sie wollte.
»Na gut«, sagte Balthasar. »Was ist denn Ihr Lieblingssong?«

»*Girl mit dem wunderschönen Haar*«, sagte die Contessa ohne zu überlegen.
Rose holte tief Luft. Das bedeutete, dass sie dran war – Hunter war der Sänger bei diesem Lied. Sie versuchte sich so aufgeblasen wie Hunter zu halten, hob einen Arm und öffnete den Mund, bereit, das einleitende *Oh girl, girl, girl* zu trällern.
»Nicht du.« Contessa Fela hielt eine Hand hoch, um ihr Einhalt zu gebieten, dann streckte sie den Finger aus. »Er.«
Rose folgte ihrem Finger. Dieser deutete direkt auf Tymo.
Tymos schielende Arnold-Augen wurden groß, und sein schiefes Lächeln wurde breiter. Er reckte seine runde Hühnerbrust, schob die anderen aus dem Weg und trat vor. »Was immer Sie wünschen, Contessa.« Er gab ihr einen Handkuss und zwinkerte.
Die Contessa kicherte.
»Du machst wohl Witze«, murmelte Basil-als-Zip.
Tymo, der klang wie ein jaulender Hund, legte los: »*Ob rot oder schwarz, blond oder kahl, wie immer du aussiehst, mir wär's egal …*«
Rose seufzte auf und entspannte sich. Obwohl sich die Wachmänner angesichts der kratzigen Stimme von Tymo verwunderte Blicke zuwarfen, schien die Con-

tessa nicht zu bemerken, dass Tymo kein bisschen wie der echte, näselnde Arnold klang. Die *Memoria-Caramellen* hatten wohl tatsächlich gewirkt!
Tymo fuhr der Contessa mit seinen stummeligen Arnold-Fingern durch die langen dunklen Locken und jaulte »... *denn für mich bist und bleibst du immerdar, das Girl* ...« Er beugte sich nahe an ihr Ohr und flüsterte atemlos: ... *mit dem wunderschönen Haar.*«
Contessa Fela drückte sich eine Hand auf die Brust, als würde ihr Herz gleich explodieren. Verträumt starrte sie in Tymos teigiges Gesicht und verlor sich in seinen kleinen blanken Äuglein.
Dann geschah etwas Seltsames.
Tymo-Arnolds Gesicht wurde an den Rändern unscharf, und ein wenig von dem viel hübscheren Gesicht des richtigen Tymo schimmerte durch. Contessa Fela war so benebelt, dass es ihr gar nicht auffiel.
Rose aber schon.
Sie packte Tymo bei der Hand und drehte ihn gerade noch rechtzeitig von der Contessa weg.
»Was machst du denn da?«, stellte die Contessa Rose zur Rede. »Zwischen mir und Arnold hat es doch gerade gefunkt, Hunter!«
Tymos Gesicht wechselte ständig zwischen dem pein-

lichen Arnold und dem normalen Tymo, als ob jemand beim Fernsehen von Sender zu Sender zappte. Rose schob ihn hinter sich und sagte: »Er ist schüchtern! Sehr schüchtern!« Rose sah Devins Blick, der ebenfalls gemerkt hatte, was los war. »Äh, genau!«, pflichtete er ihr bei und drängte Tymo hinter sich. »Sie sind viel, viel, viel zu sehr Frau für eine zarte Blüte wie unseren Arnold.«

»Echt«, sagte Basil, »warum haben Sie mich nicht singen lassen?« Er verzog den Mund zu einer Schnute. »Jetzt kommt Zip.«

»Schüchtern?«, fragte die Contessa ungläubig. »Dann muss ein anderer Junge für mich singen.« Sie deutete auf Devin. »Du. Ich möchte *Einsames Licht im Kühlschrank* hören.«

Devin räusperte sich, aber ehe er überhaupt loslegen konnte, fing auch er zu flimmern an. Unter dem schwarzen Haar schimmerte Blond durch, dann wurde er wieder dunkel.

»Nee!«, rief Rose, packte Devin bei den Schultern und drehte ihn um. »Trevor ist sogar noch schüchterner als Arnold!«

Zum Glück mischten sich jetzt Großvater Balthasar und Sunny ein.

»Es war reizend von Ihnen, uns zu besuchen«, sagte

Sunny und deutete auf den Fahrstuhl. »Aber die Gäste meines Hotels brauchen ihre Privatsphäre.«

»Ich sorge dafür, dass Ihre Setlist beim Konzert eins zu eins gespielt wird«, fügte Balthasar hinzu. »Nur keine Sorge.«

Contessa Fela seufzte theatralisch. »Na ja, das war ja wohl auch genug als Vorgeschmack. Ich freue mich schon auf den Hauptgang morgen.« Sie öffnete die Handflächen und zuckte mit den Fingern, so dass etwas Kleines, Goldenes sichtbar wurde. »Bis dahin nehmt dies bitte als Willkommensgeschenk entgegen: den Schlüssel zur Stadt.«

Großvater Balthasar nahm den Schlüssel, grunzte, dann reichte er ihn Rose über die Schulter. »Das ist ein Schlüssel?«, fragte er. »Sieht eher wie ein winziger Schneebesen aus.«

Rose sah ihn sich aus der Nähe an. Es war tatsächlich ein kleiner goldener Schneebesen. Um genau zu sein, er sah dem Schlüssel sehr ähnlich, den die Glycks für das Schloss an ihrer Geheimkammer benutzten, in der das kostbare Backbuch aufgehoben wurde.

Contessa Fela zuckte die Schultern. »Spielt das eine Rolle? Er öffnet euch jede Tür in der Stadt – mit Ausnahme der Kerker im Schloss natürlich. Das wäre töricht. Abgesehen davon wird euch jeder, der weiß, was sich gehört, helfen, wenn ihr den Schlüssel zeigt.« Sie ließ einen arroganten Seufzer los. »Es handelt sich um eine große Ehre.«

»Absolut«, sagte Rose und steckte den Schneebesen-Schlüssel ein. »Danke.«

Sunny drehte sich nach Rose um und zog erschrocken die Luft ein. Sie zwirbelte die Finger, und Rose verstand den Hinweis und drehte sich schnell weg – auch ihr *Verschandelungs-Donut* schien nicht mehr zu wirken.

»Danke, dass Sie reingeschaut haben!«, sagte Großvater Balthasar und drückte auf den Fahrstuhlknopf. Die Türen glitten mit dem üblichen Ton auf, und Contessa Fela und ihre Wächter traten hinein.

»Bis morgen!«, rief die Contessa noch.

Die Fahrstuhltüren waren kaum zu, da stiegen Rose heftige Blasen aus dem Bauch hoch, und sie rülpste leise. Ihr Blick wurde wieder klar – und als sie auf ihre Hände sah, stellte sie fest, dass es wieder ihre eigenen waren. Der Verschandelungszauber war komplett abgeklungen.

»Tja, das ist ja fast in die Hose gegangen«, stellte Großvater Balthasar fest.

Sunny strich sich übers Kinn. »Vielleicht haben wir nicht genug Quellwasser in den Donut-Teig gegeben. Aber egal, sie ist weg. Ihr seid in Sicherheit, Kinder!«

Tymo hauchte auf seine Fingernägel, dann polierte er sie an seinem T-Shirt. »War ich nicht super?«, fragte er. »Selbst wenn ich jemand wie Arnold sein muss – ich bin immer *excelente.*«

»Du hast Glück gehabt, dass Contessa Fela diese *Memoria-Caramellen* gegessen hat, Alter!«, sagte Basil. »Du hast geklungen wie ich auf dem Klo, wenn ich zu viele Bohnen gegessen habe!«

»Sei ruhig ein bisschen eifersüchtig, *hermano*«, sagte Tymo und schlug Basil auf den Rücken. »Es muss schlimm sein zu merken, dass ich ein besserer Arnold bin als du.«

»Nichts für ungut, Tymo, aber ohne die *Caramellen* hätte sie dich nie im Leben für Arnold gehalten. Du warst einfach eine klägliche Figur und noch nicht mal eines Arnolds würdig. Immerhin ist Arnold zwar nur *Arnold,* aber er kann doch wenigstens sauber singen.«

»*Oder*«, sagte Tymo, »ihr habt alle ein schlechtes Gehör und ich bin einfach umwerfend.«

Rose öffnete die Tür zu ihrem Hotelzimmer und ließ Sunny mit dem restlichen Konfekt vorbei. »Wie auch immer, sie haben die Geschichte erst mal gekauft«, sagte Rose, als die anderen Sunny folgten. »Das nächste Mal müssen wir vorsichtiger sein. Mal abgesehen von der Nummer, die Tymo abgeliefert hat – aber selbst jemand, der gar kein Fan ist, würde merken, dass wir ihnen was vormachen, wenn sie den echten Basil singen hörten.«

»Was?«, fragte Basil. »Ich kann doch singen! Ich singe doch immer unter der Dusche, und es hat sich noch niemand beklagt!«

Tymo schob die Hände in die Taschen, und Rose wandte den Blick ab.

Basil machte ein enttäuschtes Gesicht. »Oder?«

Großvater Balthasar schlug ihm auf den Rücken. »Mach dir nichts draus, Kleiner. Du hast andere Talente.«

»Ja, ja«, murrte Basil. Er ließ sich auf eines der freien Betten fallen.

Rose holte tief Luft und wandte sich dem offenen Fenster zu. Es war ein langer, aufreibender Tag gewesen, aber sie fühlte sich zu aufgedreht um zu schlafen, obwohl es draußen schon lange dunkel war. Das Schloss auf dem Berg war angeleuchtet und strahlte weiß, und sie konnte nur daran denken, dass Tante Lily in einem der Türme eingeschlossen war, die Beine voller Traubensaft, mit dem Gefühl, ganz allein gelassen zu sein.

Sie hörte Flügelschlagen, und ein Vogel landete auf der Fensterbank. Aber nicht irgendein Vogel. Er war grau und hatte einen gelben Bauch – es war derselbe Vogel, der am Flughafen auf ihrer Schulter gelandet war.
»Hey, schaut mal«, sagte Rose und kniete sich vor das Fenster.
»Er sieht wieder aus wie einer der Vögel, die in die Bäckerei gekommen sind«, sagte Devin.
»Schade, dass wir keine *Schwatzgummis* mehr haben«, sagte Tymo.
»Genau«, sagte Basil und benutzte das Bett als Trampolin. »Vielleicht hat er eine Botschaft für uns!«
Rose öffnete ihre Hüfttasche und zog die zerknüllte Tüte heraus, in der die *Singwerkekse* gewesen waren. Es waren nur noch Krümel übrig, aber die reichten ja vielleicht.
Der Singvogel hüpfte aufgeregt auf der Fensterbank hin und her, während Rose sich ein paar Krümel in die Hand schüttete. Der Vogel pickte sie eifrig auf.
Dann sang er.

»Kautabak, Kautabak, Kautabak!
Seid ihr bald da? Seid ihr bald da?
Kautabak! Seid ihr bald da?!
Kautabak!!!«

Nachdem er sein Lied beendet hatte, hob der Vogel ab und verschwand in der dunklen Nacht.

»Na so was«, sagte Sunny. »Ich habe schon gehört, dass Vögel menschliche Worte nachplappern, aber nicht, dass sie solche Lieder singen. Da steckt wohl ein Glyck-Zauber dahinter, nehme ich an?«

Großvater Balthasar nickte. »Die Frage, ob wir bald da sind, verstehe ich ja. Aber *Kautabak?* Das ergibt ja irgendwie keinen Sinn. Lily hat sich doch nie was aus Kautabak gemacht. Ich weiß nicht, ob es an den Ingwerkeksen aus dem Laden liegt, dass der Zauber nicht richtig funktioniert, oder ob es sich um eine Art Rätsel handelt.«

Basil zog erschrocken die Luft ein. »Du meinst, dass Lily jetzt Kautabak kaut und durch die Gegend spuckt?«

»Ist ja eklig«, sagte Tymo. »Aber wahrscheinlich braucht sie einen Ausgleich für die Trauben und all die Minimuffins.«

Devin ließ sich zu Boden sinken. »Ich hab allmählich ein echt schlechtes Gefühl. Eure Tante versucht, uns Botschaften zu schicken, die wir aber nicht verstehen, und wenn wir jetzt kein perfektes Konzert veranstalten, ist es wahrscheinlich Essig mit der ganzen Rettungsaktion. Außerdem kenne ich so gut wie keine

Songs von No Direction.« Er zuckte die Schultern. »Also, außer den mit den Haaren. Den habe ich mir damals in Endlosschleife angehört, nachdem ich die neue Frisur hab machen lassen.«

Basil plumpste aufs Bett. »Musstest du richtig heulen deswegen?«

Devin schniefte und rieb seine Augen. »Nein.«

»Wir können doch heute Abend die Songs üben«, sagte Tymo und hielt sein Handy hoch. Auf dem Bildschirm flimmerten Texte auf. »*Ding Dang Dong* ist erstaunlich tiefsinnig.«

Rose wandte sich um und stellte sich mit dem Rücken zu dem Fenster und dem herrlichen Blick auf die Schlossfestung, in der ihre Tante gefangen gehalten wurde. »Vergesst das Konzert mal, okay? Wir müssen Tante Lily noch *vor* dem Konzert retten und San Caruso so schnell wie möglich verlassen.«

»Sie haben doch Ihr ganzes Leben lang hier gewohnt, nicht wahr?«, wandte Großvater Balthasar sich an Sunny. »Gibt es irgendeine Möglichkeit, in das Schloss zu gelangen, ohne dass uns jemand sieht?«

Sunny zog einen Stuhl unter dem verstaubten Tisch hervor und setzte sich. »Das Einzige, was in das Schloss führt, sind die Schienen für die Waggons voller Minimuffins«, berichtete sie. »Und das Einzige was rauskommt, sind – ebenfalls auf diesen Schienen – die Flaschen mit Quellwasser.« Sie hielt vielsagend den Finger hoch. »Wir haben ja den Schlüssel, den euch die Contessa gegeben hat! Ich wette, wir kommen damit in die Fabrik, wo die Minimuffins dieser Stadt hergestellt werden. Jetzt am Abend sind alle nach Hause gegangen, aber morgen früh könnt ihr euch hineinschleichen und einem der Waggons bis ins Schloss folgen.«

»Danke«, sagte Rose zu Sunny. »Für alles, was Sie für uns getan haben. Wirklich.« Rose sah forschend in ihr Gesicht. »Aber *warum* helfen Sie uns? Nach allem, was Sie erzählt haben – wenn Graf Caruso herausfindet, dass Sie mit uns gemeinsame Sache gemacht haben, könnten Sie in große Schwierigkeiten kommen.«

Die alte Frau trat zu ihr und starrte wehmütig aus dem Fenster und auf San Caruso hinunter. Die Gondeln mit ihren baumelnden Lampen, die wie Glühwürmchen leuchteten, fuhren immer noch die leeren Kanäle von San Caruso entlang. Eine kühle Abendbrise wehte herein, und Rose fiel erneut auf, wie schön die Stadt war, wenn man davon absah, dass jeder, der hier lebte, versklavt war. Und davon, dass die winzigen Minimuffins nervten.

Sunny erzählte: »Als Graf Caruso vor Jahren hier eintraf, berichtete er uns von einer bösen Organisation, die unter dem Namen Internationale Nudelholzgesellschaft bekannt ist. Die Nudelholzleute kannten unsere Bäckereien und wussten, dass das Quellwasser, das durch unsere Kanäle floss, die Grundlage unserer Zauberei war. Caruso warnte uns, sie würden kommen und unser Wasser stehlen – und versprach, dass er uns beschützen könne.« Sie senkte den Kopf und sagte leise: »Und wir glaubten ihm.«

»Vielleicht hat er sogar die Wahrheit gesagt«, meinte Devin. »Die Nudelholzgesellschaft ist mindestens genauso schlimm wie Graf Caruso.«

»Sie haben Puderzucker über unsere ganze Stadt schneien lassen«, sagte Tymo.

»Und das Wasser in Limonade verwandelt!«, setzte Basil hinzu. »Obwohl ich nicht weiß, was daran so schlimm sein soll.«

»Oh, wir wussten, was es mit der Nudelholzgesellschaft auf sich hat«, fuhr Sunny fort. »Das ist der Grund, warum wir Caruso an die Macht ließen, auch wenn wir ihm nicht recht trauten. Unter seiner Regie bauten wir die Schlossfestung über der Quelle und zogen eine große Mauer um den gesamten Berg. Kaum waren wir fertig damit, verschloss Caruso die Tore und entleerte die Kanäle. Er behauptete, das sei nur vorübergehend, um die Nudelholzgesellschaft glauben zu lassen, das Wasser sei versiegt, aber dann ließ er das Wasser nie wieder in die Kanäle zurückfließen. Stattdessen zwang er uns, das Wasser ausschließlich für die Herstellung der Minimuffins zu benutzen, mit denen er sein Vermögen macht. Ohne das Wasser wären seine Muffins ungenießbar. Durch die mit dem Wasser angereicherten Muffins ist er dann so reich geworden, dass er sich in die höchsten Ebenen der Weltregierungen eingekauft hat. Aber selbst das ist ihm noch nicht genug.«

Sunny sah Rose an. »Als ich vorhin eure Entschlossenheit und euren Mut bemerkte, beschloss ich von jetzt auf gleich, alles zu riskieren und euch zu helfen, eure Tante Lily zu retten. Denn ihr braucht mich, um sie zu retten.« Sie ergriff Roses Hände. »Und ich brauche dich, Rosmarin Glyck: Hilf mir bei der Rettung von San Caruso!«

Kapitel 7
Die Muffin-Revolution

Rose konnte nicht schlafen.

Einerseits machte sie sich Sorgen, wie es ihren Eltern zu Hause in Calamity Falls im Kampf gegen die Plagen der Nudelholzgesellschaft wohl ging. Aber weil sie von ihrem Bett durch das geöffnete Fenster einen perfekten Blick auf das Schloss hatte, zerbrach sie sich vor allem den Kopf, wie sie Tante Lily aus den Klauen des Grafen Caruso retten konnte – ganz abgesehen davon, dass sie das ganze Ländchen von seinem bösen, muffinbesessenen Diktator befreien sollte.

Nicht genug, dass ihre Familie und ihr Freund sich auf sie verließen. Jetzt war Rose auch noch die einzige

Hoffnung für Tausende von Menschen – für die Sklaven von Graf Caruso!

Sie war gerade erst dreizehn. Einfach nur ein Mädchen, das feine Köstlichkeiten in einer Backstube zusammenmixen konnte. Hieß das, dass sie schon so weit war, um sich Meisterbäckerin zu nennen? Rose war sich da nicht so sicher.

Nachdem sie sich ein paar Stunden herumgewälzt hatte, schlug sie die staubigen Laken zurück und schlich ans Fenster, um die Läden zu schließen. In den anderen Betten hörte sie Tymo leise schnarchen und Basil im Schlaf etwas von einem Huhn namens Lola murmeln, das eine Autostraße zu überqueren versuchte. Er kicherte vor sich hin.

»Kannst wohl auch nicht schlafen, was?«

Devins Stimme kam aus der Dunkelheit, während Rose die Fenster verschloss, und sie spürte, dass er neben sie trat.

Rose tastete nach seiner Hand und drückte sie, eine inzwischen ganz vertraute Geste, die sehr tröstlich war. »Wir wollen Tante Lily retten, den Damen von der Nudelholzgesellschaft Paroli bieten und jetzt auch noch die Mission erfüllen, San Caruso zu befreien – ich habe das Gefühl, dass wir den Mund zu voll genommen haben.«

»Was seltsam ist«, flüsterte Devin, »denn sie haben hier doch nichts außer superkleinen Muffins.«

Trotz ihres Unbehagens musste Rose kichern. »Du hast heute einen echt guten Trevor gegeben. Obwohl du eigentlich wie immer warst, nur mit einer Yakfell-Perücke.«

»Danke. Du warst ein flotter Hunter.« Er schwieg eine Weile. »Weißt du was, Rose?«

»Was?«, fragte sie.

»Ich finde, wir sind ein gutes Team. Nicht nur wir beide. Wir alle. Und weißt du, was noch?«

Rose lächelte. »Was? Noch was?«

»Es liegt an *dir*«, sagte Devin. »Du weißt immer, was zu tun ist, und das bedeutet, dass ich ebenfalls immer das Gefühl habe, zu wissen, was ich tun muss. Auch wenn das alles mehr als verrückt ist.«

Rose wusste nicht, was sie sagen sollte. Mit Devin zusammen zu sein war so tröstlich, wie heiße Schokolade an einem Wintertag, aber nicht mal er konnte sie *vollständig* beruhigen.

Plötzlich war sie hundemüde. »Komm, wir versuchen zu schlafen«, sagte sie. »Ein schwerer Tag liegt vor uns.«

Es fühlte sich an, als seien nur wenige Sekunden vergangen, als Großvater Balthasar die Fensterläden öffnete und die Morgensonne hereinließ.

»Raus aus den Federn!«, bellte er. »Ah, es gibt doch nichts Schöneres, als bei Tagesanbruch aufzustehen, was?«

Tymo stöhnte und zog sich das Kopfkissen über das Gesicht. »Es ist aber gar nicht Tagesanbruch. Da, wo wir herkommen, ist es ungefähr ein Uhr morgens. Das geht doch nicht, *abuelo.*«

Doch Rose sprang aus dem Bett, riss Tymo das Kopfkissen weg und warf es nach Basil. »Keine Zeit heute für Jammerlappen«, sagte sie. »Tante Lily hat schon lange genug auf uns gewartet!«

Nacheinander gingen sie ins Bad, wuschen sich und zogen sich an, so schnell sie konnten. Während die Jungs sich fertig machten, füllte Rose ihre quietschgrüne Hüfttasche wieder auf und vergewisserte sich, dass sie so viele nützliche Zutaten wie möglich dabeihatte. Auf dem Weg zum Fahrstuhl sah sie sich im Korridor um, ob Gus und Jacques zurückgekehrt waren – aber anscheinend waren der Kater und die Maus noch beim Spionieren. Das hoffte sie zumindest. Sie wollte nicht daran denken, was passiert sein könnte, falls Graf Caruso die beiden erwischt hätte.

In der Lobby wartete Sunny auf sie. Die alte Dame stand strahlend am Empfangstresen. Sie trug feste Wanderschuhe und einen weißen Sonnenschutz, um ihre Augen vor dem grellen Licht zu schützen. Sie hielt einen Korb mit köstlich aussehenden Zimtschnecken in der Hand und bot jedem eine an.

»Esst sie, ehe wir hinausgehen«, sagte sie mahnend. »Es darf niemand sehen, dass ihr was anderes zu euch nehmt als Minimuffins!«

Nachdem sie alle aufgegessen hatten, verließen sie das Hotel und durchstreiften die Stadt Richtung Norden.

»Wir besuchen die Königliche Küche«, informierte Sunny sie, als sie über eine Brücke gingen und den ersten leeren Kanal überquerten. Unter dem Arm trug sie das schwere Backbuch ihrer Großmutter. »Der Chefbäcker ist um fünf Ecken mit mir verwandt. Du hast doch den Schlüssel zur Stadt dabei, Rose?«

Rose tätschelte den kleinen Schneebesen unter ihrem T-Shirt. »Würde ich nie vergessen.«

»Haltet die Köpfe gesenkt und tut so bedröppelt wie die Leute hier, Kinder«, ermahnte sie Großvater Balthasar, als sie die nächste Brücke überquerten. »Wir müssen so aussehen, als gehören wir hierher.«

Mit der Zeit schlossen sich dem Marsch zu der Königlichen Küche immer mehr San Carusaner an. Mindestens hundert Männer und Frauen in Bäckerjacken und Bäckermützen schlurften über das Kopfsteinpflaster auf dem Weg zur Arbeit. Sie sahen allesamt bedrückt und aschfahl aus, und einige schienen sogar den Tränen nahe zu sein.

»So viele Bäcker hab ich noch nie im Leben gesehen«, sagte Rose zu Devin.

»Ich auch nicht«, erwiderte Devin. »Aber diese Bäcker sehen alle ganz unglaublich niedergeschlagen aus.«

Je weiter sie kamen, desto mehr Leute schlossen sich ihnen an – einige in Overalls und mit Gartenhandschuhen, andere in Anzügen und mit Aktentaschen. Keiner sprach ein Wort und ihre trottenden Schritte wurden von den engstehenden Häusern zurückgeworfen.

Rose, ihre Familie, Devin und Sunny bemühten sich, so wenig wie möglich unter ihnen aufzufallen. Aber keiner von den Leuten, die sich in den Straßen drängten, schien sie überhaupt zu bemerken. Schon bald bogen sie um eine Ecke und standen direkt vor dem weißen Felsmassiv.

»Hier schon wieder?«, murrte Basil. »Müssen wir wieder die vielen Treppen rauf?«

»Nein«, sagte Sunny. »Unser Ziel liegt dort.«

Vor ihnen lag die Königliche Küche, die in den Fuß des Berges gebaut war.

Wie sich herausstellte, war die Königliche Küche eine Fabrik. Ein Seitenflügel bestand aus grünen Glaswänden und einer Glaskuppel – ein Gewächshaus gefüllt mit Tausenden von Setzlingen. Durch das Glas konnte Rose Gärtner sehen, die sich um Büsche und Bäume und Weinstöcke kümmerten oder junge Zucchini und Zitronen und Oliven und Tomaten in winzige, muffinförmige Gefäße drückten. Auf diese Weise sollten die Früchte und Gemüse in Form eines Minimuffins wachsen und aussehen wie alle anderen Lebensmittel in dieser Stadt. Einige der Gärtner ernteten die Erzeugnisse bereits. Sie zerschlugen die Gefäße mit Kugelhämmern, lösten die missgebildeten Früchte und Gemüsesorten heraus und ließen sie in kleine Waggons fallen, die auf Schienen durch die Mitte des Gewächshauses fuhren. Die restlichen Arbeiter strömten alle in das Hauptgebäude. An der Frontseite waren Flügeltüren, neben denen zwei der Wächter von San Caruso standen, um die Dienstabzeichen zu kontrollieren. Rose und ihr Team stellten sich ebenfalls an.

»Denkt daran, zusammenzubleiben«, sagte Großvater Balthasar etwas außer Atem. »Und haltet euch an die Geschichte, die Rose erzählen wird.«

»Wie war die doch gleich, *hermana*?«, fragte Tymo. »Ich glaube, ich hab noch geschlafen, als du sie vorgetragen hast.«

»Dass wir ganz wichtige Gäste der Krone seien, die gekommen sind, um eine Besichtigung zu machen«, flüsterte Rose. »Aber vielleicht sollten wir Sunny reden lassen.«

»Natürlich«, sagte Sunny. »Halte den kleinen Schlüssel bereit!«

Die Schlange schob sich voran, und schon bald waren die Glycks an der Reihe. Die Wachperson, die auf ihrer Seite zuständig war, eine gelangweilte Frau mit weißblondem Haar, betrachtete sie misstrauisch.

»Habt ihr euch verlaufen?«, fragte sie. »In San Caruso gibt es strenge Vorschriften bezüglich Kinderarbeit, verstanden?«

»Keine Sorge«, sagte Sunny mit zuckersüßer Stimme. »Wir sind nicht gekommen, um zu arbeiten! Wir wollen zur Kelle.«

Die Wächterin riss den Mund auf. »Zur Kelle? Sie ist *sehr* bedeutend und *sehr* beschäftigt! Warum sollte sie ihre Zeit damit verschwenden, hier herauszukommen und euch zu treffen?«

»Weil wir den Schlüssel haben«, sagte Sunny.

Rose holte den goldenen Schneebesenschlüssel aus

ihrer Hüfttasche. Die Wächterin erstarrte, als sie ihn sah. »Das hättet ihr gleich sagen sollen«, sagte sie. »Von Anfang an.« Sie schaltete ein Walkie-Talkie ein und sprach leise hinein. Einen Augenblick später wandte sie sich wieder den Glycks zu. »Tretet ein und wartet neben dem Mittelgang, die Kelle wird sofort bei euch sein.«

Die Königliche Küche war riesig, so groß und hoch wie ein Flugzeughangar. In der Decke oben befanden sich Oberlichter, die das Tageslicht hereinließen, und über ihnen schlängelten sich Tausende von Rohrleitungen, die rasselten und aus kreischenden Ventilen Dampf ausstießen. Die Rohre führten in Bögen von der Decke zu großen Stahlkesseln, die neben langen Arbeitsflächen aus Stahl standen. Die Köche arbeiteten fleißig und köchelten und brieten, rösteten und flambierten. Sie standen an etwas, das wie ein kulinarisches Fließband aussah. Über jedem der Arbeitstische hingen Transparente, auf die Bilder von Spargel oder Steak oder Kartoffelbrei aufgemalt waren – wie in einer Kinderfibel über Lebensmittel.

»Die Köche sehen nicht gerade aus, als ob sie Spaß haben«, sagte Basil und sah sich um. Rose und die anderen waren direkt am Eingang stehen geblieben und versuchten, an dem nicht enden wollenden Strom von Arbeitern vorbeizusehen. Basil überlegte. »Findet ihr nicht, dass ich sie mit ein paar von meinen Scherzen aufheitern sollte?«

Schnell sagte Balthasar: »Bitte nicht!«

»*Seht mal*«, sagte Rose. Sie deutete auf die verschiedenen Tische, an denen die Köche ganze Portionen des Essens – Kartoffeln, Spargel, Orangen – in Mixer warfen und sie zu Mus zerkleinerten.

Rose konnte zusehen, wie ein Mann drei perfekt golden gebackene Hähnchen aus dem Ofen zog und sie dann an seinem Arbeitstisch in den dafür vorgesehenen Mixer warf. Die Brathähnchen fielen mit einem Plumpsen hinein. Ein weiterer Angestellter goss einen Krug Wasser dazu, schraubte den Deckel auf den Mixer und schaltete ihn ein. Die Hähnchen wurden mitsamt Knochen und allem Drum und Dran innerhalb von Sekunden zermahlen.

Gurgelnd und zischend wurde darauf der Hähnchenbrei von einer durchsichtigen Glasröhre aus dem Mixer nach oben an die Decke gesaugt und in einen anderen Teil der Küchenfabrik transportiert. Fast so, als ob jemand Babybrei mit einem Strohhalm aufgesaugt hätte.

Rose drehte sich der Magen, und auf einmal war sie

froh, dass sie nichts außer Sunnys Zimtschnecke gefrühstückt hatte.
Es dauerte nicht lang, da näherte sich eine Frau in einem langen silbrigen Arbeitskittel. Sie kam in ihren orangefarbenen Crocs anmarschiert wie ein Soldat, und obwohl sie ganz mager war, hatte sie ein Gesicht so breit und flach wie ein Servierlöffel. Rose musste nicht lange raten, warum sie Kelle genannt wurde.
Die Kelle blieb vor ihnen stehen. »Griselda«, sagte sie abweisend und sah Sunny an. »Wie ich sehe, hast du beschlossen, meinen Arbeitsablauf zu unterbrechen, zweifellos aus belanglosen Gründen.«
Sunny zwang sich zu einem Lächeln. »Zweifellos, Cousine. Aber ich habe Gäste der Contessa dabei, und sie besteht darauf, dass man mit ihnen einen Rundgang durch die Königliche Küche macht.«
Die Kelle spitzte die Lippen. »Tatsächlich? Das hat die Contessa gesagt?«
»Ganz genau«, sagte Tymo. »Sie redet von nichts anderem als von Ihren Muffins. Sie hat uns praktisch damit vollgestopft. Wir brennen darauf, zu erfahren, wie sie gemacht werden.«
»Und sie hat uns diesen Schlüssel gegeben.« Rose hielt den winzigen Schneebesen hoch.
Die Kelle strich ihr Haar glatt, das zu einem straffen

Knoten gebunden war. »Tja, wenn die Contessa es so will. Kommt mit. Aber auch ihr müsst die Vorschriften beachten: Rührt nichts an!«

Alle nickten eifrig und gingen hinter der Kelle her. »Hier drüben«, erklärte sie und führte sie zwischen den einzelnen Kochstationen durch, »bereiten wir die Speisen auf die langweilige normale, schwer verdauliche Art zu.« Sie riss eine frisch gegrillte Garnele von einem Gestell, auf dem sie abkühlte, befingerte sie ungeschickt und ließ sie zu Boden fallen. »Seht ihr, wie unbrauchbar Speisen sind, wenn sie sich in ihrem natürlichen Zustand befinden? Wie soll man sie denn halten oder gar essen? Ganz unmöglich!«

»Packen Sie sie nicht einfach … am Schwanz und beißen hinein?«, fragte Basil.

Die Kelle warf ihm einen vernichtenden Blick zu. »Könnte man schon. Wenn man ein *Tier* ist. Folgt mir!«

Die Gruppe ließ die Arbeitstische und Mixer hinter sich, wich Gabelstaplern aus, die Kisten mit ungekochten Lebensmitteln verfrachteten, und sie durchquerten einen Mittelgang zu dem eigentlichen Ziel der rohrartigen Speiseleitungen. Wie in der Küchenabteilung hingen über Dutzenden von Backstationen Transparente. Nur, dass auf diesen Transparenten die-

selben Lebensmittel in Minimuffin-Form abgebildet waren.
»Also, *hier* geschehen nun die Wunder!«, sagte die Kelle mit ausholenden Armbewegungen.
Die Rohrleitungen wölbten sich von der Decke herab, liefen durch eine Reihe von großen Fässern, aus denen weitere Leitungen kamen, jeweils mit schmalen Glasdüsen an den Enden. Diese Enden schwebten über den Fließbändern. Vor den Augen von Rose und den anderen hielten Angestellte Tabletts unter die Düsen und drückten auf Knöpfe, um die pürierte Pampe in Minimuffin-Förmchen tropfen zu lassen und die Tabletts schließlich auf das Fließband zu stellen. Die gefüllten Förmchen wurden nun zu anderen Arbeitskräften gefahren, die sie beflissen in Backöfen schoben.
Große Rollwagen standen bei den Backöfen. Als die Timer klingelten, zogen die Angestellten die dampfend heißen Muffins heraus und stellten sie auf die zahlreichen Etagen der Rollwagen. Wieder andere Hilfskräfte rollten die Wagen in eine Abteilung, über der *Versand und Empfang* auf einem Schild stand.
»Beeindruckender Ablauf«, sagte Großvater Balthasar, der seine Abscheu kaum verhehlen konnte.
»Ja«, sagte die Kelle. »Ich weiß.« In ihrer Nähe klingelte ein Timer, und sie klatschte in die Hände. »Ah,

ihr habt Glück! Ihr könnt mal von einer frischen Ladung aus dem Ofen kosten.«

Die Kelle führte sie zu einer Abteilung unter einem Transparent, auf dem ein graugrüner Muffin zu sehen war. Sie drückte der verdutzten Rose einen warmen Muffin in die Hand. Er roch schwefelig und fühlte sich schleimig an. Rose fragte sich kurz, ob er aus Froschschenkeln gemacht war.

»Stinkt ja wie faule Eier«, sagte Basil, als er auch einen erhielt.

»Pssst«, machte Rose. »Probier ihn einfach mal.«

»Esst, esst!«, forderte die Kelle sie auf.

»Na denn prost«, sagte Tymo und verschlang den Minimuffin in einem Bissen. Da niemand die Kelle misstrauisch machen wollte, taten es ihm alle nach.

Der Muffin landete komplett als weicher Schleimkloß in Roses Magen. Sie hustete in die Hand, und Devin schlug ihr auf den Rücken.

»Es ist mein Lieblingsminimuffin«, sagte die Kelle. »Gekochter Rosenkohl!«

Basil unterdrückte einen Würgreiz. »Wie kommt man nur auf die Idee, einen Muffin aus *Rosenkohl* zu machen?«

»Und auch noch aus gekochtem!«, sagte Großvater Balthasar.

»Ich vermute, ihr Amerikaner mögt euer Gemüse nur auf einer sperrigen, unhandlichen Pizza, hmm?«, sagte die Kelle. »Aber ist das bei uns nicht viel einfacher? Eine ganze Portion Gemüse in einem handlichen Bissen! Die Methode der Minimuffins ist eine Revolution!« Sie wandte sich zum Weitergehen um und rief über die Schulter: »Kommt mit!«

»Graf Caruso und Contessa Fela essen diese Muffins also auch?«, fragte Devin, während sie ihr folgten.

»Selbstverständlich«, erwiderte die Kelle. »Sie essen *nichts anderes.*«

»Essen sie hier?«, fragte Tymo. »Also, es ist ja schon irgendwie laut hier, aber vielleicht mischen sie sich ja gerne unters Volk.«

Die Kelle schnaubte. »Sei doch nicht albern. Wir versenden Frühstück, Mittagessen und Abendessen täglich frisch. Genug Portionen für alle Leute im Schloss.«

»Ach ja?«, fragte Rose. »Wie werden die Muffins denn ins Schloss transportiert? Es gibt doch in San Caruso weder Autos noch Lastwagen.«

Die Kelle blieb unter einem Transparent stehen, auf dem ein leuchtend orangefarbener Muffin abgebildet war. Über ihr klapperten die Rohrleitungen. »Ihr stellt

ja reichlich viele Fragen«, sagte sie und musterte sie misstrauisch.
»Die Kinder sind beeindruckt«, sagte Sunny. »Wie du schon sagtest, diese Minimuffins sind eine Revolution. Und eine Offenbarung, muss man sagen.«
Basil griff sich einen orangefarbenen Muffin von einem Tisch in der Nähe und steckte ihn in den Mund. Beim Verschlucken zog er eine Grimasse. »Mmm!«, log er. »Das Beste, was ich je gegessen habe! Ich wünschte nur, dass *ich* hier eines Tages arbeiten könnte, Signorina Kelle.«
»Wie erfrischend, bei einer so jungen Person solche Leidenschaft zu sehen, vor allem für unsere Leber-Ananas-Muffins«, sagte die Kelle lächelnd und tätschelte Basil den Kopf.
»Warum ist er denn so leuchtend *orange*?«, flüsterte Devin Rose zu.
»Zur Belohnung«, fuhr die Kelle fort, »dürft ihr was ganz Besonderes sehen! Ich zeige euch unsere königliche *funicolare*. In jeder ist genug Platz, um die Muffins für alle Mahlzeiten bis hinauf in den Speisesaal des Schlosses zu bringen. Kommt mit zu der Landeplattform.«
Rose ließ Devin, Tymo und Basil vorbei, damit sie sich der Kelle anschließen konnten, während sie mit Groß-

vater Balthasar und Sunny in einigem Abstand folgte.

»Die *funicolare* ist also unser Zugang zum Schloss«, flüsterte Rose. »Was immer eine *funicolare* ist.«

»Bestimmt gibt es Wachen und andere Sicherheitsvorkehrungen«, flüsterte Sunny zurück.

»Warum werfen wir nicht einen Blick in Ihr Backbuch?«, schlug Großvater Balthasar Sunny vor. »Bestimmt kann uns doch ein Rezept dabei helfen, einen Plan zu schmieden, wie wir auf den Berg kommen.«

»Tolle Idee«, sagte Rose. »Aber dazu brauchen wir auch eine Backstube.« Sie verstummte, weil sie nun auf das wartende Grüppchen aufschlossen. Alle gemeinsam betraten sie die Abteilung *Versand und Empfang*. Sie folgten der Kelle über eine Treppe zu einer Plattform zwischen zwei steil ansteigenden Gleisbetten. Die Gleisbetten führten hinaus durch offene Tore, die in die Wand der Fabrik eingelassen waren. Durch die Öffnung konnte Rose den steilen weißen Hang des Berges sehen.

»Da wären wir«, verkündete die Kelle. »Seht, von hier erklimmen die Waggons den Felshang. Sie starten in der Küche und stoppen erst im Speisesaal!«

Das war also der Grund, warum die Fabrik so dicht am Berg stand, begriff Rose. *Funicolare* hieß *Seilbahn!*

Früher einmal war es vielleicht ein leichter Zugang zu der Zauberquelle im Berg gewesen, doch jetzt diente die Spur als direkte Linie in das Schloss auf dem Gipfel.

Auf der rechten Spur parkte ein weißer Waggon mit geöffneten Seitentüren. Er sah seltsam aus; statt aus einem einzelnen flachen Abteil bestand der Wagen aus vier breiten, gestuften Abteilen, wie eine mobile Treppe, die so lang war wie ein Bus, der sich auf einer Schräge befand. Angestellte rollten hohe vollgefüllte Gestelle über eine Rampe herauf und in die jeweiligen gestuften Abteile hinein. Ein halbes Dutzend Wachmänner in schwarzen Uniformen beobachteten das gesamte Manöver.

»Sobald die Waggons beladen sind«, erläuterte die Kelle, »werden sie den Berg hinauf ins Schloss geschickt. Wenn alle mit essen fertig sind, werden die entleerten Gestelle wieder heruntergeschickt.« Die Gleisspur rumpelte und die Kelle fügte hinzu: »Ah, gleich kommt so ein leerer Waggon.«

Alle blickten hinauf und sahen, wie ein anderer Waggon das Schloss verließ. Licht spiegelte sich in den Fensterscheiben, und Rose musste sich schützend die Hand über die Augen halten, während der Waggon über die Gleisbahn von dem hohen, felsigen Berg herunterkam.

Gleichzeitig fuhr der Waggon, der auf ihrer Höhe gewartet hatte, los, glitt durch die Öffnung in der Mauer und begann, den steilen Hang zu erklimmen. Es hatte den Anschein, dass die beiden Waggons miteinander verbunden waren und sich gegenseitig in die entgegengesetzte Richtung zogen.
»Wahnsinn!«, sagte Tymo.
Es dauerte nur wenige Augenblicke, bis der herabfahrende Waggon die Ladestation erreichte, auf der sie alle warteten, und rumpelnd auf dem gegenüberliegenden Gleis anhielt. Die Türen glitten auf, und Angestellte drängten sich hinein, um die leeren Muffinbleche herauszuholen.
Währenddessen fingen Basil und Tymo an, die Kelle mit Fragen zu bombardieren. Sie wollten unauffällig herausfinden, ob die Möglichkeit bestand, eine der Küchen heimlich zu benutzen. Rose wollte sich ihnen gerade anschließen, als sie etwas Kleines, Graues aus dem eben angekommenen Waggon flitzen sah.
Jacques!
Der kleine Mäuserich huschte unter den riesigen Menschen hindurch, und ehe jemand Notiz von ihm nehmen konnte, bückte Rose sich und ließ ihn auf ihre Handfläche krabbeln.
»Seid ihr wohlauf?«, fragte sie, umschloss Jacques mit

der Hand und tat so, als würde sie ihr Haar zurechtmachen. »Du und Gus, ihr wart die ganze Nacht weg!«

»*Oui*, es geht mir gut«, sagte Jacques und versuchte zu Atem zu kommen. »Ich habe sie gefunden, Mademoiselle Glyck! Ich habe Lily Le Fay gefunden!«

Kapitel 8
Seht-mich-nicht-Knoten mit Knoblauch

Rose schnappte nach Luft und hätte Jacques beinahe fallen lassen. Doch dann drehte sie sich um und sah, wie die Kelle direkt auf sie zumarschiert kam. Sie steckte Jacques unter ihr T-Shirt in die Hüfttasche, die sie etwas offen ließ, damit die kleine Maus atmen konnte.

»Warum stehst du hier drüben herum?« Die Kelle packte Rose bei den Schultern und drehte sie um. »Langweilt dich meine Führung? Meine Zeit ist kostbar, musst du wissen.«

Rose schluckte. »Nein, ich finde Ihre Führung sehr interessant. Es ist nur so, ich selbst bin Bäckerin, deshalb habe ich gehofft, mehr davon zu sehen, wie die Muffins zubereitet werden.«

»Das ist eine tolle Idee, Rose!« Sunny trat neben die Kelle. »Die Contessa wäre begeistert, wenn ihre Gäste einen direkten Einblick bekämen, wie ihre geliebten winzigen Muffins gemacht werden.«

Die Kelle wippte ungeduldig mit dem Fuß, wobei ihre knalligen Gummiclogs auf den Betonboden knallten. »Wisst ihr, das ist keine schlechte Idee. Ihr Kinder könnt dabei helfen, wie unsere typischen Lasagne-Muffins gemacht werden.«

»Mit Vergnügen!«, rief Basil und klatschte aufgeregt in die Hände. »Nichts liebe ich mehr als pürierte Pasta, die in Muffinförmchen gepresst wird!«

Großvater Balthasar machte Basil ein Zeichen, seine Begeisterung zu zügeln, dann grinste er die Kelle an. »Wir folgen Ihnen, Signora Kelle!«

Kurz danach landeten sie in der hintersten Ecke des Backbereichs, wo Transparente mit leuchtend roten Muffins von der Decke hingen – Muffins aus Ravioli und Spaghetti und Lasagne. Alle Arbeitstische waren unbesetzt.

»Wo sind denn die Leute alle?«, fragte Tymo. »Ich hätte erwartet, dass der Bereich mit den italienischen Speisen *muy ocupado* ist, wo wir uns doch in Italien befinden und so.«

Die Kelle machte sich daran, die Backöfen einzuschalten und Tasten an den Fließbändern zu drücken, um sie in Gang zu setzen. »Die Contessa hat heute Morgen beschlossen, dass sie genug hat von der italienischen Küche, deshalb habe ich die Belegschaft im Bereich der chinesischen Gerichte verdoppelt.«
Die Maschinen ratterten los. »Der Vorgang ist ganz einfach«, dozierte die Kelle. »Erst stellt man ein Muffinblech unter eine der Düsen, so zum Beispiel.« Während sie sprach, zeigte sie ihnen, wie sie es machen sollten. »Dann drückt man auf den Knopf hier und füllt jede Muffinform.« Eine dicke hellbraune Substanz sickerte unten aus dem Bottich, und die Kelle fuhr mit ihrer Vorführung fort. »Das gefüllte Blech kommt auf das Fließband, ein weiterer Angestellter nimmt es ab, schiebt es in den Backofen und stellt die Zeit ein. Wenn der Timer klingelt, habt ihr eine frische Ladung – in diesem Fall mit Gelato-Muffins –, die dann auf einen dieser Rollwagen kommt. Ganz einfach!«
Das Blech wurde von dem Fließband davongetragen. Devin steckte einen Finger in die gefrorene Creme und leckte ihn ab. »Das ist gar kein Teig. Es ist einfach nur Eiscreme.« Er nahm noch einen Finger davon und steckte ihn in den Mund. »Echt leckere Eiscreme. Wird die im Ofen nicht einfach … schmelzen?«

»Das hätte ich fast vergessen!«, sagte die Kelle. Sie bückte sich unter eines der Fließbänder und zog Behälter hervor, die etwas enthielten, das aussah wie Flaschen mit Glasreiniger, in denen jedoch Wasser war. Sie gab Basil und Rose je eine Flasche. »In diesen Flaschen ist die Geheimzutat, die unsere Muffins gelingen lässt. Ihr müsst einen Spritzer in die Muffinfüllungen geben, ehe ihr sie in den Ofen schiebt. Sonst kommt nur Gelato-Suppe dabei heraus.«
Die Kelle gestikulierte zu den anderen leeren Bereichen. »So, jetzt werde ich mit meinen Mitarbeitern für die sehr hungrigen Leute unserer Stadt sorgen, deshalb muss ich jetzt gehen.«
Sunny legte ihr altes blaues Backbuch auf eine glänzende Arbeitsplatte. »Ich glaube, das haben wir verstanden, Cousine. Ich kümmere mich darum, dass diese Kinder einen sachgemäßen Lehrgang durchmachen.«
Die Kelle warf einen Blick auf eine große Uhr hoch oben an einer der Betonwände und nickte. »Sehr gut. Viel Spaß beim Einführungskurs in die Herstellung der weltberühmten Minimuffins von San Caruso!« Dann entfernte sie sich, und ihre Gummiclogs klapperten eilig über den Boden.
Sobald die Kelle außer Sicht war, rieb Rose sich die Hände. »Okay, Tymo, Devin und Basil, ihr schiebt die

Rollwagen so, dass sie eine Schutzwand bilden, damit keiner sehen kann, was wir machen.«

Tymo und Devin kümmerten sich sofort darum, die Wagen in eine Reihe zu rollen. Basil hingegen hatte das Fließband abgestellt und sich so daraufgelegt, dass er jetzt den Kopf unter dem großen Metallbottich hatte. Mit so weit wie möglich aufgerissenem Mund, in dem ihm schon das Wasser zusammenlief, griff er nach oben, drückte auf den Knopf an dem Bottich und wartete darauf, dass ihm die Eismasse in den Schlund lief.

»Kommt nicht in Frage, Basil!« Großvater Balthasar packte ihn um die Mitte und zerrte ihn auf den Boden.

»Ach komm schon, Großvater!«, jammerte Basil. »Ich wollte doch nur etwas davon probieren, ehe es zu Muffins wird.«

Rose trat zu Sunny, die eine der Flaschen, die wie Glasreiniger aussahen, hochhielt. »Unser kostbares Quellwasser in Sprühflaschen aus Plastik«, sagte sie und schüttelte den Kopf. »Eine Schande.«

In dem Moment spürte Rose, wie es in ihrer Hüfttasche rumorte. Sie hatte Jacques fast vergessen!

Nachdem die Jungs aus den Wagen eine Barrikade gemacht hatten, holte sie die Maus heraus. Jacques sprang auf die Arbeitsfläche neben das Backbuch.

Sunny kreischte: »Eine Maus! Das muss doch gegen die Hygienevorschriften sein!«

»Nein, nein, das geht in Ordnung«, sagte Rose. »Er ist ein Freund.«

Jacques setzte sich auf die Hinterbeine und verneigte sich. »Guten Tag, *Mademoiselle*.«

Mit der Hand auf der bebenden Brust sagte Sunny langsam: »Eine sprechende Maus. *Gouda-Geplauder-Gebäck*, nehme ich an?«

»Ganz recht«, sagte Großvater Balthasar hinter ihr. »Genau wie mein Kater. Sag mal, wo *steckt* denn Asparagus überhaupt? Habt ihr zwei euch gut zurechtgefunden?«

»*Oui*«, sagte Jacques und nickte mit seinem langen Schnäuzchen. »Gus ist im Schloss geblieben. Er hat Thunfischmuffins gerochen und gesagt, denen müsse er nachspüren. Aber wir haben Lily gefunden!«

Tymo schob einen letzten Wagen zurecht und drehte sich um. »Wo ist sie?«

Jacques' Barthaare zuckten nervös. »Äh, na ja, wir haben sie nicht direkt *gesehen*.«

»Habt ihr mit ihr geredet?«, fragte Devin. »Ist sie hinter verschlossenen Türen?«

»*Non*«, sagte Jacques und ließ den Kopf hängen. »Wir haben nicht mit ihr gesprochen.«

»Wie meinst du das dann, dass ihr sie gefunden habt?«, murrte Großvater Balthasar.
»Wir haben mit einem Gefangenen gesprochen, der sagt, er hat gehört, wie sie an seiner Zelle vorbeigegangen ist«, sagte Jacques. »Der Gefangene ist sehr alt, sehr mager, sehr behaart und sehr schmutzig.« Die Maus rümpfte angewidert die Nase. »Sein Geruch ist so mächtig, dass wir ihn nur vom Gang aus befragen konnten. Aber –« Jacques setzte sich wieder auf die Hinterbeine. »Dieser Mann hat uns von der einzigen anderen Person in dem Kerker erzählt – von einer Frau, die einmal am Tag herausgeholt wird. Das kann doch niemand anders sein als Ihre Tante.«
»Sie muss es sein«, sagte Rose und streichelte Jacques zwischen den Ohren. »Gut gemacht.«
»*Tia* Lily sitzt fest und hat nur einen alten müffelnden Mann als Gesellschaft?« Tymo schüttelte den Kopf. »Kein Wunder, dass sie Kautabak braucht.«
»Der Kautabak muss warten.« Rose sah Sunny an. »Haben Sie was dagegen, wenn ich …?«, fragte sie und deutete auf das blaue Backbuch.
Sunny lächelte und sagte: »Lass mich dir helfen«, und zusammen blätterten sie die vergilbten Seiten durch.
»Das da vielleicht?«, fragte Sunny und deutete auf ein Rezept, doch Rose schüttelte den Kopf.

»Zu kompliziert.«
Sunny blätterte weiter und tippte auf eine Illustration. »Wie wär's damit?«
Rose seufzte. »Nicht genug Zeit, um den Teig fest werden zu lassen.«
»A-ha«, sagte Sunny, als sie nach hinten geblättert hatte. »Das könnte wirken.«
Rose blickte auf die vergilbte Seite. Neben einer Federzeichnung von kleinen Brötchen, die zu einem goldenen Knoten gezwirbelt waren, stand ein handgeschriebenes Rezept.

Seht-mich-nicht-Knoten mit Knoblauch

San Caruso ist berühmt für viele Dinge, vor allem für das unglaubliche Felsmassiv, das unsere kostbare Quelle beherbergt. Aber eine unserer Kronjuwelen ist das antike Amphitheater auf dem Hauptplatz der Stadt. Niemand weiß, wer das Amphitheater ursprünglich hat errichten lassen, oder aus welcher Zeit es stammt, aber seit Jahrhunderten dient es als zentrale Bühne für alle Arten großartiger Vorführungen.
Das führt mich zu diesem Rezept, liebe Griselda, das ich erfand, als deine Mutter zehn Jahre alt war. In jenem Jahr führte das Studio di Ballo seine Fassung des berühmten Balletts »Flug der Feengeister« auf. Deine Mutter, für ihr Alter

eine der talentiertesten Tänzerinnen, wollte, dass man noch Jahrzehnte von ihrer Darbietung sprechen würde, und wie du weißt, kann ich meinen geliebten Kindern niemals etwas abschlagen.

Zufällig wusste ich, dass man von Knoblauch und Quellwasser, in einem bestimmten Verhältnis gemischt, vorübergehend unsichtbar wird. (Ich erfuhr davon anlässlich eines denkwürdigen Vorfalls, der Onkel Giovanni bis zum heutigen Tag überzeugt, dass in unserem Haus ein kichernder Geist herumspukt.) Am Abend der Aufführung formte ich also mit Quellwasser vermischten Brötchenteig zu einer Knotenform, den ich dann mit Knoblauchbutter einpinselte. Diese Knotenbrötchen servierte ich kurz vor dem Höhepunkt der brausenden Orchestermusik. Die Kinder des Balletts traten mit glitzernden Feenpuppen über ihren Köpfen aus den Kulissen. »Marionetten!«, rief die Menge, da sie die unsichtbar gewordenen Kinder nicht sehen konnte und annahm, dass die Feenpuppen von Fäden in der Luft gehalten wurden. Doch dann liefen die unsichtbaren Kinder in die Zuschauertribünen des Amphitheaters und – ach, es war, als seien die Feenpuppen lebendig geworden. Und tatsächlich, der eine oder andere redet bis heute noch bewundernd von der magischen Aufführung.

Für das Rezept, das du nur für lautere Zwecke verwenden darfst, liebste Enkelin, brauchst du …

»Das Zauberwasser, wenn es mit einer außergewöhnlich großen Menge Knoblauch vermischt wird, macht denjenigen, der es verzehrt, also eine Stunde lang unsichtbar«, sagte Balthasar.

»Dann ist es an der Zeit zu backen!«, verkündete Rose. »Wir müssen mit der nächsten Seilbahn auf den Berg!«

Sunny riss eine leere Seite hinten aus dem Backbuch und reichte sie Rose – »um eine Liste der Zutaten zu machen« –, und Rose notierte rasch alles, was sie brauchten: Mehl und Hefe, Olivenöl und Butter, Salz und Zucker und eine ganze Menge Knoblauch. Sie reichte die Liste an die Jungen weiter, die davonschlichen, um die Zutaten irgendwo in einem der anderen Bereiche zu entwenden.

Während Großvater Balthasar Wache stand, bereiteten Rose und Sunny die Geräte vor. Sie schalteten die Backöfen auf 200 Grad und spannten Alufolie über die Muffinbleche mit ihren Ausbuchtungen, um eine glatte Backfläche zu erhalten. Jacques kauerte auf dem Buch und verfolgte jeden Schritt, während die Jungen hin und her liefen und die Zutaten brachten.

»Das ist ja leicht!«, sagte Basil, der mit einem vollen Eimer Knoblauchknollen hereinstolperte. »All die Angestellten sind so geistesabwesend, während sie ihren Lebensmittelbrei machen, dass es ihnen gar nichts ausmacht, wenn wir uns an ihren Vorräten bedienen.«

Sunny schüttelte traurig den Kopf. »Wie ich schon sagte, in San Caruso haben alle resigniert.«

»Sorgen Sie sich nicht, Sunny«, beruhigte sie Rose. »Irgendwie werden wir Graf Caruso das Handwerk legen. Aber erst müssen wir ins Schloss gelangen.«

Nachdem Hefe und Mehl mit Quellwasser aus einer der Sprühflaschen vermischt worden war, verdoppelte und verdreifachte der Teig sich in kürzester Zeit wie bei den Donuts. Rose, Balthasar und Sunny kneteten die Teigkugeln. Währenddessen saß Jacques auf der Arbeitsfläche und nagte sich durch eine Knoblauchknolle nach der anderen, um die Zehen von den Häutchen zu befreien.

Dann bekam jeder seine Aufgabe am Fließband: Rose und Sunny formten den Teig zu Streifen und reichten diese an Tymo und Basil weiter, die sie zu Knoten zwirbelten. Großvater Balthasar pinselte die Knoten mit Olivenöl ein und Devin stellte ein Blech nach dem anderen zum Backen in den Ofen.

»Jetzt noch der Knoblauch!«, sagte Rose. »Schnell!«

»Schon dabei!«, sagte Großvater Balthasar. Er und Sunny hacken die von Jacques geschälten Knoblauchzehen fein, während Rose in einem Topf Butter schmolz.

Basil hielt sich die Nase zu. »Der Knoblauch stinkt! Und dabei *mag* ich Knoblauch!«

Großvater Balthasar gab den gehackten Knoblauch zu der heißen, zerlassenen Butter. »Leider würden wir ohne Knoblauch nur ganz normale Knotenbrötchen bekommen, die Blähungen verursachen und uns schläfrig machen würden.«

Rose und Tymo zogen die Knoten aus dem Ofen, und Sunny bestrich sie mit der stark riechenden Knoblauchbutter.

Eine Stimme verkündete über Lautsprecher: »Mittagswaggon startet in fünf Minuten! Ich wiederhole: Mittagswaggon in fünf Minuten fällig!«

»Jetzt oder nie!«, sagte Rose und schnappte sich einen der ofenwarmen Knoblauchknoten. »Seid ihr alle bereit?«

»Darauf kannst du wetten!«, sagte Basil und nahm sich gleich zwei Knoten, in jede Hand einen. »Wir haben ja bisher nur eine Zimtschnecke zum Frühstück gehabt. Ich bin am *Verhungern.*« Er stopfte sich beide Knoten in den Mund und kaute.

Und als er schluckte, verschwand er.

»Wow!«, rief er. Rose spürte einen Luftzug, und schon

flogen ein paar Bleche von der Arbeitsfläche und landeten mit lautem Geschepper auf dem Steinboden. Jacques quiekte und rettete sich mit einem Sprung in Roses Hüfttasche.

»Pass auf, *hermano*!«, sagte Tymo. »Du bist nur unsichtbar, aber ansonsten in deiner ganzen Trampeligkeit vorhanden. Du kannst immer noch mit Dingen zusammenstoßen, wie man merkt.«

»Aber ich kann mich selbst nicht sehen!«, sagte Basil fassungslos. »Woher soll ich wissen, wo ich bin, wenn ich nicht weiß, wo meine Arme und Beine sind?«

Großvater Balthasar suchte nach Basils Kopf, um ihn zu tätscheln. »Schlag einfach nicht um dich. Und geh ganz vorsichtig.«

»Mittagswaggon startet in *vier* Minuten.«

Alle aßen einen Knoblauchknoten außer Sunny, die den Arbeitsbereich säuberte. Die Brötchen waren weich und köstlich und wärmten Rose den Bauch. Dann warf sie einen Blick auf ihre Hände, die sie nicht mehr sehen konnte. »Leute! Es hat funktioniert!«

Rose konnte keinen der anderen mehr sehen. Nur Jacques war noch sichtbar und Sunny, die beim Aufräumen redete. »Ich bleibe hier«, sagte sie, »damit die Kelle nicht misstrauisch wird.« Sie ergriff das Backbuch und sah sich nach den anderen um. »Hallo?«

»Wir sind hier«, sagte Rose. »Sie können uns nur nicht sehen!«

»Bestens!«, erwiderte Sunny.

»Mittagswaggon startet in *drei* Minuten.«

Rose sah, wie sich ein Knoblauchknoten nach dem anderen in die Luft erhob und dann verschwand. »Ich habe den Rest eingesteckt, falls wir unterwegs noch Knoten brauchen«, sagte Tymo. »Jetzt aber los!«

In einer Gruppe von Personen zu gehen, die alle unsichtbar sind, erwies sich zunächst als Herausforderung. Sie rempelten sich gegenseitig an und tasteten umher, bis Rose sagte: »Nehmt euch alle bei den Händen!« Und schon eilten sie ungesehen an den Backbereichen vorbei. Die Angestellten mit ihren glasigen Blicken waren so abgestumpft, dass sie das Quietschen der vorbeihuschenden Sneakers gar nicht wahrnahmen.

Als Rose sah, dass die Plastikklappen am Eingang zu der Seilbahnplattform hin und her schlugen, als habe sie ein starker Windstoß eingedrückt, wusste sie, dass Devin und ihr Großvater die Station betreten hatten. Ihr Großvater zog sie hinterher, und sie zog Basil und Tymo, und dann stiegen sie alle gemeinsam schweigend die Stufen zur Plattform hinauf.

»Alle leise wie Mäuschen«, hörte Rose Balthasar von oben sagen.

Die Plattform war fast leer bis auf zwei Wachen rechts und links von der Rampe, die zu den vier offenen Türen des Waggons auf der rechten Gleisspur führte. Durch die Fenster konnte Rose sehen, dass Dutzende von Gestellen mit Platten in die gestuften Abteile des Waggons geschoben worden waren. Auf den Platten lagen alle möglichen Arten von Muffins – rosa-weiß marmorierte, die von der Farbe her nach Schinkenbrötchen aussahen, und knusprig-salzige gelbe, die nach Kartoffelchips rochen. In dem mittleren Abteil des Waggons standen vier Kellner in frischen schwarzweißen Uniformen. Einer hielt ein Clipboard und tippte die Gestelle mit seinem Stift an, während er nachzählte und Bestandsaufnahme machte.

Rose hielt den Atem an, als sie an den Wachen vorbeischlich, in den Waggon schlüpfte und leise zum untersten Abteil ging.

Einer der Wachen rümpfte die Nase wegen des Knoblauchgestanks und sagte: »Mario, du könntest dich zumindest entschuldigen.«

»Was redest du da?«, fragte Mario.

Der erste Wachmann wedelte mit der Hand vor seinem Gesicht herum. »Du weißt, warum.«

Durch das Fenster konnte Rose sehen, wie Mario die Augen verdrehte. »Wer ihn gerochen, dem ist er entkrochen, Guglielmo.«

In dem unteren Abteil drückte Rose sich an die Rückwand, und mehrere unsichtbare Körper drängten sich um sie.

»Alles da«, sagte einer der Kellner zu den Wachen. »Wir können losfahren.«

Die Kellner suchten sich Plätze, die Türen glitten zu, und dann begannen die Räder sich unter ihnen quietschend zu drehen, und die Seilbahn verließ die Talstation.

Sie waren auf dem Weg nach oben.

Während der Waggon von einem Seil gezogen die Gleise hinauffuhr und den Abhang erklomm, kamen zwei der Kellner in das untere Abteil und rückten an den Gestellen herum. Rose und die anderen duckten sich stumm in die Ecke. Einen Moment hatte Rose Angst, dass die Kellner einen der Gestellwagen gegen sie schieben könnten, aber sie machten nur die Plastiksitze frei, die von den Gestellen verstellt worden waren.

»Es klappt!«, flüsterte Basil.

Großvater Balthasar machte »pssst«. Der Waggon wurde schneller. Die Dächer der Häuser, die sie durch

die Fenster vorbeiflitzen sahen, wurden irgendwann abgelöst von dem blauen Himmel über San Caruso.
Und dann zog einer der Kellner eine Grimasse. »Wie viel Knoblauch hast du eigentlich gegessen?«
Der zweite Kellner schüttelte den Kopf. »Wer isst denn Knoblauch vor dem Mittagessen?«
»Ich kann's auch riechen«, sagte der dritte Kellner, der zu ihnen herunterkam. »Ich glaube, es kommt von den Gestellen, die ihr verschoben habt.«
Der vierte Kellner trat zu ihnen und überflog sein Clipboard. »Kann nicht sein. Auf der Liste steht kein Muffin, der *so* riechen dürfte.« Er legte den Kopf zurück und schnüffelte geräuschvoll.
»Vielleicht hat jemand die Bestellung verwechselt!«, sagte einer der sitzenden Kellner.
Da die Waggontüren geschlossen waren und die Sonne durch die Fenster brannte, waberte der Knoblauchgestank durch die Kabine wie eine Smog-Wolke. Rose spürte, wie ihre Augen tränten.
»Es kommt eindeutig von den Gestellen, die wir verschoben haben«, sagte der zweite Kellner.
Und Rose sah aus unsichtbaren, jedoch brennenden Augen, wie das Kellnerquartett in den hinteren Teil des Waggons kam, nacheinander an allen Muffinplatten roch, und dem Geruch weiter in ihre Richtung folgte.

Kapitel 9
Morpheus, Herr des Schlafes (auch Tim genannt)

»Was machen wir jetzt?«, flüsterte Rose, je näher die Kellner kamen.

Jede Sekunde konnten sie jetzt auf sie und die anderen stoßen und merken, dass da etwas nicht stimmte.

Auf einmal überfuhr der Seilbahnwaggon eine Schwelle. Die Muffinplatten ratterten und die Kellner strauchelten. Sie hielten sich an den losrollenden Gestellen fest, um nicht umzufallen.

»Dauernd sage ich Pietro, er soll die kaputte Schiene reparieren!«, rief der vierte Kellner aus.

»Wir müssen die zusätzlichen Knoten opfern!«, flüsterte Rose nach links und rechts. Sie wusste nicht, wo ihr Bruder saß. »Tymo, hol sie aus deinen Taschen!«

»Verstanden!«

Wenn die Kellner hinter das vereinzelte Gestell hätten blicken können, hätte sich ihnen ein seltsamer Anblick geboten: ein Dutzend knotenförmiger Brötchen tauchte aus dem Nichts auf und landete auf einer Platte mit Kartoffelsalat-Minimuffins.

Aber stattdessen waren die Kellner damit beschäftigt, die Gestelle wieder zurechtzurücken, die sie verschoben hatten.

Rose spähte zwischen den Minimuffins hindurch, da standen die Kellner plötzlich direkt vor ihr und entdeckten die verstreuten Knoblauchknoten.

Der Kellner, der Rose am nächsten stand, ergriff einen, roch daran und fuhr überrascht zurück. »Ich glaube, wir haben den Ursprung des Gestanks gefunden!«, rief er. Er roch erneut daran und setzte hinzu: »Eigentlich duften sie ziemlich lecker nach Butter.«

Der Kellner mit dem Clipboard stupste einen Knoten an. »Ich kann gar nicht sagen, wie ich diese … Dinger vermisst habe. Was sind es überhaupt für Dinger?«

Der dritte Kellner kauerte mit weit aufgerissenen Augen hinter den anderen. »Es sind keine Minimuffins. Ich … ich hab Angst.«

Rose lächelte und stieß den Atem aus, den sie unwissentlich angehalten hatte. Der Ausblick nach draußen hatte sich verändert – die Stadt lag jetzt tief unter ihnen, und sie konnten nur noch den weißen Felshang und hier und dort rote Blumen sehen.

Sie waren fast da.

Rose hörte, wie Basil neben ihr ein paarmal scharf einatmete, als müsse er gleich niesen. Die Kellner waren so nahe, dass sie ihn in jedem Fall hören würden, egal, wie laut der Lärm von der Seilbahn war.

»Wag es bloß nicht!«, zischte Tymo.

Basil machte ein piepsendes Geräusch, und im selben Moment sagte der vierte Kellner: »Vielleicht sind die Dinger ja lecker? Vielleicht – hoppla!«

Der Kellner warf den Knoblauchknoten von einer Hand in die andere, als wäre er ein schlüpfriger Aal, machte einen Satz zurück und ließ das Brötchen zu Boden fallen. Verlegen sagte er: »Ich wusste nicht so recht, wie ich das Ding halten soll.«

Plötzlich wurde es dunkel im Waggon, und Rose blinzelte: Die Seilbahn fuhr in die Bergstation ein, die der Talstation in der Fabrik ziemlich ähnlich war. Sie hielten an, und zischend gingen die Türen auf.

»Was ist, wenn der Graf herausfindet, dass ich diese Knoblauchdinger an Bord gelassen habe, und mich dafür verantwortlich macht?«, jammerte der Clipboard-Kellner. »Wir sollten sie aufessen und das Beweismaterial vernichten!«

»Aber wie denn? Sie passen doch nicht auf eine Zungenspitze! Womöglich ersticken wir und gehen drauf!«

Wie es schien, stiegen die Kellner nicht aus. Und der Unsichtbarkeitszauber konnte jederzeit nachlassen, wusste Rose.

Sie mussten raus.

»Tastet euch an der Wand entlang«, flüsterte sie. »Aber berührt nichts.«

Rose kletterte auf die Plastiksitze und drückte sich an das Fenster. Direkt vor sich hörte sie jemand atmen, und hinter ihr streifte jemand anders versehentlich ihre Arme.

Einen Moment lang war Rose so nahe bei dem Clipboard-Kellner, dass sie absolut sicher war, er würde sie irgendwie bemerken. Aber sie zwang sich weiterzugehen, und ehe sie es richtig wusste, war sie die Stufen zur Tür hinaufgeglitten und befand sich draußen auf der Plattform.

Die kühle Mittelmeerbrise kam durch die geöffneten Türen der Bergstation und wehte den Knoblauchgestank fort. Rose wagte wieder zu atmen. »Alle da?«

»Ich bin da«, flüsterte Devin.

Tymo und Großvater Balthasar meldeten sich auch, und Jacques piepste aus Roses Hüfttasche.
»Wo ist Basil?«, fragte Rose.
Die Antwort kam mit einem explosionsartigen Niesen aus dem Waggon. Durch die Fenster konnte Rose sehen, wie Platten fächerartig zu Boden glitten, Muffins und Knotenbrötchen durch die Luft flogen, und die Kellner kreischten und sich aneinanderklammerten.
»Das sind Geister, die uns bestrafen wollen!«, heulte einer. »Wir hatten wirklich nicht vor, die Nicht-Muffins zu essen! Das schwören wir!«
Unsichtbare Schuhe kamen über den Boden der Plattform gestapft, und die Stimme von Basil sagte: »Es tut mir leid! Es tut mir leid! Ich konnte es nicht mehr unterdrücken!«
»Nichts wie weg!«, zischte Großvater Balthasar.
In Roses Hüfttasche rumorte es. Sie tastete danach, öffnete sie, und wie aus dem Nichts sah sie Jacques' graues Köpfchen. »Durch die große Tür!«, quiekte er. »Dann der erste Gang links!«
Rose rannte los. Sie konnte die anderen hinter sich hören und öffnete die Tür, die Jacques ihr gezeigt hatte. Dahinter tat sich ein Gewirr an Gängen und Korridoren mit glänzenden Holzböden auf. Rose trat ein und wandte sich nach links, blindlings vorbei an Vitrinen

mit Eisenrüstungen und geknüpften Wandteppichen, auf denen berühmte Muffins abgebildet waren.

»Jetzt rechts!«, sagte Jacques, und Rose bog in einen weiteren Gang ein. »Und noch mal rechts!«

Vor sich entdeckte Rose eine enge Wendeltreppe nach unten, die um eine Ecke führte. Und auf der obersten Stufe, lässig die Pfoten über die Ohren ziehend, saß Gus.

»Halt!«, rief Jacques.

Rose blieb stehen, so dass mindestens zwei der anderen mit ihr zusammenstießen. Fast fiel sie hin, konnte sich aber gerade noch an einer der Wände abstützen.

»Wird aber auch Zeit«, sagte Gus und peitschte mit seinem puscheligen grauen Schwanz. »Ich konnte nichts anderes tun, als hier zu warten und Thunfischmuffins zu verspeisen. Sie schmecken *eklig*. Ich habe nicht mehr als sieben Stück geschafft, dann musste ich aufhören.«

Erschrocken fragte Basils Stimme vom Boden her: »Gus! Wie kannst du uns sehen?«

Der Kater kicherte. »Erstens kann ich euch *riechen*. Und ihr macht einen Höllenlärm. Außerdem«, setzte er hinzu und deutete mit seiner Pfote in ihre Richtung, »kann ich Jacques' körperlosen Kopf mitten in der Luft schweben sehen.«

»Ah, das ist nicht gut«, sagte Jacques, dessen Kopf in Höhe von Roses unsichtbarer Hüfte schwebte. »Ich verstecke mich lieber in dem quietschgrünen Sack, aber dann musst du, Gus, die Führung übernehmen!« Der Kopf der Maus verschwand.

»Freut mich, dass es dir gutgeht, Asparagus«, sagte Balthasar, der irgendwo in der Nähe eines riesigen Bildes stand, auf dem Graf Caruso in einer Wanne voller Minimuffins badete.

»Weißt du überhaupt, wie wir zu *Tia* Lily kommen?«, fragte Tymo.

Gus schnaubte verächtlich. »Ob ich das weiß? Natürlich weiß ich es. Folgt mir!«

»Rose, ist das deine Hand?«, kam Devins fragende Stimme, als sie sich daranmachten, Gus die Treppe hinunter zu folgen.

»Versuchs eins weiter hinten, *amigo*«, kam Tymos Antwort.

Rose spürte, wie Devin nach ihrer Hand tastete, und wenn sie ihn auch nicht sehen konnte, fühlte sich das doch tröstlich an. »Wollte nur, dass wir zusammenbleiben«, sagte Devin.

Am Fuß der ersten Treppe drehte Gus den Kopf herum. »Dieses Schloss ist keineswegs verlassen, merkt euch das. Seid ruhig und bleibt nicht zurück!«

Der graue Kater führte sie immer weiter nach unten, über ein verschlungenes Gewirr von Treppen. Schon bald waren sie so tief hinabgestiegen in das Schloss, dass Rose sich vorstellte, sie müssten wohl inzwischen tief im Inneren des Berges sein.

»Gleich kommen wir zu dem alten Mann, den Jacques und ich gefunden haben. Es ist nicht möglich, seinen Gestank *nicht* zu riechen«, sagte Gus. »Das könnt ihr mir glauben. Ich hab's versucht.«

Als sie die untersten Stufen erreichten, hörte Rose leise Stimmen und ein Geräusch, als ob jemand Karten mischte. Sie spürte, wie die anderen sich um sie drängten. Alle spähten um die Ecke.

Vor ihnen lag ein großer kreisförmiger Raum. An einem Tisch unter einer flackernden Neonlampe saßen zwei sehr dicke Wachmänner. Jeder hielt einen Fächer Spielkarten in den Händen. Jedes Mal, wenn sie eine Karte zogen, drohten ihre goldenen, muffinförmigen Knöpfe von der Uniformjacke zu platzen.

Und am Ende des Tisches baumelte ein einzelner Eisenschlüssel an einem Schlüsselring.

Gus flüsterte: »Wir brauchen den Schlüssel, um zu dem riechenden alten Mann zu gelangen, daher muss eine Ablenkung her. Ich denke mal, dass kann ich hinkriegen.«

»Super«, flüsterte Rose. »Ich komm mit.«
»Warum darf ich nicht?«, quengelte Basil. »Ich bin der Kleinste und am unauffälligsten.«
»*Hermano*, wir sind doch alle unauffällig. Vergessen? Und du hast doch zwei linke Füße und stolperst dauernd über etwas«, flüsterte Tymo. »Außerdem hat Rose den leichtesten Tritt.«
»Beeilt euch«, sagte Großvater Balthasar. »Uns bleibt nicht mehr viel Zeit, ehe der Zauber nachlässt.«
Rose drückte Devins Hand ein letztes Mal, dann ließ sie ihn los und folgte Gus in den runden Raum. Der Kater riss die Augen auf, dann warf er sich mitten auf dem staubigen Boden auf die Seite. »Miau!«, rief er klagend. Er rollte herum, so dass sein Bauch zu sehen war, und schlug mit seinen niedlichen Pfötchen um sich. »Mi-au!«
Die beiden Wachmänner sprangen auf, wobei sie mit den Bäuchen an den Tisch stießen, so dass die Spielkarten zu Boden flogen.
»Wie ist der Kater hier reingekommen?«, fragte der erste Wachmann und kratzte sich die Glatze. »Hat sich die Contessa ein Haustierchen zugelegt?«
»Aber nein«, sagte der zweite Wachmann. »Sie bindet ihren Lieblingen doch immer Halsbänder mit Muffinanhängern um. Das muss ein Streuner sein.«

Gus klimperte mit den Lidern und peitschte mit dem Schwanz. »Miau«, machte er lockend.
Der erste Wachmann streckte seine wabbeligen Arme aus und schlich auf Gus zu. »He, vielleicht könnten wir ihn ja zu unserem Kerkerhaustier machen, was meinst du, Vito? So 'ne Art Maskottchen.«
»Ich hab 'ne bessere Idee«, sagte Vito. »Merkst du, wie er nach Knoblauch riecht? Ich krieg direkt Hunger. Hast du schon mal Katzengulasch gegessen?«
»Katzengulasch?«, fragte der erste Wachmann verwirrt.
»Altes Familienrezept«, fuhr Vito fort und leckte sich die fleischigen Lippen. »Ehe ich nach San Caruso gezogen bin, hab ich es dauernd zubereitet.« Bebend vor Vorfreude rief er: »Ich muss an das Katzenfleisch ran!«
Er holte nach dem Kater aus, doch Gus sprang davon und rannte in Kreisen in dem grellerleuchteten Raum herum. »Dafür schuldest du mir was, Rosmarin Glyck!«, hörte Rose ihn jaulen, während Vito und sein Kumpel die Verfolgung aufnahmen. Wie ein grauer Schatten verschwand Gus um eine Ecke, sauste einen Gang entlang und entfernte sich aus dem Raum, die beiden Wachmänner auf den Fersen.
»Ich glaube, ich hätte doch lieber ein Haustierchen,

Vito!«, hallte die Stimme des ersten zurück, während die beiden in den Tiefen des Schlosses verschwanden.
Rose verschwendete keine Zeit. Sie schnappte sich den Schlüsselring, wobei sie in der Eile fast auf den verstreuten Spielkarten ausrutschte. Sie riss ihre Hüfttasche auf und sagte: »Jacques, wo steckt dieser alte Mann?«
Wieder einmal tauchte Jacques' grauer Kopf aus dem Nichts auf. Er schnupperte, dann streckte er die kleine Pfote aus und deutete auf eine Tür in der gekrümmten Wand des Raumes. Sie war aus Holzplanken, die mit Metallstreifen zusammengehalten wurden.
Rose rannte auf die Tür zu. Als sie näher kam, wurde sie von einer Welle Gestank überrollt, die aus der Türfüllung drang. Es war der schlimmste Gestank, den sie je gerochen hatte, tausend Mal schlimmer als Tymos schmutzige Wäsche, schlimmer als faule Eier und nasses Hundefell. Schlimmer als das alles zusammen. Sie wedelte vor ihrer Nase herum, steckte den Schlüssel in das Türschloss und drehte ihn vorsichtig. Knarrend öffnete sich die Tür.
»Wer wagt es, Morpheus, den Herrn des Schlafes, zu stören?«
Rose war zunächst nicht ganz sicher, wer oder was da

gesprochen hatte. Der Raum hinter der Tür war nicht größer als ein Wandschrank. Der Boden war mit altem Stroh und Fetzen von Pappe bedeckt. Rose konnte keine Fenster oder Luftschächte entdecken, daher drang der grässliche Gestank ihr ungehindert in die Nase. Das einzige Licht kam ebenfalls von einer fluoreszierenden Lampe, die an der Decke hing.

»Nun?«, sagte die Stimme wieder. »Ich warte.«

Die Pappstücke und das Stroh wurden aufgewühlt, und ein Ungeheuer mit einem wilden Haarbusch, der Kopf und Gesicht bedeckte, richtete sich auf. Nur, dass es kein Ungeheuer war, wie Rose feststellte; es war ein Mann in Lumpen, die seinen skelettartigen Körper kaum bedeckten. Er hatte seit langer Zeit keinen Haarschnitt gehabt, und in seinem wirren Bart steckten Strohhalme und Reste von getrocknetem Essen. Rose konnte kaum sein Gesicht erkennen, doch was sie davon sehen konnte, war völlig verschmutzt. Er grinste und entblößte ein Gebiss, in dem mehrere Zähne fehlten.

»Hallo … Signore Morpheus«, sagte Rose und hielt sich die Nase zu, damit ihr nicht schlecht wurde. »Wir sind hier, um Sie zu befreien.«

»Endlich!« Der Mann stellte sich auf seine nackten Füße und klopfte sich die Knie ab. »Ich habe euch Geister vor Jahrzehnten angerufen. Zu eurem Glück ist Morpheus, Herr des Schlafes, geduldig.« Er klatschte in die Hände. »Oh, *er* wird so glücklich sein, dass ihr es geschafft habt.«

Rose war verwirrt. »Äh, sind Sie also nicht Morpheus?«

»Doch, der bin ich«, sagte der Mann und klatschte weiter in die Hände.

Etwas an diesem Mann war total seltsam – noch seltsamer, als er an sich schon wirkte –, doch Rose drängte ihre Bedenken zurück. Sie mussten Lily finden.

Jacques, dessen Kopf noch immer im Nichts aus Roses unsichtbarer Hüfttasche hervorschwebte, sagte: »*Monsieur*, sagten Sie uns gestern Abend nicht, das Ihr Name Tim sei?«

Der alte Mann schielte in Jacques' Richtung. »Hä? Warst du das, schwebender Mausekopf, mit dem ich geredet habe? Wie nett, dass du zurückgekommen bist.«

»Wie heißen Sie denn wirklich, *Monsieur*?«, fragte Jacques.

»Ich bin Morpheus«, sagte der alte Mann und richtete sich zu voller Höhe auf. »Und ich bin Tim.« Er reckte die Arme zur Decke und rief: »Ich bin nicht einer, ich bin viele!«

Rose würgte, als sie der Geruch seiner Achselhöhlen traf. »Pssst, okay, Morpheus-Tim«, sagte sie. »Sie müssen leise sein, verstanden? Kommen Sie mit uns. Wir brauchen Ihre Hilfe, um Lily Le Fay zu finden, die andere Gefangene.«

Tim / Morpheus verbeugte sich mit ausholender Armbewegung. »Was immer du wünschst, Geisterdame.«

Obwohl sein knochiger Körper zitterte, als sei ihm kalt, stapfte der alte Mann mit schnellem Schritt aus der Zelle und direkt auf den Tisch zu, an dem die Wachmänner gesessen hatten. Rose wollte ihm folgen, da erblickte sie den sehr verdrossenen Gus an der Ecke, wo sie die Treppen heruntergekommen waren. Sie hörte das Scharren mehrere Füße und das leise Zanken von Tymo und Basil, die sich schubsten.

»Alle da?«, fragte Rose.

»Die ganze Truppe«, antwortete Devin.

Ehe irgendwer etwas sagen konnte, jaulte Gus verzweifelt auf. »Tim, was tun Sie da?«

Verwirrt blickte der alte Mann auf Gus hinunter. Dann hob er die Karten auf, setzte sich an den Tisch und fing an, sie zu mischen. »Ich suche die Dame.«

»Hauen Sie besser ab hier!«, sagte Gus. »Das ist der Kartentisch der Wachleute.«

»Ahhh«, machte der alte Mann. Er zupfte sich einen

Strohhalm aus dem Bart. »Entschuldige, sprechender Kater. Ich bin ganz verwirrt. Manchmal denke ich, ich bin der Wachmann, nicht der Bewachte.« Er schwang die Arme im Kreis und setzte hinzu: »Und manchmal bin ich der Stein, der mich umgibt.«

»Ich glaube«, sagte Tymo hinter Rose, »dass der Kerl ein bisschen *loco* sein könnte.«

»Da könntest du recht haben, Geisterjunge!«, sagte der alte Mann und teilte die Karten für eine Runde Poker aus.

Rose seufzte. »Signore, wir müssen dringend die Frau finden, die ich erwähnt habe.«

Der alte Mann ließ die Karten fallen und sprang erneut auf. »Die Dame mit der musikalischen Stimme! Die Sirene!« Mit wackeligen Schritten wandte er sich einem weiteren Gang zu. »Kommt hier entlang!«

Aneinandergedrängt folgten die unsichtbaren Glycks und Devin dem alten Mann den Gang entlang. Es war ein schmaler Durchgang mit lauter Gefängniszellen. Die meisten Türen standen offen und alle waren leer. Die Lampen über ihnen summten wie Insekten. Rose fröstelte; es war kalt in dem Steingewölbe, obwohl doch Hochsommer war.

Vor einer leeren Wand machte der alte Mann halt. Einen Augenblick befürchtete Rose, dass der Mann gar nicht wusste, wo Lily sich befand, und sie in eine Sackgasse geführt hatte. Hatten sie den ganzen Weg vergebens gemacht?

Doch dann drehte der Mann einen versteckten Türknopf, und die Wand glitt unter dem Quietschen verborgener Angeln und dem Rieseln von Staub zur Seite. Dahinter war eine weitere, massive, mit Eisenstreben verstärkte Tür.

Rose hielt den Atem an, zückte den Schlüsselring und trat vor. Sie steckte den Schlüssel ins Schloss und die Tür ging auf. Dort, auf einem ordentlichen Polster aus Stroh, saß Tante Lily.

Sie trug nicht mehr die Sachen, die sie bei dem Traubentreten auf dem Marktplatz angehabt hatte, sondern schwarz-weiß gestreifte Gefängnisklamotten. Ihr Haar war noch genauso unordentlich, und die schweren eisernen Handschellen fesselten immer noch ihre Hände aneinander. Von den Metallringen baumelten die seltsamen, muffinförmigen Anhänger.

Zunächst sah Lily nicht auf, und Rose war zu erleichtert und gleichzeitig zu betroffen, so dass sie nicht wusste, was sie sagen sollte. Lily, die wohl nun spürte, dass nicht die Wachleute eingetreten waren, strich sich die wirren Haare aus den Augen und hob den Blick.

»Gus?«, fragte sie verwirrt. »Wie bist du denn hier

reingekommen? Und wer ist dieser stinkende alte Mann?«
»Ich«, sagte Tim, legte eine Hand auf sein Herz und streckte die andere gen Himmel, »bin König Artus, Herr der Briten und dein Vasall.« Er verbeugte sich tief, dann verzog er schmerzlich das Gesicht, als sein Rücken hörbar knackte.
Gus seufzte. »Halten Sie um Himmels willen den Mund.« Er sprang zu Lily auf den Strohballen und rieb sich an ihr. »Ich habe alle mitgebracht. Wir sind gekommen, um dich zu retten.«
»Alle?«, fragte Lily mit bestürztem Gesicht. »Was …«
Die Luft neben Rose wurde schlierig und sie konnte die Umrisse von Tymo erkennen – wie ein 3D-Bild, das in der Luft schwebte. Daneben war Devin und hinter den beiden Basil und Großvater Balthasar. Rose hielt ihre Hände vors Gesicht, und tatsächlich, sie wurde auch allmählich sichtbar.
Lily erhob sich. »Was macht ihr denn hier?!?«
Rose konnte nicht mehr an sich halten. Sie schlang die Arme um ihre Tante und drückte sie, so fest sie konnte. »Wir hätten nie zulassen dürfen, dass dich Graf Caruso entführt!«, rief sie. »Wir sind gekommen, um dich zu retten!«
Aber die Wiedersehensfreude war von kurzer Dauer.

In dem Gang hinter ihnen fingen Wachen zu lärmen an. Erst nur wenige – sie hörten die beiden Dicken, die Karten gespielt hatten –, doch dann kamen weitere Stimmen.

»Ach, wenn wir die Knoblauchbrötchen doch nicht geopfert hätten«, jammerte Großvater Balthasar. »War doch klar, dass der Zauber irgendwann nachlässt!«

»Schnell, *hermana*«, sagte Tymo. »Schließ die Tür ab, damit sie nicht reinkönnen.«

»Uns *einschließen*?« Basil stieß seinen Bruder an. »Bist du so plemplem wie der Alte da?«

»Ich muss euch wissen lassen«, sagte der seltsame Alte mit gerümpfter Nase, »dass ich niemals plemplem war, und ihr könnt nicht das Gegenteil beweisen.«

»Wir können nicht hinaus.« Widerstrebend ließ Rose ihre Tante los. »Wir müssen uns hier drin verstecken.«

Mit Devins Hilfe schob Rose die schwere Tür zu, dann steckte sie den Schlüssel ins Schloss. Mit einem Knacken rastete das Schloss ein, gerade noch rechtzeitig. Schritte trampelten den langen Gang entlang.

»Ohhh!«, jammerte Lily und ließ sich an der Wand der beengten Zelle zu Boden gleiten. »Warum seid ihr gekommen? Habt ihr meine Botschaften nicht erhalten? Die Vögel, die ich geschickt habe?«

»Die uns um Hilfe gebeten haben?«, fragte Tymo. »Oder die, die nach Kautabak gefragt haben?«

Lily schüttelte den Kopf. »Ich habe nicht um Hilfe gerufen«, flüsterte sie. »Und nicht nach Kautabak. Die Vögel sollten euch davor *warnen,* herzukommen. Das gesamte Schloss ist eine Falle!«

Kapitel 10
Flambierter Furz

Eine Falle?

»Aber ein Schwarm Singvögel ist auf unserem Haus gelandet«, verteidigte sich Rose. »Sie haben gesungen, dass du in einem Turm gefangen sitzt und dass wir kommen sollten, um dich zu befreien.«

»Das hat alles Graf Caruso eingefädelt«, sagte Lily. Devin hatte sich neben sie auf das Heu gesetzt und untersuchte die Handschellen mit den baumelnden Muffins. »Obwohl die Singvögel tatsächlich von mir losgeschickt wurden; ich war gerade hier angekommen und in einem Turm gefangen. Aber das war ein Trick: Graf Caruso hatte mich absichtlich in einen Turm mit Blick auf die Dachtraufe gesperrt, auf denen die Vögel saßen, denn er wusste, dass ich euch durch sie eine Botschaft senden würde. Nachdem ich sie losgeschickt hatte, platzte er mit einem Dutzend Wachen in meine Zelle und verkündete, wie hocherfreut er sei. ›Schon bald wirst du Rosmarin Glyck zur Gesellschaft haben!‹, sagte er.« Lily schüttelte wütend den Kopf. »Dann haben sie mich in dieses Verlies hier geschleppt, und seitdem sitze ich hier drin.«

Durch die Tür hörten sie, wie andere Zellentüren aufgerissen wurden.

»Ab da habe ich täglich auf dem Weg zu dem Traubenbottich versucht, Vögel mit Krümeln von Muffins anzulocken. Ein paar habe ich überreden können, neue Botschaften zu übermitteln – um euch zu warnen, um euch aufzufordern, abzuhauen, weil es hier für euch lebensgefährlich ist. *Haut ab! Lebensgefahr!* sollten die Vögel singen.«

Basil zog eine Grimasse. »Herausgekommen ist nicht *Haut ab!* Sondern *Kautabak*. Und aus *Lebensgefahr!* wurde *Seid ihr bald da?*

»Da ist die Botschaft wohl beim Übersetzen verlorengegangen«, sagte Lily. »Es war nicht genug Zeit, um lange genug mit den Vögeln zu üben. Ich hatte ja jeweils nur den Weg vom Kerker zu dem Platz, auf dem ich die Trauben stampfen musste.«

»Pssst!«, zischte Tymo und wich von der Tür in die überfüllte Zelle zurück. »Ich glaube, die Wachen kommen!«
Alle hielten die Luft an und warteten, während die Schritte und Stimmen im Gang näher kamen. Inzwischen waren alle wieder ganz sichtbar geworden.
Rose sah sich in der Zelle um, ob sich alle sechs irgendwo verstecken könnten. In der Ecke stand ein großer Hundenapf, der übervoll war mit dunkelbraunen Minimuffins. An die Wand geschnallt mit Metallbändern war ein Wasserbehälter mit schrägem Trinkstutzen unten dran. Die Zelle war wie ein riesiger Hamsterkäfig.
»Gefangene!«
An der Tür klopfte es laut. Rose hielt immer noch den Schlüssel umklammert und hoffte, dass die Wachen keinen Ersatzschlüssel hatten.
»He! Gefangene!«, rief eine brummige Stimme. »Hast du einen schmutzigen Kerl gerochen, der herumläuft?«
»Oder eine leckere Katze gesehen?«, rief eine zweite Stimme – der Wachmann namens Vito, wie Rose vermutete.
Lily räusperte sich und bedeutete allen, still zu sein. »Nein, meine Herren. Ich bin ganz allein mit meinen Gedanken an Graf Caruso.«

»Gut!«, sagte der brummige Wachmann. »Weiter so.«

Die Schritte verhallten, aber Rose konnte noch immer hören, wie Zellentüren zugeschlagen wurden.

»Das war knapp.« Devin wischte sich mit dem Handrücken über die Stirn. »Kann ich die Handschellen noch mal ansehen?«, fragte er Lily. »Vielleicht finde ich einen Weg, wie du sie loswirst.«

»Ich will sie nicht loswerden«, sagte Lily. »Wenn ich entkomme, weiß Caruso, dass ich Hilfe hatte – nämlich euch.« Sie sah die Gruppe an. »Und ich will nicht, dass euch etwas zustößt. Geht einfach und lasst mich hier verrotten. Das habe ich ja auch verdient.«

»Das stimmt doch nicht«, sagte Rose. »Und wir gehen nicht ohne dich.«

»Außerdem bist du nicht der einzige Grund, weswegen wir hier sind«, sagte Großvater Balthasar.

»Nicht?«, fragte Lily.

»Nicht ganz.« Großvater Balthasar setzte sich auf den ordentlich aufgetürmten Strohhaufen. »Wir haben zu Hause in Calamity Falls ein Problem mit einer Zuckerplage, und die zwei Frauen, die dahinterstecken, hören nicht damit auf, wenn wir nicht etwas mitbringen, was sie haben wollen. Etwas, das du gestohlen hast, wie sie sagen.«

»Die Leatherheads!«, stieß Lily erschrocken hervor. »Die Nudelholzgesellschaft lässt euch für meine Taten büßen?«

»Weißt du, wonach sie suchen, *Tia* Lily?«, fragte Tymo.

Lily entzog Devin sanft ihre gefesselten Hände und deutete auf ein dünnes Lederband um ihren Hals. »Rose, kannst du das abmachen? Aber vorsichtig.«

Rose packte das Lederband und zog es Tante Lily über den Kopf. Es war ihr bisher nicht aufgefallen. An dem Band hing ein kleines Glasfläschchen, das mit einer kristallklaren Flüssigkeit gefüllt war.

»Was ist das?«, fragte Basil.

»*Das*«, sagte Lily, »ist Wasser aus der Quelle von San Caruso. Hinter dem sind die lederigen Leatherhead-Schwestern her.«

»Ich bin nicht sicher, ob ich das verstehe.« Rose steckte das Fläschchen vorsichtig zu Jacques in ihre Hüfttasche. »Warum sind sie so scharf auf das Wasser? Und was hat das damit zu tun, dass dich Graf Caruso gefangen hat?«

Lily blickte seufzend in ihren Schoß. »Als ich in Washington D.C. so tat, als sei ich mit der Nudelholzgesellschaft im Bunde, beauftragten mich die Leatherhead-Schwestern, das Fläschchen von Graf Caruso zu stehlen. Es war der Beweis, den sie benötigten, dass die Quelle von San Caruso noch existiert. Damit wollten sie die Nudelholzgesellschaft überzeugen, San Caruso den Krieg zu erklären und das Fürstentum einzunehmen.«

»Das arme San Caruso«, sagte Tymo. »Das hat es auf keinen Fall verdient, eingenommen zu werden.«

»Und schon gar nicht von der Nudelholzgesellschaft«, sagte Balthasar. »Lily, fahre bitte fort.«

»Das Quellwasser ist unglaublich wirksam«, sprach Lily weiter, »weswegen Caruso die Kanäle entleert und die Quelle für die Öffentlichkeit gesperrt hat. Ich wollte nicht, dass die Nudelholzgesellschaft sich Zugang dazu verschafft, deshalb … ließ ich mich von Caruso persönlich fangen.«

»Du hast dich absichtlich fangen lassen?«, fragte Devin entsetzt.

»Ja«, sagte Lily. »Ich wollte die Nudelholzgesellschaft daran hindern, die Quelle zu finden, und um das zu erreichen, benötigte ich Zugang zum Schloss. Aber ich hatte keine Ahnung, was mich hier erwartete.« Sie schauderte. »Das ganze *Weinstampfen*. Und diese unvorteilhafte Neonbeleuchtung.«

»Und dann noch so scheußliche Klamotten«, ergänzte Devin und deutete auf Lilys schwarz-weiße Kluft.

»Das sind übrigens meine eigenen Sachen«, sagte Lily. »Ich habe sie mir mal vor ein paar Jahren auf der Mailänder Fashion Week besorgt – aber egal, das ist unwichtig.« Sie wischte sich eine Träne fort, und die Anhänger an ihren Handschellen klimperten wie ein Windspiel. »Ich habe nichts anderes zu essen bekommen als tagtäglich *Pumpernickelmuffins.* Ich werde allmählich wunderlich.«

In dem Moment fiel Roses Blick auf den behaarten alten Gefangenen, der mit ihnen in der Zelle war. Den hatte sie fast vergessen. »Was macht er da?«, fragte sie Tymo.

Der alte Mann schnüffelte an den Spalten zwischen den Steinen der Mauer herum.

Tymo warf ihm einen angewiderten Blick zu. »Keine Ahnung.«

»Ich bin ja nicht der Typ, der einem Mädchen, das schon am Boden ist, einen Tritt versetzt«, bemerkte Großvater Balthasar, »aber all das hätte verhindert werden können, wenn du den Kindern deinen Plan bei dem Bankett in Washington D.C. mitgeteilt hättest.«

Lily seufzte erneut. »Es war nicht genug Zeit.«

Mit einem Seitenblick auf Lily stieß Gus ein leises Knurren aus. »Ich saß zwar unter einem Hut auf Basils Kopf fest, aber mir ist so, als ob du den ganzen Abend lang Zeit gehabt hättest, diese Information mit uns zu teilen.«

»*Non*«, schimpfte Jacques aus Roses Hüfttasche heraus. »Es ist jetzt nicht der rechte Zeitpunkt, um zu tadeln. Wir treffen alle mal Fehlentscheidungen. Du zum Beispiel hättest mich fast mal gefressen.«

Gus rümpfte die Nase und sah weg. »Stimmt auch wieder.«

»Jetzt wissen wir also, was diese Leatherhead-Damen wollen«, sagte Devin. »Aber *warum*? Das Quellwasser ist doch segensreich – es stellt das verlorene Gedächtnis wieder her oder macht Kranke gesund.«

»Das ist aber nicht *alles*, was die Quelle bewirkt«, sagte Lily. »Das Wasser sollte immer nur sparsam verwendet werden. Wer zu viel davon trinkt, kommt nicht mehr davon los, es macht abhängig wie eine Droge. Das hat Graf Caruso sich zunutze gemacht, damit alle tun, was er befiehlt. Er hat ihnen so viel gegeben, dass jetzt alle seine Sklaven sind.«

Rose schluckte. Das Quellwasser von San Caruso konnte also sehr gefährlich sein, wenn es in die falschen Hände geriet. Sie tauschte einen Blick mit Devin, der genau dasselbe dachte.

»Wenn die Leatherhead-Schwestern es in die Finger bekommen …«, fing Devin an.

»Dann können sie jedes Schleckermaul der Welt kontrollieren!«, beendete Rose den Satz. »Deswegen haben sie Halloween erwähnt – ich wette, sie wollen es in all ihre Süßigkeiten mischen.«

»*Genau* das ist der Grund, warum ich nicht zulassen kann, dass ihr mich mitnehmt«, sagte Lily. »Ihr Plan darf nicht aufgehen, ich muss ihn verhindern.«

Rose sprang auf. Stroh flatterte über den Boden. »Wir können dir helfen!«, rief sie. »Wir haben zusammengearbeitet und die Lage in Washington D.C. gerettet. Ich weiß, dass wir es wieder schaffen.« Rose spürte ein Jucken am Rücken, achtete aber nicht weiter darauf. »Wir müssen dich hier rausholen, und dann können wir dem Spuk ein Ende bereiten.«

Ehe Lily antworten konnte, wurde das Kratzen heftiger – es war eher so, als würde etwas versuchen, sich raschelnd einen Weg aus Roses Gesäßtasche zu verschaffen.

»Wow!«, rief Basil, sprang zurück und stolperte fast über Gus. Etwas Großes, Weißes flatterte ihm um den Kopf. Er schlug danach.

»Pass doch auf, wo du hintrittst«, jaulte Gus.

Das fliegende Ding flatterte vor Roses Gesicht. Es war kein großer Falter oder Käfer, wie sie befürchtet hatte, sondern ein Origami-Schwan. Er schwebte lange genug vor Rose herum, dass sie den eingeprägten Namen *Louann* erkennen konnte, ehe er von seinen steifen Flügeln in den Mittelpunkt der Zelle getragen wurde. So schnell, dass niemand einschreiten konnte, faltete der Origami-Schwan sich in ein Kästchen so groß wie eine Streichholzschachtel und ließ sich in ein Loch im Lehmboden der Zelle fallen.

»Was war *das denn*?«, sagte Tymo, nachdem das Ding verschwunden war.

»Und wo ist es hin?«, fragte Basil.

»Das«, sagte Rose, »war die Visitenkarte, die mir Louann Leatherhead in der Bäckerei gegeben hat. Ich hab sie auch schon in meinem Koffer gesehen, obwohl ich sie in Calamity Falls weggeworfen hatte.«

»Aber wenn du sie weggeworfen hast«, sagte Balthasar, »wie ist sie dann …« Er hörte mitten im Satz auf und machte große Augen, als er begriff. »Oh.«

»Genau«, sagte Rose. »Sie hat uns ausspioniert. Sie hat alles gehört, was wir gesagt haben!«

Devin stand auf und klopfte sich die Hose ab. »Papier kann *hören*?«

»Papier hat wie Wände auch Ohren, die man nicht sieht«, sagte Großvater Balthasar und kam mühsam auf die Füße. »Wir müssen hier raus, ehe uns dieser flatterhafte Schwan verpetzt.«

Lily nickte. »Ja, so ist es. Jetzt haben wir keine andere Wahl. Die Leatherheads werden nicht zögern, der Nudelholzgesellschaft die Nachricht von der Quelle zu übermitteln.«
Ein Schlag ließ die Zellentür erbeben, und alle fuhren erschrocken zusammen. Sie waren so ins Gespräch vertieft gewesen, dass sie nicht gehört hatten, wie die Wachen sich genähert hatten.
»Das Spiel ist aus!«, bellte der brummige Wachmann. »Wir wissen, dass du da drin bist, alter Mann. Dein unverwechselbarer Gestank ist durch die Tür gedrungen, und jetzt riecht der ganze Gang nach dir!«
Der alte Gefangene strich sich über den trockenen, wirren Bart. »Macht euch hinfort, Schurken!«, rief er zur Tür hin. »Dies ist *mein* Königreich!« Er fuchtelte in der Luft herum und rief klagend: »Das Königreich der Verdammten!«
Die Tür wurde erneut gerüttelt und getreten. »Wir wissen, dass du den Schlüssel gestohlen hast. Mach auf!«
Doch der verrückte, stinkende Gefangene schien sich nicht aus der Ruhe bringen zu lassen. »Arrivederci, ihr Schurken.«
Im Gang draußen knurrten die Wachmänner: »Rück lieber –«

Der Alte stampfte mit dem nackten Fuß auf, dass eine Staubwolke aufwirbelte. »Ich sagte ›Arrivederci‹!«

»Wir suchen einen Ersatzschlüssel«, sagte einer der Wachen, »und dann kriegst du richtig Ärger!«

»Genau, ihr *beide*!«, setzte der andere Wachmann hinzu. Ihre Stimmen verhallten auf dem Gang.

»Rose«, sagte Basil, »was machen wir jetzt?«

»Genau«, meldete auch Tymo sich zu Wort, »du hast doch immer so gute Ideen, *hermana*. Wir brauchen einen Plan!«

Verzweifelt sah Rose sich in der beengten Zelle um. Wie in Tims Zelle gab es auch hier kein Fenster, keinen Luftschacht. »Ich sehe keinen anderen Weg hinaus!«

»Ich habe versucht, einen Tunnel zu graben«, sagte Lily und deutete auf das Loch mitten im Boden, durch das der Schwan verschwunden war. »Mit meinem Löffel.«

»Warum hast du denn kein größeres Loch gemacht?«, fragte Tymo. »Keiner von uns wird *da* durchpassen.«

Lily pustete sich eine Haarsträhne aus der Stirn. »Mir ist der Löffel aus der Hand gefallen und in das Loch gerutscht, und dann hatte ich nichts mehr zum Graben. Es war mein letzter Besitz aus der Welt da draußen, abgesehen von dem Fläschchen mit Quellwasser.«

»Hey, ich glaube, ich höre etwas«, sagte Rose. Von weit unten konnte sie ganz leise das *Pling!* von Wassertropfen hören. »Könnt ihr mal alle still sein?«

»Ich bin von Natur aus still«, sagte der alte Gefangene.

Alle hielten den Atem an, während Rose das Ohr an das Loch drückte. Sie hörte ein leises Plätschern, das sie daran erinnerte, wie sie vor einigen Tagen durch den Ryder River gewatet war.

Dann streifte ein Lufthauch ihre Wange und wehte den Gestank von faulendem Fleisch herauf. Rose fuhr zurück und sah, wie der alte Gefangene neben ihr kauerte. »*Plisch! Plisch! Plisch!*« Er machte das plätschernde Wasser nach.

»Tim, bitte, lassen Sie meine Nichte in Ruhe«, sagte Lily.

Der alte Gefangene – den sie jetzt anscheinend Tim nannten – rutschte beiseite. Rose sah, wie er Lily mit trotteligem Blick anlächelte, wobei seine wenigen Zähne durch seinen verklebten Bart schimmerten. »Wie Ihr wünscht, meine Sirene!«

Rose stand auf. »Ich glaube, ich kann da unter uns Wasser hören. Vielleicht ist es die Quelle.«

»Und die Quelle muss doch irgendwo rauskommen«, sagte Basil. »Sonst wäre der Schwan doch nicht verschwunden.« Unsicher sah er von einem zum anderen. »Oder?«

»Ich glaube, ich habe eine Idee«, sagte Devin. Rose sah ihn neben dem Trinkstutzen des Wasserbehälters stehen und die Risse in der Wand mustern. Er klopfte an die Wand und bekam als Antwort ein hohles Geräusch. »Ich glaube«, sagte er, »dass hier hinter der Wand Wasserleitungen sind, die Lilys Behälter auffüllen.« Er stieß die Schuhspitze in den Boden. »Und der Boden ist nur gestampfte Erde. Wenn wir ein bisschen Wasser auf den Boden schütten, können wir den Lehm in Matsch verwandeln und das Loch vergrößern!«

»Kumpel, du willst, dass wir den Boden in Morast verwandeln?«, fragte Tymo besorgt. »Den Boden, der über einem großen leeren Loch ist, in dem sich vielleicht Wasser befindet, in dem wir landen können – oder auch nicht?«

Devin nickte eifrig.

Basil verdrehte die Augen. »Äh, Rose, im Vergleich zu deinem verrückten Freund wirkt Tim fast – normal.«

»Danke«, sagte Tim. »Und gute Nacht.«

»Das ist der dämlichste Plan, den ich je gehört habe«, sagte Tymo. »Er *gefällt* mir.«

»Nein, er ist nicht dämlich«, schimpfte Rose. Sie trat an die Wand und klopfte mit den Knöcheln daran. »Aber die Wand ist aus Stein. Wie sollen wir an die Leitungen kommen?«

Devin, der vor Eifer praktisch bebte, sagte: »Wir könnten sie … sprengen?«

Großvater Balthasar ging auf und ab. »Eigentlich gar keine schlechte Idee, wenn wir irgendwas zum Sprengen hätten.«

»Das Einzige, was wir haben, sind die hier.« Lily nahm einen der steinharten Muffins aus dem Hundetrog. »Sie sind aus Pumpernickel, deshalb esse ich sie nie, weil sie –, na ja, weil ich davon Blähungen bekomme.«

Aus Tims Richtung kam ein Trompetenstoß, ein Klang wie eine Mischung aus einem Blasorchester und einem Prusten. Er grinste und sagte: »*Ich* esse immer davon.«

Lily wedelte mit der Hand vor der Nase herum. »Ja, vielen Dank auch, Tim.«

Großvater Balthasar eilte zu der Schüssel und stocherte in den Minimuffins. »Die sind perfekt! Das deutsche Wort *Pumpernickel* bedeutet *Koboldfurz*, wisst ihr, weil der Brotteig so blähend ist. Und zufällig kenne ich ein schnelles Rezept für ein *Koboldfurz-*

Flambé, das nicht gekocht oder gebacken werden muss.«
»Das ist das beste Rezept aller Zeiten!«, sagte Basil. »Klingt dein Flambé denn auch wie ein Furz?«
»Allerdings«, sagte Großvater Balthasar. »Aber am schlimmsten ist der Gestank.«
»Eklig«, sagte Tymo, während Basil gleichzeitig »Genial!« sagte.
»Rose«, fuhr Balthasar fort, »ich brauche deine Hilfe. Und zwar schnell – die Wachleute kommen jede Minute zurück.«
Rose kauerte sich neben ihren Großvater. Mit etwas Hilfe von Jacques packte sie die Zutaten aus ihrer Hüfttasche, während Balthasar sie aufzählte: Feuersalamanderdrüsen, Schimärentränen und Gift vom Komodowaran. (»Was für eine essbare Substanz kann man um Himmels willen aus Tiergift machen?«, fragte Devin, aber keiner hatte Zeit, um ihm zu antworten.) Großvater Balthasar drehte den Hundetrog um und machte ein Häufchen aus den Minimuffins, dann mischte er in der Schüssel je eine Prise der Zutaten mit einem bisschen Wasser aus dem Wasserspender.
Die ganze Zeit wich ihnen Tim nicht von der Seite und versuchte ihnen Pumpernickelmuffins wegzuschnappen, obwohl ihn Rose jedes Mal wegschubste.

»Wow«, sagte Basil, der zusah, wie die Mischung zu einer kochenden Masse wurde, die wie geschmolzene Lava glühte.
»Wie viel Wasser wird eigentlich aus der Wand kommen?«, fragte Gus, der mit ängstlich peitschendem Schwanz hin und her tigerte.
Devin zuckte die Schultern. »Keine Ahnung. Wir müssen ja nur den Boden etwas aufweichen.«
Gus schauderte. »Ich erwarte, dass mich einer von euch auf den Arm nimmt, bis das Wasser wieder weg ist.«
»Asparagus, je mehr du jammerst, desto mehr komme ich in Versuchung, eine Ladung *Halt's-Maul-Taschen* für dich zu backen.« Großvater Balthasar rührte die Mischung ein letztes Mal um. »Also los, schmeißt die Minimuffins rein. Wir müssen sie über die Wand schmieren, solange sie noch feucht sind!«
Devin, Tymo und Basil traten zu Rose und Balthasar an den Hundetrog. Handevoll warfen sie die Minimuffins hinein. Wie Schwämme saugten die ausgetrockneten Muffins die Zauberflüssigkeit auf und wurden weich und breiig.
»Jetzt zum lustigen Teil«, sagte Balthasar und deutete auf die Stelle an der Wand, hinter der Devin die Leitungen vermutete. »Klatscht den Brei drauf!«
Ohne zu zögern, klaubten sich alle – sogar Tim –

die aufgequollenen Muffins und warfen sie an die Wand. Die Muffins blieben wie Matschkugeln an dem Stein kleben, und schon bald war die ganze Wand bedeckt.

Dann steckte Rose einen langen Halm als Lunte in den Matsch. »Achtung, alle zurücktreten«, sagte sie. »Seid ihr bereit?«

»Sind wir«, erwiderten alle.

Rose zog eine letzte Zutat aus ihrer Tasche: eine orangefarbene Feder, die in einem feuerfesten Plastiktütchen steckte. Sie stammte von einem mythischen Phönix und war so heiß, dass man mit ihr alles auf der Stelle in Brand setzen konnte. Vorsichtig berührte Rose mit der Federspitze das Ende des trockenen Halms, der sofort in Flammen aufging.

Rose wich zurück und stellte sich zu den anderen in den hintersten Winkel der Zelle. Alle drehten der mit Sprengstoff überzogenen Wand den Rücken zu und steckten die Finger in die Ohren.

Die Flamme hatte die Muffinmasse in Sekunden erreicht.

Und dann …

BUMM!

BUMM!

BUMM!

Die Zelle wurde von donnerndem Knallen erfüllt, das das ganze Schloss erzittern lassen musste. Putz rieselte von der Decke, und Steine und Dreck flogen umher. Hustend vor Staub, der durch die Luft wirbelte, wagte es Rose, sich umzudrehen, und sie erblickte:

Leitungen.

Fast die ganze Wand war abgesprengt worden und gab den Blick auf eine Reihe rostiger Rohre frei. Eines der Leitungsrohre hatte einen Riss bekommen und versprühte Wasser in alle Richtungen.

»Hey, es hat geklappt!«, rief Rose. »Jetzt brauchen wir nur noch –«

Das Rohr platzte.

»Pass auf!«, schrie Tymo, doch Rose konnte ihn durch das donnernde Rauschen des Wassers kaum hören.

Noch ein Rohr platzte und dann noch eines und noch eines, bis Wasser sich über die ganze Zelle ergoss – und alle bis auf die Knochen durchnasste.

»Ihr habt geloooogen!«, kreischte Gus und sprang mit einem gewaltigen Satz auf Großvater Balthasars Kopf. Quiekend schoss Jacques aus Roses Hüfttasche und kletterte an Basil hoch, um sich von dort aus mit einem Sprung zu Gus in Sicherheit zu bringen.

»Schnell, schaufelt alle das Loch aus!«, rief Devin. Er stürzte sich auf das kleine Loch im Boden, und Matsch

spritzte auf, als er darin landete. Aber das Wasser sprudelte ihm ins Gesicht, und spuckend wich er zurück.
In Sekunden war das Wasser auf Kniehöhe angestiegen und füllte die Zelle wie ein Aquarium.
»Auch wenn die Explosion sehr aufregend war«, rief Lily durch das Rauschen des Wassers, »teile ich plötzlich Tymos Zweifel an eurem Plan! Wenn ich doch nur meinen Löffel nicht in das Loch hätte fallen lassen!«
»Das Gute an der Sache ist«, sagte Basil und watete durch das Wasser, »dass unser Kumpel Tim endlich zu einem Bad kommt!«
Rose klebte das Haar im Gesicht. »Wir müssen hinuntertauchen und graben!«, rief sie, während ihr Wasser in Mund und Augen sprudelte. »Es ist die einzige Möglichkeit!«
Durch das geräuschvoll brausende Wasser konnte sie vor der Zellentür Geschrei hören. Erneut polterte jemand von draußen an die Tür. »Was macht ihr Gefangenen da drin?«
»Lasst das Wasser bloß nicht an meine kostbaren Pfoten kommen!«, jaulte Gus.
Das Wasser stieg unbeirrt an, während Devin und Tymo abwechselnd tief Luft holten und nach unten tauchten, um den inzwischen sehr weichen Boden auszugraben.

Und gerade, als Rose schon dachte, die gesamte Zelle würde sich bis zur Decke füllen, spürte sie, wie Bewegung in das Wasser kam. Devins Kopf tauchte neben ihr auf, und er schnappte nach Luft.

»Macht euch bereit!«, rief er.

Und auf einmal kam alles in schlingernde Bewegung. Wasser wirbelte durch den Raum wie in einem Whirlpool, und strudelte, als würde es einen Abfluss hinuntergesaugt. Rose, die mit Armen und Beinen um sich strampelte, wurde nach unten gezogen. Sie konnte die gedämpften Schreie der anderen hören und dass die Wachen einzudringen versuchten.

Und ehe Rose richtig wusste, was passierte, riss sie ein Schwall von Wasser und Schlamm in die Dunkelheit.

Kapitel II
Achtung, kein Trinkwasser!

Rose hatte keine Zeit zum Schreien.

Es war, als sei sie beim Wildwasserrafting gerade einen Wasserfall hinunter in die schwarze Tiefe gestürzt.

Spritzend verschwand sie in einem gigantischen Wasserbecken. In Panik hielt sie den Atem an und wurde hierhin und dorthin gewirbelt, ohne zu wissen, wo oben und unten war.

Dann entdeckte sie über sich, ganz undeutlich wegen der platzenden Luftblasen aus ihrer Nase, den schwachen Schein der fluoreszierenden Lampe in Lilys Zelle. Mit Schwimmbewegungen stieß sie sich nach oben ab …

… und platzte prustend und nach Luft schnappend durch die Oberfläche.
Um sich herum hörte sie die Geräusche der anderen, die ebenfalls prusteten und nach Luft schnappten, außerdem Gus, der so laut und kläglich maunzte, dass Rose einen Augenblick befürchtete, er habe sich verletzt.
»Asparagus!«, kam Großvater Balthasars Stimme aus der Dunkelheit. »Halt die Klappe!«
»Meine Fell ist *naaaass*«, kreischte Gus.
»Bleib auf meinem Kopf, und ich bring dich hier raus«, erwiderte Großvater Balthasar.
»Seid ihr alle in Ordnung?«, rief Tante Lily irgendwo links neben Rose. Ihre Stimme hallte durch die schwarze Höhle. »Trinkt bloß nicht von dem Wasser!«
»Ich bin hier!«, rief Tymo.
»Ich auch«, sagte Basil. »Mein Bauch brennt, aber ich werd's wohl überleben.«
Zwischen zwei Japsern quiekte Jacques: »Ich schwimme! Im Gegensatz zu Gus habe ich keine Angst davor.«
»Rose?«, rief Lily. »Devin?«
»Ich bin hier!«, rief Rose zurück. Ihre Augen begannen sich an die Dunkelheit zu gewöhnen. Außer der Lampe

über ihnen sah sie eine weitere Lichtquelle in der Dunkelheit der Höhle, etwas weiter weg.

»Ich auch«, kam es von Devin, und Rose verspürte Erleichterung. »Lily, kannst du denn richtig schwimmen? Du hast doch noch die Handschellen um.«

»Es geht so«, antwortete Lily.

Jemand trieb faul auf dem Rücken vor Rose herum, als sei er an einem Urlaubsort. »Schwapp, schwapp, schwapp«, brabbelte er vor sich hin. *Tim.*

Von oben konnte Rose die Wachen schreien hören. Sie hatten die Zellentür anscheinend endlich aufbekommen und gemerkt, dass der Boden eingebrochen war.

»Wir sollten weiterschwimmen«, sagte Großvater Balthasar.

»Schaut mal da rüber«, hörte Rose Tymo sagen. »Ist das ein Licht am Ende des Tunnels?«

Tymo hatte dasselbe Leuchten entdeckt, das Rose gesehen hatte. Es war nur ein Schimmer.

»Schwimmt hin«, befahl Lily. »Und vergesst nicht: *Kein Wasser schlucken!*«

Alle schwammen los, und das Licht kam immer näher. Zuerst konnte Rose nur die Schwimmgeräusche der anderen hören – und das Gejammer von Gus. Doch dann, bei genauem Lauschen, vernahm sie einen weiteren seltsamen Laut: Es klang wie das Brummen von

irgendeiner Maschine. Sie sah sich um und konnte undeutlich in der Dunkelheit über ihren Köpfen Stege aus Metall entdecken.
Schon bald hatten sie die Lichtquelle erreicht: ein langes Metallgitter, das aus dem Wasser ragte, angeleuchtet von Strahlern, die auf Holzpfählen montiert waren und nur knapp aus dem Wasser ragten.
Gus sprang sofort von Großvater Balthasars Kopf auf einen der ins Wasser reichenden Stege. Der arme Kater war völlig durchnässt, und sein flauschiges graues Fell klebte ihm am Körper.
Die anderen sahen nicht viel besser aus. Sie kletterten auf den eisernen Metallsteg und wirkten alle, als seien sie mehrmals durch den Schleudergang gedreht worden. Basils sonst so buschiges Haar lag wie ein wirrer Helm um seinen Kopf, und Devin sah unglücklich aus wie ein Welpe, der in ein Gewitter geraten war. Nur Tymos Haare hatten den Tauchgang überlebt; sie waren so stark gegelt, dass sie wasserabstoßend waren.
Rose sah sich um und erblickte Jacques, der gekonnt im Kreis schwamm und seinen langen Schwanz als Steuer benutzte. Rose streckte ihm den Arm hin und ließ ihn auf ihre Hand klettern. »Ich hätte bei der Mäuseolympiade mitmachen sollen!«, sagte er stolz.

»Wir haben es alle geschafft, oder?«, fragte Lily vom Steg aus. Zu Roses Überraschung legte ihre Tante ein Tänzchen hin, dass das Gitter unter ihren Füßen bei jedem Hüpfer aufklingen ließ.

Doch dann wandte sich die Person, die Rose für Lily gehalten hatte, um – und der verrückte Tänzer stellte sich als Tim heraus. Seine Haare, jetzt vom Wasser gereinigt, waren so schwarz wie die von Lily, und von hinten sah der durchgeknallte Typ so aus, als wäre er beim selben Friseur wie Lily gewesen. Die richtige Lily, deren Haare jetzt auch wieder glatt herunterhingen, war schon vorausgegangen.

»Alle anwesend!«, sagte Großvater Balthasar. »Wir sollten nicht rumtrödeln.«

»Auf keinen Fall«, sagte Lily. »Lasst uns einen Ausgang finden!«

Eine Metalltreppe führte zu einem weiteren Steg, der breiter war. Hier wurde das Rumpeln von Maschinen lauter, Zahnräder knirschten und Glas klirrte. Rose folgte den anderen und sah, dass in die zerklüftete Felswand eine Art Abfüllstation gebaut war. In einer Schleife führte ein Fließband aus Metall eine lange Reihe von Flaschen zur Mauer hinaus. Unter einem Strahl Wasser, der aus einem Steingesicht in der Wand kam, blieben die Flaschen kurz stehen, sobald sie voll waren, fuhren sie in einen anderen Teil der Höhle weiter, wo sie, wie Rose vermutete, Deckel bekamen.

»Was ist das alles?«, fragte Rose, als sie neben ihrer Tante und ihrem Großvater vor dem Steingesicht in der Mauer angekommen waren. Die Züge des Steingesichts waren von der Zeit ausgewaschen und kaum mehr zu erkennen.

»Hinter dem hier ist die Nudelholzgesellschaft her«, sagte Lily. »Das Wasser der Quelle. Es fließt seit ungezählten Jahrhunderten hier aus dem Brunnen heraus.«

»Von dieser Skulptur habe ich schon mal Abbildungen gesehen«, flüsterte Großvater Balthasar. »Ich kann es nicht glauben! Das ist nicht einfach nur *irgendeine* Zauberquelle. Es ist eine legendäre. Ich habe immer gedacht, das alles sei nur ein Märchen!«

»Ich ebenfalls«, sagte Lily leise. »Bis ich Graf Caruso das Fläschchen mit Wasser geklaut und begriffen habe, dass es das Geheimnis hinter seinen Minimuffins ist.«

Rose sah sich um und betrachtete alles. Die Stege liefen kreuz und quer über die ruhige Wasseroberfläche und verbanden sich mit breiteren Fußwegen, die an den Wänden der unterirdischen Höhle entlangliefen. Sie schüttelte den Kopf.

»Alles in Ordnung?«, fragte Devin besorgt.
»Ja«, sagte Rose. »Es ist eine Schande, dass Graf Caruso diese schöne Quelle in eine Fabrik verwandelt hat.«
»Stimmt«, sagte Devin. »Aber wir machen dem ein Ende.«
Rose bewunderte seine Zuversicht – sie selbst war nicht so sicher, dass ihnen das gelingen würde.
In dem Moment hörte Rose Stimmen – Stimmen, die von weiter oben in der Höhle kamen.
Großvater Balthasar hörte sie ebenfalls. »Die Wachen!«, flüsterte er. »Folgt mir, Kinder!«
»Ich bin kein Kind«, sagte Tim.
»Kinder und *Tim*«, sagte Balthasar. »Lasst uns weitergehen!«
Hintereinander rannten sie den Steg entlang, dessen Metallgitter unter ihren Schritten schepperte. Bald weitete sich die Höhle: Der Gehweg führte jetzt über riesige Metalltore hinweg, die in Führungsbahnen an den Wänden angebracht waren.
»Das ist ja unfassbar!«, sagte Devin, während sie weiterrannten. »Wie eine große unterirdische Staumauer. Ich wette, dass nur diese Tore das Wasser daran hindern, in die Kanäle draußen zu strömen.«
Jetzt verstand Rose, was sie da vor sich hatte: Die Metalltore versperrten alte Durchgänge im Felsen und

hielten das Wasser in dem Reservoir. Große Maschinen mit blinkenden Lampen waren daneben angebracht, wahrscheinlich, um die Tore hochzuziehen, wenn der Wasserstand zu hoch wurde.

»Kluger Kerl!«, sagte Lily. »Genau so war es. Die Zauberkraft wurde dadurch abgemildert, dass das Wasser durch die Kanäle floss. Wenn die Bewohner also von ihren Wasserhähnen tranken, bekamen sie gerade so viel Magie verabreicht, dass sie gesund blieben. Jetzt pumpt Caruso ungefiltertes Wasser direkt in die Leitungen. Jeder bekommt zu viel davon, und alle werden süchtig.«

»Wie schrecklich!«, rief Rose.

»Stimmt«, pflichtete Lily ihr bei. »Deshalb: Egal wie durstig ihr seid, *trinkt nicht von dem Wasser!*«

Der Gehweg schien zunächst in eine Sackgasse zu führen und endete an einer flachen, unscheinbaren Stahlwand. Doch nach kurzer Untersuchung entdeckten sie in der Stahlwand eine alte Tür mit einem großen, verrosteten Rad. Devin und Tymo spuckten sich in die Hände, packten das Rad rechts und links und drehten es keuchend.

»Legt euch ins Zeug!«, rief Basil. »Seid ihr zwei nicht Manns genug, um ein Tor aufzukriegen?«

Tymo, dem vor Anstrengung der Schweiß von der

Stirn tropfte, sah Basil böse an. »Willst du mich mal ablösen, *hermano*? Das ist nämlich nicht so leicht.« Langsam fing das Rad zu ächzen an. Das Ächzen wurde zu einem metallischen Quietschen, dann erfolgte ein lautes *Klick!*, und die Tore gingen auf. Helles mittägliches Licht blendete alle, und der Wind wehte und trug den Geruch von frischen Muffins und dem Meer herein.

Sie waren frei!

»Los, machen wir, dass wir rauskommen!«, sagte Rose und flitzte durch die Tore. Sie landete auf einer Steinrampe, die in den entleerten Graben führte, der das Schloss umgab.

Rose sah sich um. Die Luft war rein.

»Seht mal!«, sagte Tymo und deutete nach links.

Zwei leere Gondeln standen im Schatten unter einer gebogenen Brücke. Ihre langen Ruderpfähle lehnten daneben. Rose rannte zu der Gondel, die am nächsten stand; in ihren Schuhen schwappte Wasser und ihre Socken waren patschnass, aber das war ihr egal. Sie hatten geholt, was sie hatten holen wollen: Tante Lily.

Jetzt mussten sie noch aus San Caruso rauskommen.

»Schnell, alle hier rein!«, rief Rose und winkte sie herüber. Sie sprang über die Bordwand der Gondel und landete mit einem Plumps auf dem Boden. Es folgten Devin, Tymo und Basil, und auch die Erwachsenen ließen nicht lange auf sich warten. Mit mürrisch verzogenem Gesicht rollte Gus sich auf Basils Schoß ein, und Rose machte wieder Platz in ihrer Hüfttasche, damit Jacques hineinklettern konnte.

Einen Augenblick kauerten sich alle in dem langgestreckten Kahn aneinander, der etwas zu eng war. Jeder sah jeden erwartungsvoll an, bis Tymo schließlich sagte. »Äh, weiß jemand, wie man die Dinger fährt?«

Alle wandten sich Lily zu. »Seht nicht mich an. Ich habe normalerweise einen Chauffeur.«

In dem ausgetrockneten Kanal räusperte sich jemand, der direkt neben dem Boot stand.

Lily seufzte und musterte den alten Mann, der jetzt zwar nicht mehr so übel roch, der aber immer noch abstoßend aussah. »Tim, wissen Sie, wie man eine Gondel fahrt?«, fragte sie zuckersüß.

Tim verneigte sich so tief, dass seine langen schwarzen Haare den Boden streiften. »Meine Fertigkeiten kennen keine Grenzen. Ich kann sogar damit fliegen, wenn ihr wollt.«

Devin horchte auf. »Wirklich?«

Rose legte eine Hand auf Devins Arm. »Ich glaube kaum, dass wir das brauchen. Können Sie uns zu der

äußeren Mauer bringen, die die Insel umringt?«, fragte sie Tim.
Tim kaute auf seinen aufgesprungenen Lippen und überlegte. »Tja, ich *könnte* wohl schon. Sofern du versprichst, die Mauer nicht zu beschädigen. Wir sind uralte Freunde, die Mauer und ich.«
Lily klimperte ihn mit den Augenlidern an. »O ja, das können wir Ihnen versprechen.«
Tim schlug die Hacken zusammen. »Wunderbar!«, schrie er. »Für Euch tue ich alles, Sirene.« Er legte die Hand um den Mund und beugte sich zu Lily. »Natürlich bleibt mir auch nichts anderes übrig, so verzaubert wie ich von der seidig-weichen Schönheit Eurer Stimme bin. Außerdem habe ich es *ihm* versprochen.«
»Ihm?«, fragte Devin.
»Ich glaube, er meint Morpheus«, sagte Rose. »Lange Geschichte.«
Großvater Balthasar stöhnte. »Genug jetzt. Bringen Sie uns von hier weg, Tim.«
»Zu Befehl!«, salutierte Tim und verschwand hinter dem verschnörkelten Bug. »Er wird so glücklich sein, dass ihr Tim zu eurem Steuermann gemacht habt!«
»Ähm, bestimmt.« Rose hörte, wie eine Zugleine angerissen wurde und das Stottern eines Motors ertönte.

Die Gondel vibrierte unter ihnen, und Tim sprang mit Hilfe des Ruderstabes an Bord. Er pfiff ein Lied, stellte sich ins Heck, stieß die Gondel mit dem Ruderstab ab, und steuerte sie somit gemächlich durch den hell erleuchteten, ausgetrockneten Kanal.

»Wir sind der Freiheit *so nahe*«, verkündete Jacques von Roses Hüfte her.

»Ja«, stimmte Gus ihm zu, den Basil zwischen den gefalteten Ohren kraulte. »Und bitte, vergebt mir meine Ausbrüche von eben, ihr alle. Das waren nicht meine besten Momente, aber schließlich sind wir Katzen keine Schwimmtiere.«

Devin blickte über die Bordwand und staunte nicht schlecht. »Da unten sind Schienen!«, sagte er aufgeregt zu Rose. »Sie haben die gleiche Farbe wie die Erde, deshalb bemerkt man sie gar nicht, genau wie bei meiner Spielzeug-Rennstrecke, die ich als Kind hatte.«

»Schlau«, sagte Rose, der die getarnten Schienen jetzt auch auffielen. »Aber ich wette, den Gondolieres wäre es lieber, wenn die Boote schwimmen könnten, so wie früher.«

Alle wurden still, so erschöpft waren sie. Rose lehnte sich an Devin, schloss die Augen und ließ sich in der Mittagssonne trocknen. Das Schlingern der Gondel unter ihr wirkte so beruhigend auf sie wie eine gemütliche Ausfahrt im Lieferwagen ihrer Eltern.

Während sie durch den Kanal fuhren, wies Tim sie auf Sehenswürdigkeiten hin, an denen sie vorbeikamen. »Ah, das Restaurant Pizza Sulla Parata!«, rief er. »Dort habe ich dereinst gespeist. Ihr wisst nicht, wie ein neapolitanischer Pizza-Minimuffin schmecken muss, wenn ihr ihn nicht dort gegessen habt!« Er leckte sich die Lippen. *»Delizioso!«* Die Gondel schaukelte heftig, als sie in eine neue Gleisspur bog. »Und unter diesem Kirchturm hat mir Giulia di Biase das Herz gebrochen. Ich war fünf Jahre alt. Davon habe ich mich nie erholt.«

»Ja, sehr interessant«, sagte Lily. »Wir freuen uns auch, dass Sie jetzt frei sind, Tim, aber wir können auf Ihre Führungstour verzichten.«

Rose schlug die Augen auf und konnte gerade noch sehen, wie Balthasar Lily zustimmend zunickte. Er schaute sich irritiert in alle Richtungen um. »Sie fahren ja sozusagen mit der Kirche ums Dorf, um zu den Außenmauern zu gelangen. Ich hoffe, Sie haben nicht vor, die Fahrt zu einer Besichtigungsexpedition zu machen!«

»Ich bringe euch hin, wo ihr hinmüsst«, erwiderte Tim. »Sorgt euch nicht. Ich bin ein ausgewiesener Steuer-

mann mit rund siebentausend Jahren Erfahrung beim Überqueren aller möglichen Gewässer!«
Tim ließ zum Glück von seiner Reiseführermasche ab. Müde und erleichtert musste Rose wohl kurz eingenickt sein. Erschrocken wachte sie auf durch den Lärm von unzähligen Stimmen und dem Brummen weiterer Gondelmotoren.
Sie richtete sich auf. Sie hatten an einer Stelle angehalten, wo mehrere ausgetrocknete Kanäle aufeinanderstießen, und waren in einem regelrechten Gondelstau stecken geblieben. Die Fahrer, Männer in gestreiften Hemden mit roten Halstüchern, schrien sich an und kämpften darum, ihre Boote an einem hölzernen Pier festzumachen, der in den Kanal ragte. Passagiere stiegen aus und kletterten an eisernen Leitern auf die Straßen über ihnen.
»Sind wir schon da?«, fragte Basil und setzte sich so abrupt auf, dass er Gus erschreckte, der von seinem Schoß sprang.
»Ich kann das Meer hören«, sagte Tymo. »Das *ist* doch das Meer, oder nicht?«
Vom Boden des Kanals aus konnten sie nicht sehen, was sich über ihnen hinter den Kanalmauern befand, aber Rose hörte genau, was Tymo gemeint hatte: ein brodelndes Geräusch, das möglicherweise von Wellen

kam, die an die Felsenküste der Insel klatschten. Doch als sie die Ohren spitzte, hörte sie Gesprächsfetzen durch den Lärm.

Tim hatte ihre Gondel direkt an einen Platz im Hafenbecken gesteuert.

»Wir sind angekommen!«, verkündete er. »Diese Leiter hinauf – und ihr seid am Ziel.« Er fing Roses Blick auf. »Ich entschuldige mich für allen Ärger, der euch erwarten mag.«

Rose sah den alten Mann misstrauisch an. Selbst wenn er sich jetzt nicht offensichtlich *verrückt* benahm, war er doch eindeutig nicht ganz sauber im Kopf. »Danke«, sagte sie.

»Es sind so viele Leute hier«, sagte Devin, als er aus dem Boot auf die Treppe zuging. »Warum?«

»Vielleicht hat Lilys Flucht sich rumgesprochen?«, sagte Balthasar.

Lily stieß einen Schrei aus, kauerte sich ins Boot und versteckte sich. »In dem Fall«, flüsterte sie, »bleibe ich hier unten, bis wir sicher wissen, ob die Luft rein ist.«

»Gute Idee«, sagte Rose und stieg mit den anderen aus. »Wir rufen hinunter, sobald wir Bescheid wissen.«

Einer nach dem anderen kletterte die Eisenleiter hoch. Tymo machte den Anfang, dann kam Basil, dann Großvater Balthasar mit Gus, der sich an seine Schultern klammerte. Sie verschwanden über dem Rand der Kaimauer, und als die Leiter frei war, folgten Rose und Devin.

Das seltsame Wellenrauschen wurde lauter, als Rose den Fuß auf die Straße setzte. Sie sah sofort, woher der Lärm kam: nicht von Wellen, wie Tymo vermutet hatte, sondern von Stimmen. Von angeregten Stimmen, und zwar von Unmengen.

Sie waren keineswegs an der äußeren Mauer.

Sie waren mitten in der Stadt beim Marktplatz.

Das Amphitheater platzte aus allen Nähten, und der übrige Marktplatz war sogar noch voller als am Tag zuvor, als man Tante Lily mit Gewürzmuffins beworfen hatte. Der hohe verkohlt aussehende Pfahl war fort und der Bottich mit Trauben nirgends zu sehen.

Stattdessen standen auf der Bühne ein Schlagzeug, ein Keyboard und Mikrophonhalter sowie zu beiden Seiten der Bühne riesige Lautsprecher. Bunte Ballons, an denen ein großes Transparent hing, schwebten über der Bühne. Auf dem Transparent stand: *NO DIRECTION!*

Die versammelte Bürgerschaft sah aufgeregter und lebhafter aus, als Rose sie bisher erlebt hatte. Das kam wohl daher, dass alle auf ein Konzert gespannt waren.

Und zwar auf das Konzert, das Contessa Fela veranlasst hatte, was bedeutete ... Rose hielt den Atem an.
»Warum hat uns Tim denn *hierher* gebracht?«, fragte Basil. »Eine Mauer und ein Konzert sind doch zwei Paar Schuhe!«
Devin runzelte die Stirn. »Ich glaube, Tim hat *genau* gewusst, wo er uns hinbringt.«
»Er ist gar nicht verrückt«, stöhnte Rose und war auf sich selbst wütend. Wie konnte sie *schon wieder* auf einen Trick hereingefallen sein? »Tim hat uns angeschmiert – und uns Graf Caruso direkt ausgeliefert!«

Kapitel 12
Eine klebrige Sache

»Das sind sie, Herr Wachtmeister! Die Kinder, die in den Kanälen gespielt haben!«

Rose sah eine aufgebrachte Frau, die direkt auf sie deutete. Schnell öffnete sie ihre Hüfttasche und holte Jacques heraus. Ehe der Wachmann sie erreichte, flüsterte Rose der Maus zu: »Warne Tante Lily, dass dies eine Falle ist!«

»*Oui,* Mademoiselle«, flüsterte Jacques zurück. »Ich sause los!«

Rose setzte die Maus am Rand des Kanals ab und sah, wie sie an der Kaimauer hinunterflitzte. Und zwar gerade noch rechtzeitig. Der Wachtmeister trat vor Großvater Balthasar und betrachtete ihn misstrauisch.

»Diese Frau hat behauptet, dass Sie alle aus dem Kanal geklettert sind«, sagte er, und sein schmaler Schnurrbart zuckte.

Basil schluckte heftig und sah seine Schwester an. Auf seinem Gesicht zeigte sich Angst. Tymo zuckte die Schultern, und Devin grinste und blickte verlegen auf seine Schuhe. Sogar Balthasar schien nichts einzufallen, was er dem Wachtmeister antworten konnte.

Was bedeutete, dass alles wieder mal an Rose hängen blieb. Zu ihrer eigenen Überraschung wusste sie genau, was sie zu tun hatte.

»Und warum sollten wir nicht dort unten sein?« Sie drängte sich vor und sah den Wachtmeister herausfordernd an. »Wissen Sie überhaupt, wer wir *sind*?«

Der Wachtmeister zog überrascht die Brauen hoch. Er trat etwas zurück und stieß mit der Frau hinter sich zusammen. »Ich bin nicht sicher, woher ich das wissen sollte. Könnt ihr euch ausweisen?«

Rose verschränkte die Arme. »Wir brauchen keinen Ausweis. Wir sind No Direction.« Sie machte eine ausladende Bewegung zu der Menge im Amphitheater hin. »Das ist unsere Show.«

»Ganz recht«, bestätigte Tymo und nahm schnell seine Rolle an. »Ich bin Zip. Und die ganzen Leute auf dem Platz? Alle nur wegen mir hier, Alter.«

»Wegen *uns*, meinst du«, sagte Basil.

»Aber sicher, Arnold«, sagte Tymo. »Wegen *uns*.«

Der Wachtmeister sah nicht gänzlich überzeugt aus, wirkte aber auch nicht mehr so herausfordernd wie soeben noch. »Was habt ihr in den Wasserstraßen gemacht?«

»In den Wasserstraßen?« Devin schnaubte verächtlich und spielte jetzt auch mit. »Besser gesagt, in den *Dreckstraßen*. Da unten waren wir, weil wir einen privaten Ort brauchten, um uns einzusingen.«

Rose fiel der goldene Schneebesen ein, und sie zog ihn aus der Hüfttasche. Er glitzerte eindrucksvoll im hellen Sonnenlicht. »Wir haben den Schlüssel zur Stadt!«, sagte sie. »Die Contessa hat ihn uns überreicht. Meinen Sie, den gibt sie irgendwem?«

»Omeingott«, hauchte die Frau, die vorher gekreischt hatte. »Das wusste ich nicht. Oh, ich schäme mich ja so!«

»Das sollten Sie auch, meine Dame«, sagte Großvater Balthasar. »Ich bin der Manager von den Jungs, und wir müssen auf die Bühne, und zwar zackig.«

Der Wachtmeister tippte sich an die Mütze. »Natürlich. Entschuldigen Sie die Verwirrung. Ich bringe Sie direkt zum Greenroom – dem Aufenthaltsraum.«

Der Wachmann schlug eine Schneise durch die Menschenmenge und führte die Gruppe über den Platz. Rose konnte nicht anders, sie blickte heimlich über die Schulter. Die Sorgen schlugen Purzelbaum in ihrem Kopf: Was war mit Lily passiert, nachdem Tim sie alle so getäuscht hatte? Und wo war wohl Sunny? Erwartete sie im Hotel ihre Rückkunft? Und was vielleicht im Moment am wichtigsten war: Wie um Himmels willen sollten sie vor Hunderten von Leuten als No Direction auftreten?

»Zur Seite!«, rief der Wachtmeister in die aufgeregte Menge. »Macht Platz für die VIPs!«

Sie folgten ihm in den Backstage-Bereich. Gus saß noch immer mit aufgerissenen Augen auf Großvater Balthasars Kopf und hielt sich verzweifelt fest. Keiner schien sich über den Kater auf dem Kopf eines alten Mannes zu wundern, und Rose fragte sich, ob sie ihn vielleicht für eine exzentrische Art von Toupet hielten.

Hinter dem Vorhang tummelten sich alle möglichen Bühnenarbeiter, stämmige Männer mit Tragegurten, die Lautsprecher auf die Bühne schleppten und Gestelle für die Scheinwerfer aufstellten. Ein paar Elektriker inspizierten die Kabel am Equipment, um für die Sicherheit zu sorgen. Eines musste Rose Contessa Fela lassen: Alles war sehr professionell. Dumm nur, dass es keine richtige Band gab.

Hinter der Bühne befand sich ein großes grünes Zelt. An die Türklappen war ein handgeschriebenes Schild geheftet, auf dem *No Direction – Greenroom* stand.

»Hier könnt ihr euch vorbereiten.« Der Wachmann hielt die Zeltklappe auf, um sie hineinzulassen. »Die Contessa hat darauf bestanden, den Raum so grün wie möglich zu gestalten.«

»Danke, Alter«, sagte Tymo. »Richten Sie Ihrem Vorgesetzten aus, dass No Direction gesagt hat, Sie hätten 'ne Gehaltserhöhung verdient.«

Die Augen des Wachmanns fingen zu glänzen an. »Eine Extraration Minimuffins bei jeder Mahlzeit? Ihr Typen seid meine *Lieblingsband*!«

Devin und Basil duckten sich ebenfalls durch den Zelteingang, gefolgt von Großvater Balthasar und Rose, die die Klappe hinter sich schloss. Alle waren auf einmal von dem Sonnenschein, der durch die smaragdgrüne Zeltwand drang, in ein dunstig-grünes Licht getaucht. Es war, als würden sie sich unter einem Laubdach im Wald befinden.

»Wow«, sagte Basil und sah sich um. »Das ist ja beeindruckend.«

»*Total* beeindruckend«, setzte Devin hinzu.

Rose musste ihnen zustimmen. Runde Plüschläufer in allen möglichen Regenbogenfarben bedeckten den

Boden, darauf waren Sitzsäcke in Neongrün verteilt. Ein langer Tisch war gedeckt mit dreistöckigen Silberplatten und Schalen, alle voll mit einer Auswahl an Minimuffins, die kunstvoll mit Zuckerguss verziert waren, dazu Flaschen mit Wasser, ein Kaffeeautomat samt Porzellantassen und, was sehr seltsam war, noch mehr Muffins, die an Schnüren hingen und wie die Blumenketten einer exotischen Südseeinsel aussahen.
Tymo schnupperte an einem Muffin, dann steckte er ihn in den Mund. »Schokolade!«, sagte er. »Endlich mal ein paar richtige Muffins in diesem Laden.«
Basil schnappte sich eine der Muffinketten und hängte sie sich um. »Ich bin so ausgehungert, ich würde sogar von den Rosenkohlmuffins essen, wenn es sein müsste.«
Devin häufte Möhrenmuffins auf einen Pappteller, den er sich mit Rose teilen wollte, und Großvater Balthasar untersuchte die Wasserflaschen. »Da ist womöglich auch dieses Quellwasser drin«, sagte er.
Von seinem Kopf miaute Gus: »In dem Fall halte es bitte fern von mir.«
»Von uns *allen*«, sagte Rose. Balthasar hob Gus von seinem Kopf und warf ihn auf einen der grünen Sitzsäcke.

Obwohl es schon viele Stunden her war, seit Rose gegessen hatte, konnte sie sich nicht überwinden, auch nur einen einzigen Muffin zu essen. Sie warf den, den sie genommen hatte, in den Müll und ging unruhig auf und ab. Tim zu vertrauen war ein dummer Fehler gewesen, aber sie hatte keine Zeit, sich jetzt darüber zu ärgern: Sie musste sie alle retten.

»Hier in dem Zelt sind wir jetzt erst mal in Sicherheit«, sagte sie, »aber Tante Lily ist immer noch mit Tim im Kanal. Wir müssen uns ausdenken, wie wir hier wegkommen, und zwar schnell.«

Tymo ließ sich auf einen der Sitzsäcke fallen. »Keine Sorge, *hermana*. Wir treten wieder als No Direction auf, und während die Menge abgelenkt ist von unserer Vorführung, schicken wir Gus los, der *tia* Lily hilft, sich davonzustehlen.«

»Wir haben weder *Verschandelungs-Donuts* noch *Memoria-Caramellen*«, gab Rose zurück. »Und dazu kommt, dass Graf Caruso und Contessa Fela zuschauen. Diesmal können wir sie auf keinen Fall täuschen.«

Basil runzelte die Stirn und ließ die Muffinkette, von der er genascht hatte, auf seine Brust fallen. »So weit hab ich gar nicht gedacht. Was machen wir jetzt?«

Aber ehe jemand antworten konnte, rief eine Stimme von der anderen Seite des Zelteingangs: »Sind alle anständig bekleidet? Contessa Fela hätte gerne eine Audienz vor dem Konzert.«

Alle drehten sich um und sahen, wie jemand mit lila Locken den Kopf durch den Zelteingang steckte – ein Mädchen, das, so nahm Rose an, die Assistentin von Contessa Fela sein musste. Großvater Balthasar eilte mit ausgestrecktem Arm auf sie zu und umfasste den Kopf der Frau, als sei er ein Basketball. Er schob sie wieder hinaus und streckte dann den eigenen Kopf durch.

»Die Jungs sind mit ihrem Vorbereitungsritual beschäftigt und dürfen nicht gestört werden«, sagte er mit einer Stimme, die durch die Zeltplane leicht gedämpft klang. »Um was geht es denn?«

Sie konnten alle hören, wie Contessa Fela seufzte. »Ich *weiß*, dass sie abergläubisch darauf reagieren, wenn man sie vor der Show sieht«, hörten sie sie draußen sagen. »Jeder, der No Direction kennt, weiß das.«

»Und warum sind Sie dann hergekommen?«, fragte Großvater Balthasar.

»Ich möchte, dass sie mir diese CD signieren.« Großvater Balthasar griff nach der CD, und reichte sie gleich nach hinten an Rose weiter. Es war das neueste Album von No Direction, *Du plus Ich gleich Wir*. Auf dem Cover waren die richtigen Bandmitglieder zu sehen, die als Lehrer verkleidet vor einer Tafel standen.

»Die Widmung soll lauten: *Contessa Fela, ihrer ewigen Liebe*«, befahl die Contessa. »Und jeder von ihnen sollte noch eine persönliche Botschaft hinzufügen. Und mit *persönlich* meine ich etwas richtig Nettes, das sich an *mich* richtet.«

»Ganz wie Sie wünschen«, grunzte Großvater Balthasar.

Die Assistentin der Contessa meldete sich zu Wort. »Gleich fängt das Vorprogramm an: Die weltberühmte Tänzerin Madame Satine Ribboné mit ihrem Bändertanz! Dann kommen Ihre Jungs dran. Hinten im Zelt liegen die Kostüme bereit.«

»Und richten Sie den Jungs aus, dass ich heute Abend nach dem Konzert zu ihren Ehren im Schloss ein Bankett schmeiße«, fügte die Contessa hinzu. »Ihre Anwesenheit *ist erforderlich*. Und mit erforderlich meine ich –«

»Wird ausgerichtet«, unterbrach Großvater Balthasar sie. »Wenn Sie uns jetzt entschuldigen, wir müssen uns vorbereiten.«

»Hals- und Beinbruch!«, sagte Contessa Fela und entfernte sich mit klackernden Absätzen. Großvater Balthasar zog den Kopf zurück durch die Zelttür. »Das Mädel ist ja ganz schön eingebildet«, brummte er.

»Das fühlt sich allmählich wie eine Aufgabe an, die nicht zu bewältigen ist«, sagte Gus. »Vielleicht sollten wir abhauen, ehe jemand Tymo und Basil singen hört. Sonst landen wir nämlich mit Sicherheit im Kerker.«

»He!«, protestierten Tymo und Basil gleichzeitig.

Rose musterte die CD und las die Titelliste auf der Rückseite durch. In ihr begann sich eine Idee zu formen.

»Was denkst du, Rose?«, fragte Devin.

»Was ist, wenn wir das alles zu kompliziert angehen?«, sagte sie. »Leute imitieren andere Sänger doch die ganze Zeit, total ohne *Singwerkekse.*«

»Hey, das ist doch richtig«, sagte Devin und schnipste mit den Fingern. »Wir können diese CD laufen lassen und einfach die Lippen dazu bewegen.«

Basil starrte ihn schockiert an. »Willst du behaupten, dass die Sänger manchmal gar nicht *selbst* singen, wenn sie auf der Bühne stehen?«

»Tut uns leid, dass du das rausfinden musstest, *hermano*«, sagte Tymo, »aber nicht jeder Showstar ist so talentiert wie du.«

Während die Brüder sich über die moralische Seite von Playback-Singen unterhielten, machten Rose, Devin und Großvater Balthasar sich in den hinteren Teil des Zelts auf. Auf einem Tisch lagen vier säuberlich gefaltete Jumpsuits, alle jeweils grün-, rot-, weiß- und braungemustert – den Farben von San Caruso wie Rose vermutete – und mit einem eingestickten Namen auf der Brust.

»He, was ist das denn?«, fragte Devin und öffnete eine Schachtel neben dem Tisch mit den Jumpsuits. Darin war eine seltsame schwarze Maschine.

»Sieht wie mein Luftbefeuchter aus«, sagte Großvater Balthasar. »Wie mein Luftbefeuchter mit einem Ventilator vorne dran.«

Rose sah sich das Bild auf der CD noch mal an. Nebelschleier bedeckten die Füße der Jungs auf dem Foto, obwohl sie doch in einem Klassenzimmer standen. »Vielleicht ist es eine Nebelmaschine?«, überlegte sie.

»Perfekt!«, sagte Tymo und trat von hinten zu ihnen. »Wir nebeln die Bühne ein, dann kann niemand unsere Gesichter sehen.«

»Und auch nicht erkennen, wie schlecht wir lippensynchron singen!«, merkte Basil von seinem Sitzsack an.

Devin zog die Maschine aus der Schachtel. »Ich glaube, es ist doch keine Nebelmaschine«, sagte er. »Ich vermute eher, dass es eine Seifenblasenmaschine ist. Seht ihr, die Ventilatorblätter da vorne werden mit Seife überzogen, und wenn der Ventilator sich dann dreht, fährt Luft durch die Löcher und macht Seifenblasen.«

Geschirr klapperte und alle drehten sich um und sahen, wie Gus in den Leckereien auf dem Tisch herumstöberte. »Nebel«, stöhnte der Kater. »Seifenblasen. Das klingt alles so *nass*. Seid ihr sicher, dass wir nicht abhauen können, wenn keiner aufpasst?«

»Nein«, sagte Rose. »Wir lassen Lily nicht im Stich. Außerdem sieht es so aus, als ob wir ein paar Gerätschaften haben, um ein Rezept zuzubereiten, das uns weiterhilft. Jetzt brauchen wir nur noch die richtigen Zutaten.« Sie nahm die Hüfttasche ab und stellte sie neben die Jumpsuits auf den Tisch. »Ich hab immer noch ein bisschen von dem Flussnebel, den wir kürzlich gesammelt haben, Devin. Ich wette, wenn wir den mit ein paar anderen Sachen mischen, die wir hier im Zelt haben, können wir Blasen voller Nebel machen, die uns total verhüllen, solange wir auf der Bühne sind.«

»Aha«, sagte Großvater Balthasar. »*Das* hört sich nach einer guten Idee an. Wenn wir genug Nebelblasen machen, können wir vielleicht sogar von der Bühne verschwinden, Lily holen und aus der Stadt fliehen, solange alle auf die leere Bühne starren und eine CD hören!«

Draußen vor dem Zelt kreischte ein Mikrophon, und das Publikum verstummte.

»Die Jungs von No Direction sind backstage und treten in wenigen Augenblicken auf!«, krähte ein Ansager.

Die Menge brach in donnernden Jubel aus.

»Aber zunächst«, fuhr der Ansager fort, »begrüßen Sie die Herzogin von Damaskus, die Seidenschmeichlerin, die einzigartige Madame Satine Ribboné!«

Die Zuschauer stöhnten enttäuscht auf.

Klassische Musik rieselte aus den Lautsprechern, und durch die Zeltwand konnte Rose sehen, wie die Bühnenscheinwerfer aufleuchteten. Die Enttäuschung der Zuschauer verpuffte, und man hörte bewundernde Ooohs und Aaahs.

»Mann, uns entgeht was«, schmollte Basil.

»Glaubt ihr, dass sie eine echte Herzogin ist?«, fragte Tymo und strich sich seine Hahnenkammtolle zurück. »Sie kommt vielleicht für meine Sammlung europäischer Mädchen in Frage!«

»Konzentriert euch, Jungs«, sagte Rose. »Wir haben nicht viel Zeit. Devin, bau du die Seifenblasenmaschine auf. Und ihr anderen, helft mir, die beste Seifenblasenmischung zu machen, die wir hinkriegen!«

»Schon dabei!«, rief Devin und begutachtete die Knöpfe und Schalter an der Maschine.

Tymo trat an die Zelttür und steckte den Kopf durch die Klappe. »Äh, ich glaube, ich werde hier draußen mehr gebraucht. Als Wachposten.«

»Gut, du stehst Schmiere«, sagte Rose. »Basil, du bleibst bei mir und Großvater.«

»Aber die Show!«, jammerte Basil. Niemand beachtete ihn.

Am Tisch mit den Erfrischungen leerte Großvater Balthasar eine Schale mit Muffins aus und brachte sie herüber. »Darin können wir mischen.«

»Gute Idee, Großvater.« Rose beugte sich über die Schale wie ein Arzt, der eine Operation vorbereitete. »Quellwasser«, sagte sie.

»Quellwasser«, murmelte Basil mürrisch und reichte ihr eine der Flaschen.

Rose schraubte den Deckel ab und goss den gesamten Inhalt in die silberne Schale. Wenn sie sich richtig an ihre Notizen zu dem Flussnebel erinnerte, brauchte er eine wässrige Oberfläche, über der er schweben konnte. Und dafür war Zauberwasser aus der Quelle bestimmt perfekt.

»Flussnebel«, sagte sie, und Basil reichte ihr das Fläschchen. Vorsichtig ließ Rose eine geringe Menge des Nebels aus der kleinen Phiole auf das Wasser gleiten. Wie sie vermutet hatte, legte der Nebel sich über das Wasser. »Hmm, jetzt vielleicht Gletscherglyzerin«, überlegte sie.

»Warum nicht?«, sagte Großvater Balthasar. »Damit halten die Seifenblasen länger.«

Nachdem sie das Glyzerin hinzugefügt hatte, rührte Rose die Mischung um. Die Reaktion erfolgte auf der Stelle – der Nebel bebte und zitterte, entspannte sich dann und die hauchdünnen Enden verdickten sich zu einer Masse wie durchsichtiges Quecksilber. Während der Nebel über dem Wasser waberte, trug Rose die Schale zu Devin. Er öffnete einen Deckel und half Rose, die Seifenblasenmischung in die Maschine zu gießen.

»Das ist es!«, sagte Devin und setzte sich eine Schutzbrille auf, die er aus der Hosentasche zog. »Es geht los!«

Er drückte auf mehrere Knöpfe an der Seite der Maschine. Sie sprang rumpelnd an, und der kreisende Ventilator, der von der glitschigen Mischung überzogen wurde, surrte los. Ein Schwall Blasen schoss aus der Maschine, kleine durchsichtige Kugeln schimmernder Nebelblasen.

Und als Rose schon ganz aufgeregt zu werden begann, weil ihr Plan funktionierte, platzten alle Blasen.

»Das«, näselte Gus und leckte sich die Pfoten, »war ein jämmerliches Schauspiel.«

»Ja, ja«, murmelte Rose unglücklich. Draußen schwoll die Musik zu einem epischen Crescendo. Das Publikum stöhnte staunend auf, und Madame Ribboné führte eine weitere Nummer ihres kunstvollen Bänderwirbelns auf.

»Wow!«, rief Tymo vom Eingang des Zeltes her. »Diese Dame ist eine Sensation! Sie hat die Bänder zu einem Drachen gezwirbelt, dann hat der Drache sie *verschlungen* und dann ist sie aus seinem Inneren aufgetaucht, und die Bänder sind in roten Spiralen um sie herumgewirbelt!«

»Ooh!«, schrie Basil und wollte zu Tymo rennen, doch Rose packte ihn am Kragen.

»Konzentrier dich, Basil!«, ermahnte sie ihn. »Wir brauchen was, damit die Blasen fester werden.«

»Etwas wie Seife?«, fragte Basil und starrte sehnsüchtig zu den Blitzlichtern hinter der Zeltwand.

»Genau!«, erwiderte Rose und sah sich im Zelt um, »aber wir haben keine Seife, oder?«

»Wie wäre es, wenn wir sie mit Zucker klebrig machen?«, schlug Devin vor und hielt eine Schüssel mit winzigen Stücken Würfelzucker in der Form von Minimuffins hoch.

»Ist wohl einen Versuch wert«, sagte Großvater Balthasar.
Rasch füllte Rose die Schale wieder mit Quellwasser und mit einer Prise Flussnebel und etwas Gletscher-Glyzerin. Sie zerkrümelte die Würfelzucker-Muffins und rührte, damit sich der Zucker auflöste und sich alles vermischte. Das quecksilberartige Gebräu von zuvor bildete auf einmal kunstvolle Schneeflockenmuster. Es gab also zumindest *irgendeine* Reaktion, aber ob das so funktionieren würde?
Das konnte Rose nur herausfinden, indem sie die neue Mischung in die Seifenblasenmaschine goss.
Inzwischen hatte Basil sich den einzigen Jumpsuit angezogen, der in seiner – oder Arnolds – Größe war. Geistesabwesend naschte er von den etwas bunteren Muffins auf dem Tisch mit den Snacks. »Wie läuft es?«, fragte er.
Roses Erwartungen wurden gedämpft, als die Seifenblasenmaschine ein paar mit Nebel gefüllte Blasen ausspuckte, die sofort zu Boden sanken. »Der Zucker hat sie zu schwer gemacht«, jammerte sie. »*Diese* Dinger würden höchstens unsere Schuhe verbergen.«
Tymo zog den Kopf wieder ins Zelt zurück. »Leute, ich glaube, Madame Ribboné nähert sich ihrem großen Fi-

nale. Sie fängt an, sich in einen riesigen Bänderkokon einzuspinnen.«

Rose hielt sich den Kopf, drehte sich im Kreis und suchte nach etwas, das ihr weiterhelfen könnte. Gleichzeitig steckte Basil sich einen knallrosa Muffin in den Mund und begann zu kauen.

Und kaute.

Und kaute weiter.

Bei seinem Geschmatze konnte Rose kaum nachdenken, und sie wollte ihn gerade zurechtweisen – da sah sie, wie er eine große pinkfarbene Kaugummiblase machte.

»Hey, woher hast du den Kaugummi?«, fragte sie und eilte an den Tisch.

»Hab ich doch gar nicht«, protestierte Basil. »Ich wollte nur einen von den rosa Muffins probieren. Ich dachte, sie sind vielleicht mit Erdbeergeschmack, aber sie sind wohl tatsächlich Kaugummis.«

»Das ist die Lösung!«, sagte Großvater Balthasar. Schnell ergriff er den Teller mit den *Kaugummimuffins*, ehe Basil sich weitere in den Mund stopfen konnte. »Rose, denkst du dasselbe wie ich?«

»Genau!«, sagte Rose. Sie und ihr Großvater machten sich schnell daran, die Muffins in ihre Mischung mit dem Zauberwasser, Flussnebel, Gletscher-Glyzerin und Zucker zu krümeln. Die Kristalle, die sich nun bildeten, glitten über das Zauberwasser und waberten, als seien sie Lebewesen.

»Was?«, fragte Basil. »Was denkt ihr?«

Aber Rose war zu beschäftigt, um zu antworten. Es *musste* klappen.

Die Mischung wurde in die Seifenblasenmaschine geschüttet – und als sie sie jetzt in Gang setzten, wurde der Ventilator langsamer und aus der Maschine trat eine große nebelgefüllte pinkfarbene Blase heraus.

Alle standen abwartend da: die Blase wurde größer. Sie fing als kleiner Partyballon an, wuchs jedoch und wurde mit jedem Luftstoß aus der Maschine praller. Schon bald füllte die Blase die Mitte des Zeltes und wurde so groß, dass sogar Tymo daneben klein wirkte. Schließlich, als sie ihre volle Größe erreicht hatte, schwabbelte sie wie eine riesige, mit Morgennebel gefüllte rosige Schneekugel hin und her.

»*Seifantastisch*«, flüsterte Basil ehrfürchtig und streckte die Hand danach aus.

Rose erwartete, dass die Blase jetzt platzen und sie alle mit rosa Kleber überziehen würde. Stattdessen wurde Basils Hand mit einem Schlürfen hineingesaugt, als ob jemand einen Mund voll Spaghetti aufschlürfte. Die Blase kam in Bewegung, und ehe jemand einschreiten konnte, rollte sie auf Basil zu und umhüllte ihn ganz und gar.

»Basil!«, rief Rose und machte einen Satz, um ihn herauszuziehen.

Aber Basil war kein bisschen besorgt. Er kicherte wie verrückt und machte einen Hüpfer. Die Blase hüpfte mit ihm in die Mitte des Zeltes, knapp vorbei an Gus, der aufjaulte und sich in Sicherheit brachte.

»Man würde niemals merken, dass Basil da drin steckt«, sagte Tymo.

»Man kann ihn kaum sehen«, setzte Devin hinzu. »Nur so eine verschwommene pinkfarbene Gestalt.«

»Huuuh!«, heulte Basil und sprang auf und ab. Die riesige Blase hüpfte mit ihm wie ein bunter Basketball, der von einer riesigen unsichtbaren Hand gedribbelt wurde. »Das ist ja echt so –«

Und ehe sie ihn aufhalten konnten, hüpfte Basil federnd durch die Zeltklappen und nach draußen.

»Haltet die Blase auf!«, rief Großvater Balthasar.

Rose, Devin und Tymo stürzten aus dem Zelt, während die nebelgefüllte Blase über die Köpfe der Bühnenarbeiter hüpfte, durch die Gerüste für die Scheinwerfer und mitten auf der Bühne landete und Madame Ribonné fast erdrückte, die gerade als Schmetterling mit flatternden Bänderflügeln aus ihrem Bänderkokon auftauchte.

Die Lautsprecher kreischten und die Orchestermusik, die aus einer Konserve kam, brach ab. Das Publikum staunte über die Blase mit Basil, die auf der Bühne herumhüpfte.

»Das ist Arnold!«, schrie eine Stimme aus dem Zuschauerraum. »Den Zwerg würde ich überall erkennen!«

»No Direction!«, schrie eine andere Stimme.

Die Menge fing zu jubeln an. Rose sah mit offenem Mund zu, wie die verärgerte Herzogin von Damaskus ihre langen Bänder ruckartig zurückzog und sie knallen ließ wie Peitschenhiebe. Sie klatschten an Basils Blase, so dass er über die Bühne zurück auf das Zelt zurollte.

»Hier rein, *hermano*«, schrie Tymo, griff nach der rosafarbenen Haut der Blase und zerrte sie durch die Zeltklappe, wobei er Rose und Devin fast umrannte.

»Das war *unglaublich*!«, schrie Basil aus dem Inneren der Blase. »Mein bester Auftritt aller Zeiten! Lasst mich noch mal raus!«

»Bist du *verrückt?*«, rief Tymo. »Du hättest fast Madame Ribboné erdrückt!«

»Warte mal!«, sagte Rose und packte ihren Bruder am Arm. »Hast du die Zuschauer gehört? Sie konnten nicht sehen, wer in der Blase war, deshalb haben sie einfach angenommen, dass es einer von No Direction war.«

»Hey, genau«, sagte Devin. »Sie haben gedacht, es gehöre zum Auftritt.«

»Was bedeutet, dass wir jetzt unsere Stimmen haben« – Rose ergriff die No-Direction-CD – »*und* auch unsere Verkleidungen.« Sie trat an den Tisch mit den übrigen Jumpsuits. »Kommt, wir ziehen sie an, damit wir wie eine Band aussehen«, sagte sie und gab jedem einen Overall, »und dann kriecht jeder in eine Blase, und die Show geht los!«

Zehn Minuten später waren sie alle verkleidet und jeder war in seine passende, hüpfende rosa Blase geschlüpft.

Rose kam sich wie der Dotter in einem Ei vor. Sie war umhüllt von dichtem Nebel, der im durchscheinenden Licht rosa leuchtete, hatte die Arme ausgestreckt und berührte vorsichtig die innere Haut der Blase. Sie fühlte sich klebrig und gummiartig wie zu feuchter Hefeteig an, und jeder Schritt, den sie machte, war wie der Versuch, auf einem Trampolin zu gehen.

Vorsichtig bewegte sie ihre hüpfende, klebrige Blase vorwärts und folgte Devin, Tymo und Basil aus dem Zelt.

Und schon stand sie auf einer riesigen Bühne vor einer wogenden Menschenmenge.
Plötzlich war sie nervös. Rose hatte nicht im Traum daran gedacht, dass sie tatsächlich einmal als No Direction auftreten würden. Und auch wenn sie nicht selbst singen mussten und in den Blasen steckten … sie wollten trotzdem eine gute Show abliefern, damit Contessa Fela beeindruckt wäre. Sonst hatten sie keine Chance, Tante Lily zu retten und aus San Caruso zu entkommen.
Sofort erlosch die Bühnenbeleuchtung.
Devin, Rose und ihre Brüder waren in totale Dunkelheit gehüllt.
Links von Rose, verborgen hinter einem riesigen Lautsprecher, befand sich das Soundboard, und dort saß Großvater Balthasar. Er hatte den Tontechniker, der die Show betreute, verdrängt und darauf bestanden, selbst am Kontrollbrett zu sitzen – es sollte ja niemand mitbekommen, dass die Band zu einer CD singen würde.
Gus kroch hinter dem Soundboard hervor und kauerte sich an den Rand der Bühne, um auf die vier Möchtegern-Sänger aufzupassen.
»San Caruso!«, rief eine Stimme, die Rose kaum wiedererkannte. Sie brauchte eine Sekunde, bis sie begriff, dass sie von Großvater Balthasar kam, der jetzt aller-

dings wie ein Radioansager klang. »Seid ihr bereit, Luftblasen zu träumen?«

Dem Klang der lärmenden Reaktionen entnahm Rose, dass die Menge nur allzu bereit war. Sie warf Devin zu ihrer Rechten und Basil zu ihrer Linken einen Blick zu.

Jetzt oder nie.

»Dann macht mal Stimmung«, fuhr Großvater Balthasar fort, »für NO DIRECTION!«

Balthasar betätigte ein paar Schalthebel am Soundboard, und die ersten dröhnenden Takte des Titelsongs von *Du plus Ich gleich Wir* füllten den Marktplatz. Die Scheinwerferlichter kreisten über ihnen und beleuchteten die Blasen und die schemenhaften Gestalten darin.

Ein Scheinwerfer strahlte Rose direkt an.

Die Musik pulsierte.

Das Publikum jubelte.

»Bist du bereit, Tymo?«, hörte Rose Devin flüstern.

»Machst du Witze?«, flüsterte Tymo zurück. »Auf den Augenblick hab ich mein ganzes Leben lang gewartet!«

Er wandte sich der Menge zu und streckte die Faust in die Luft. Nebel waberte um sein Handgelenk. »Damen und Herren von San Caruso! WIR! SIND! NO DIRECTION!«

Kapitel 13
Kaugummi-Pop

Zuerst wusste Rose nicht, was sie machen sollte. Sie war geblendet von den Scheinwerfern, und die erwartungsvollen Augen der Zuschauer ließen sie erstarren. Deshalb schloss sie die Augen und ließ die Musik auf sich einwirken.

Girl, lass uns eins und eins addier'n,
Du plus Ich gleich Wir.
Du und Ich, Dame und Ass,
Zähl uns zusammen und wir haben Spaß!

Tymo stand in vorderster Front und tanzte, als hinge sein Leben davon ab. Rechts neben ihm war Devin und schnipste im Takt mit den Fingern; und links von ihm Rose mit weit aufgerissenen Augen und immer noch nicht ganz sicher, was sie machen sollte. Sie kam sich auf einmal kleiner vor in der Blase, aber ob das daher kam, dass sie sich zusammenkauerte, oder ob die Blase sich ausgedehnt hatte, wusste sie nicht so richtig.

»*Tanz!*«, flüsterte Basil, der mit ausgestreckten Armen und Beinen wie ein Rad mit Speichen an ihr vorbeirollte.

Dann entdeckte sie durch die Schleier von rosa Nebel zum ersten Mal Contessa Fela. Das Mädchen saß auf einem erhöhten Platz über dem Publikum direkt vor Tymo. Sie trug ein langes, fließendes Seidengewand, das mit petrolfarbenen Blumen gemustert war, die im Luftzug wehten, und sie starrte mit verhangenem, leicht weggetretenem Blick zu dem falschen Jungen in der Blase empor.

Zumindest so lange, bis ihr glasiger Blick sich in ein finsteres Stirnrunzeln verwandelte, weil er auf Rose fiel, die nicht mittanzte.

»Die Contessa hat dich entdeckt«, hörte Rose Gus zischen. »Zieh eine Show ab, Mädchen!«

Da schluckte Rose ihr Lampenfieber hinunter und kam in Bewegung. Sie schlitterte und schüttelte sich und hüpfte auf und ab und konnte nur hoffen, dass das Wa-

ckeln und Kullern ihrer Blase so aussah, als würde sie tanzen.
Anscheinend hatte es funktioniert, denn die Menge wurde noch lauter, und Contessa Fela sank entspannt in ihren erhöhten Sessel zurück.

Girl, rechne doch mal mit,
wir sind auf'm gleichen Nenner!
Zusammen, Girl, machen wir was her
Das Ergebnis stimmt für immer
Und immer,
und iiiiimmeeeer!

Und schließlich, als die berühmte Falsettstimme von Hunter mit der Zeile »*Bis in alle Ewigkeit*« aus den Lautsprechern dröhnte, machte Rose einen hohen Sprung. Die Blase stieg mit ihr auf, krachte wieder nach unten und hüpfte wie ein Ball.
Das Quellwasser musste den Kaugummi besonders elastisch gemacht haben, denn Roses Blase prallte von der Bühne ab und schoss auf die Scheinwerfer über ihr zu. Rose machte einen Salto durch die Luft und sah – als sie wieder herunterkam –, wie eine andere Blase auf sie zukreiselte. Es war Devin, der ihren Sturz aufzuhalten versuchte.

»Devin, pass auf!«

»Was macht ihr?«, jaulte Gus und rannte in Kreisen über die Bühne.

Aber Gus konnte nun wirklich nicht helfen – er war wie ein Floh, der einen Tennisball zu fangen versuchte. Rose warf sich an die Kaugummihaut der Blase und wollte versuchen, davonzuhüpfen, aber es war zu spät – Devins Blase klebte an ihrer fest.

Am Bühnenrand tanzten Basil und Tymo, als ob ihnen niemand in ihren Blasen zusehen würde, und sie merkten nicht, dass Rose und Devin aneinanderklebten. Die Zuschauer schienen anzunehmen, dass es Teil der Show war, und machten Fotos.

»Beweg du dich nach links«, rief Rose durch die Musik, »und ich gehe nach rechts. Vielleicht lösen wir uns dann wieder voneinander.«

Mit aller Kraft drückte Rose an die Wand der Blase, die sich aber kaum bewegte.

Sie brauchten eine neue Taktik.

»Wirf dich mit dem ganzen Körper an die von mir abgewandte Seite der Blase«, rief Rose Devin zu. »Und das machen wir so lange, bis wir auseinander sind.«

»Bist du sicher, dass wir die Blasen damit nicht zerreißen?«, rief Devin zurück, während der No-Direction-Song weiter aus den Lautsprechern dröhnte.

»Zahlen lügen sicher nicht,
eins plus eins sind Du und Ich!«

Die Wahrheit war, dass Rose nicht wusste, wie viel die Blasen aushalten würden, ehe sie platzten. Aber jetzt klebten sie erst mal mitten auf der Bühne wie Pech und Schwefel zusammen. Wenn ihnen nicht ziemlich schnell etwas einfiel, dann würden die Zuschauer allmählich unruhig werden.

»Jeder in die entgegengesetzte Richtung!«, rief Rose Devin zu. »Auf drei. Eins, zwei –«

Rose warf sich an die abgewandte Seite ihrer Blase, und Devin tat es ihr nach. Die Blasen zogen sich auseinander … dann zogen sie sich wieder mit einem schmatzenden Laut zusammen.

Die Zuschauer standen auf und klatschten.

»Noch mal«, schrie Rose.

Immer wieder warfen sie sich an die einander abgewandten Seiten ihrer Blasen, bis die verklebte Stelle allmählich dünner wurde und dann mit einem Mal auseinanderschnappte wie ein gerissenes Gummiband.

Rose rollte völlig unkontrolliert über die Bühne. »Wow!«, schrie sie, als sie kopfüber stand.

Sie blieb an einem der riesigen Lautsprechertürme

hängen, und die dröhnenden Bässe ließen die Haut ihrer rosa Blase zittern und beben. Verwirrt richtete sie sich auf.

»Rose!«, zischte Gus von draußen in die Gummikugel. »Eure Blasen werden *größer.* Das ist der Grund für diesen ganzen Wirrwarr!«

»Wirklich?« Rose sah sich bei seinen Worten um und stellte fest, dass er recht hatte. Die Blasen waren kaum größer als die Kinder gewesen, als sie hineingestiegen waren. Jetzt war das Ding, das Rose umschloss, fast doppelt so groß wie sie.

»Ganz eindeutig«, versicherte Gus ihr. »Vielleicht von der Luft, die ihr ausatmet –«

»Oder von dem magischen San-Caruso-Wasser!«, stellte Rose fest. »Es verwandelt alles.«

»Woran es auch liegt«, rief Gus, »eure Kugeln werden platzen, wenn sie überdehnt werden!«

In Panik setzte Rose die Füße auf die Bühne. *Wir müssen hier weg,* dachte sie. Das Konzert von No Direction musste *viel* eher enden als geplant.

Du plus Ich gleich Wir endete und Tymo bedankte sich bei der Menge. »Die nächste Nummer ist an all die süßen europäischen Mädchen im Publikum gerichtet, die mich lieben. Mich, Zip, den niedlichsten Jungen von No Direction.«

Hunderte von euphorischen Schreien antworteten ihm.
»Unser nächster Song heißt …« Er brach ab. »Äh, der nächste Song heißt …?«
Großvater Balthasars Stimme erschallte vom hinteren Teil der Bühne her. »*Mein Herz platzt – bumm!*«
Rose verschluckte sich fast. Der Titel klang ja wie ein böses Omen.
Ein schneller Beat pulsierte aus der Lautsprecheranlage und ließ Roses Knochen vibrieren. Ehe es richtig losging, zischte sie Gus zu: »Wir müssen runter von der Bühne, und zwar dalli! Geh und warne die anderen! Sag Großvater Balthasar, er soll sich auf den Abgang vorbereiten!«
»Zu Befehl!« Gus sauste davon.

Mein Herz platzt – bumm!
Wie ein Ballon,
Denn du hast deinen Pfeil geschossen …

Ein enormer Schlag der Bässe explodierte aus den Lautsprechern und schoss Roses Blase von der Anlage weg wie eine Kanonenkugel.
»Tymo, pass auf!«, kreischte Rose.
Sie konnte gerade noch sehen, wie ein rosa gefärbter

Tymo die Augen aufriss, während sie auf ihn zurollte, aber im letzten Moment ging er in die Knie und sprang hoch. Seine Blase stieg in die Luft, so dass Rose sicher unter ihm durchrollte.

Doch dann krachte sie wieder mit Devin zusammen, und ihr Freund drehte sich über die Bühne wie ein Kreisel. Diesmal blieben sie nicht aneinanderkleben – vielleicht weil ihre beiden Blasen so groß geworden waren, dass die Kaugummihaut sich dünner und weniger klebrig ausnahm.

Die Zuschauer rasteten aus, wedelten mit den Armen hin und her und sangen, so laut sie konnten »*Mein Herz platzt, BUMM! Es macht BUMM! BUMM! …*«

Roses Blase blieb kurzfristig stehen, aber ihr Magen drehte sich weiter, so schlecht war ihr. Sie entdeckte, wie Gus über die Bühne hin und her lief und den Jungs zurief: »Seid vorsichtig. Überall scharfe Kanten!«

Gleichzeitig sah sie, wie Contessa Fela aufschrie und auf ihren Sessel stieg. Sie deutete anklagend auf Gus und rief etwas, das man bei der Musik und dem allgemeinen Geschrei allerdings nicht verstehen konnte.

Sie mussten weg, und zwar *schnell*. Doch ehe Rose sich überlegen konnte, wie sie das machen sollten, tauchte noch eine Blase auf.

»Wie kontrolliert man denn diese Dinger?«, hörte sie Großvater Balthasar rufen. Wie eine rosa Bowlingkugel kam er in einer eigenen Blase auf die Bühne gekullert. »Wo sollen wir in diesen Dingern hin, Rosie?«
Rose blickte ins Publikum. Einige der Jugendlichen hatten die Hände erhoben und wiegten sich im Takt, andere hielten ihre leuchtenden Handys hoch, und wieder andere warfen sich quer über das Amphitheater Wasserbälle zu.
»Dort hinaus!«, schrie Rose. »Über das Publikum drüber. Zeit zum Kullern, Leute! Folgt mir Richtung Stadtmauer!«
»Vergesst mich nicht«, jaulte Gus und sprang Großvater Balthasars Blase an, in die er sofort hineingesaugt wurde. Er verschwand in dem Nebel und verschmolz mit den Umrissen von Balthasar.
Der Song aus den Lautsprechern war bei dem minutenlangen Gitarrensolo angelangt, und Tymo nutzte die Gelegenheit und rief dem Publikum zu: »Ich will eure Hände sehen!«
Die Zuschauer gehorchten und ein Meer wogender Handflächen reckte sich aus der tanzenden Menschenmasse. Contessa Fela winkte ihren Wachen wild zu, aber das merkte keiner, denn es sah aus, als würde sie mit der wogenden Menge mittanzen.

Und dann sprang Tymo von der Bühne in die Menschenmenge.
Er landete mit seiner Blase auf vielen Händen, und die Konzertbesucher stießen ihn in den Himmel, als sei er auch nur ein Wasserball, und fingen ihn wieder auf, als er herunterkam. Sie hielten es für Teil der Show!
Rose verschwendete keine weitere Sekunde. Sie rannte los und die riesige Blase drehte sich unter ihr, als sei sie ein Hamster in einem Hamsterrad. Am Ende der Bühne nahm sie Anlauf.
Einen Augenblick fühlte es sich an, als flöge sie.
Dann stürzte sie herab.
Doch statt hart aufzuschlagen, drückten sich unzählige Hände in die Haut der Blase und reichten sie über die Köpfe der Bürger von San Caruso weiter. In dem Moment als Rose Devin, Basil und Großvater Balthasar ebenfalls ins Publikum springen sah, schoss sie gerade wieder in die Luft und drehte sich wie wild. Die Welt verschwamm zu einem zerlaufenen Bild von bunten Scheinwerfern und Gesichtern.
»Zum Teufel mit Comedy – ich möchte doch lieber Popstar werden!«, schrie Basil, als er kopfüber in seiner Blase dahinschoss.
»Bumm, bumm, bumm!«, sangen No Direction aus den Lautsprechern.

»Haltet auf den Rand des Amphitheaters zu!«, rief Rose. Als ihre Blase das nächste Mal auf den Händen der Zuschauer landete, ließ sie sich nicht wild in die Luft stoßen. Stattdessen ging sie in die Hocke, richtete den Körper auf die Sitzreihen des halbmondförmigen Amphitheaters aus und sprang so kräftig wie möglich ab.

Sie übersprang die Köpfe der San Carusaner und landete auf den Stufen des Amphitheaters. Dann rannte sie in ihrer Blase los und rollte sich über die oberen Sitzreihen zum Rand hoch. Die Zuschauer, die dort saßen, streckten die Hände aus und schubsten sie immer schneller voran. »Sie kommen sogar zu den billigen Plätzen nach ganz oben!«, hörte sie jemand rufen, als sie vorbeirollte. »No Direction sind die Besten!«

Genau als die echte Band ein letztes Mal *»Bumm«* sang, hatte Rose den äußersten Rand des Amphitheaters erreicht und schwang sich darüber.

Einen beängstigend langen Moment schwebte sie im Nichts, und die Kopfsteinpflasterstraße schien Hunderte von Metern weit weg zu sein. San Caruso und seine leeren Kanäle breiteten sich vor ihr aus, und sie konnte sogar die Königliche Küche am Fuß des Felsmassivs sehen.

Dann sauste Roses Blase nach unten. Kaugummihaut

klatschte auf Kopfsteinpflaster, und Rose war auf dem Boden gelandet. Vier weitere Blasen landeten neben ihr, während die Menge die akrobatische Vorführung bejubelte.

Und dann fing die CD zu stocken an.

»*B-b-b-bummm – b-b-b-bumm –*« kam es aus den Lautsprechern gestottert, dazwischen gescratchte Töne. Kreischend endete der Song, und eine neue Stimme erschallte, eine Stimme, die Rose sofort erkannte: Contessa Fela. »Betrug! Verfolgt die Band!«

»Okay, Kinder!«, sagte Großvater Balthasar, und seine Blase fing an, sich aufzublähen. »Neuer Plan! Wir rollen weiter bis zu der Mauer und dann raus aus der Stadt!«

»Aber wir können Tante Lily nicht zurücklassen!«, schrie Rose.

»Wir kommen zurück und holen sie, *hermana!*«, rief Tymo, der schon die breite Hauptstraße entlangrollte. »Beeil dich, ehe wir in einem Massenauflauf von aufgebrachten Boygroup-Fans enden!«

Durch den wirbelnden Nebel in ihrer Blase sah Rose, wie die Zuschauer aus dem Amphitheater strömten.

Sie hatten keine andere Wahl.

Rose rannte los, der Ball um sie herum drehte sich und wurde immer schneller. Schon bald hüpften sie, Devin,

Tymo, Basil und Großvater Balthasar in langen Sprüngen die Straße entlang, die Häuser an den Seiten flitzten vorbei. Vor ihnen stand der Bronzebrunnen, der sie begrüßt hatte, als sie San Caruso betreten hatten.

Und eine hochgezogene Zugbrücke.

Die war Rose gar nicht aufgefallen, als sie die Stadt zum ersten Mal betreten hatten. Diese Brücke überspannte noch einen Graben, der direkt vor der Mauer um die Stadt lief. Jetzt war die Brücke in der Mitte gespalten, und die beiden hochgezogenen Hälften bildeten eine unpassierbare Sperre.

»Graf Caruso hat uns den Weg abgeschnitten!«, schrie Basil. »Was machen wir jetzt?«

Devin kam vorbeigerast und umkreiste die Brunnenstatue. »Seht sie nicht als Brücke an!«, rief er zurück. »Nehmt sie als Rampe!«

Er machte sich seinen ganzen Schwung zunutze und rollte seine Blase schnurstracks die steile Wand der hochgezogenen Brücke hinauf.

Und fiel prompt vom oberen Rand hinab in die Tiefe des wasserlosen Kanals.

»Devin!«, schrie Rose.

Aus dem Kanal heraus hallte Devins Stimme: »Juhuuu!« Seine rosa Blase schoss zwischen den beiden senkrechten Brückenteilen in den Himmel hoch. Er flog durch die Luft und landete mit Jubelgeschrei oben auf der Mauer.

»Jetzt ich!«, schrie Basil und rollte ebenfalls los, dicht gefolgt von Tymo.

Das Trampeln von Füßen hinter Rose hörte sich wie ein Donnern an. Die Zuschauer schrien und sangen: »No-dai-reck-schen! No-dai-reck-schen!«

Sie würden sie gleich eingeholt haben.

Die beiden Blasen ihrer Brüder flogen im Bogen durch den Himmel, und Rose hörte, wie ihr Großvater schrie: »Halte dich fest, Asparagus, es geht ab!«

»Warte!«, rief Rose. Bilder von Tante Lily tauchten vor ihr auf. Ihre stolze Tante, die die Trauben stampfte. Lilys verbissene Entschlossenheit, ihre Familie nicht in eine Falle zu führen.

Und dann das Bild von Tante Lily, die sich in eine Gondel kauerte und versteckte, mit Handschellen und mit dem verrückten alten Gefangenen, der über sie wachte.

Tante Lily hatte viele Fehler begangen, und sich in gewisser Weise selbst in diese Lage hineingeritten. Aber Rose hatte ebenfalls Fehler gemacht. Der große Unterschied zwischen ihnen? Rose hatte ihre Familie, die sie unterstützte – ihr Team. Über lange Jahre hatte Tante Lily niemanden gehabt.

Es war höchste Zeit, dass Rose aufhörte, an sich zu zweifeln, und ihren Instinkten folgte. Selbst wenn das, was sie jetzt vorhatte, der größte Fehler in ihrer jungen Karriere als Meisterbäckerin sein würde, sie weigerte sich, ihre Tante zurückzulassen.

»Wir können Tante Lily nicht im Stich lassen«, rief sie ihrem Großvater zu. »Was, wenn das unsere einzige Chance ist, sie hier herauszuholen? Was, wenn Graf Caruso ihr etwas viel Schlimmeres antut, als sie Wein treten zu lassen?«

Die Menge füllte jetzt die Straße hinter ihnen, der Schwarm der entfesselten Fans würde sie verschlucken.

»Rose, wenn wir jetzt nicht abhauen, werden wir auch gefangen – daran besteht kein Zweifel«, rief Großvater Balthasar.

Rose verschränkte entschlossen die Arme. »Es ist mir egal, was mit mir passiert. Ich gehe nicht, ohne Tante Lily zu retten und ohne San Caruso zu erlösen.«

In der nebeligen Blase nickte der Umriss von Gus bewundernd mit dem Kopf. »Ich muss einräumen, dass das Mädel anständig erzogen worden ist, Alterchen.«

»Ich hab dir gesagt, dass du mich nicht so nennen sollst«, nörgelte Balthasar. »Leider muss ich dir zustimmen, Rose. Und ich werde dich diesem Grafen nicht allein gegenübertreten lassen. Asparagus, lass die Blase platzen!«

Rose beobachtete Gus' Schatten in der Blase. Der Kater streckte eine Pfote aus, fuhr die Krallen aus und kratzte leicht über die Haut der Blase.

Der Knall war lauter als alles, was Rose je gehört hatte.

Großvater Balthasars Blase zerplatzte zu klebrigen rosa Streifen. Ein Wölkchen Nebel stieg auf, das sich schnell in der warmen Abendluft auflöste. Die elastischen Streifen wickelten sich um Roses Großvater und packten ihn in einen korallenroten Kokon. Gus war irgendwie zur rechten Zeit zur Seite gesprungen und saß auf dem Pflaster und putzte sich die Pfoten.

Die Zuschauer waren jetzt noch näher gekommen, so nahe, dass Rose ihre rhythmischen Gesänge hören konnte.

»Jetzt meine«, sagte Rose. Gus gehorchte und holte nach ihrer Blase aus. Im nächsten Augenblick fiel Rose mit einem Stoß von Luft auf das Pflaster. Klebriges Zeug legte sich über sie und hielt sie gefangen.

Selbst wenn sie es sich jetzt noch anders überlegte und weglaufen wollte, es ging nicht. Rose konnte sich nicht mehr rühren. Über die Schulter blickte sie zu der Mauer hinauf. Drei schemenhafte Gestalten schwebten in ihren elastischen rosafarbenen Hüllen: Devin, Tymo und Basil. Sie verschwanden in dem Moment über die Mauer, als die ersten empörten Konzertbesucher bei ihr, Großvater Balthasar und Gus ankamen.

Die Jungs hatten aus San Caruso fliehen können. Wenigstens sie waren in Sicherheit.

Unvermittelt hielt die Menge an, und Rose sah die Verwirrung in ihren Blicken. Sie hatten No Direction erwartet – stattdessen fanden sie ein in Kaugummi gewickeltes Mädchen, einen alten Mann, der ebenso verklebt war, und einen Kater.

Unruhe breitete sich in der vorderen Reihe aus, und zwei Personen drängten sich von hinten durch. Rose fiel das Herz in die Hose.

Die eine Person war Contessa Fela, deren petrolfarbenes Blumenkleid extravagant um sie herumflatterte.

Neben ihr, mit rotem Gesicht und am ganzen Leib schwitzend, stand der Vater der Contessa.

Graf Caruso.

Seine erste Verwirrung darüber, plötzlich Rose vor sich zu sehen, verwandelte sich in ein breites, schadenfrohes Grinsen. Sein fauler Zahn glitzerte in der Abendsonne wie nasse Haifischhaut.

»Sieh mal einer an«, zischte er und kam zu der Stelle geschlendert, wo Rose und ihr Großvater festklebten. »Rosmarin Glyck. So sehen wir uns wieder.«

Kapitel 14
Entführte Jungs

»Schneidet die zwei Gefangenen aus dem Klebezeug und legt ihnen Handschellen an«, befahl Graf Caruso.

»Zu Befehl, Graf Caruso.« Die Wachen zogen ihre Schwerter aus der Scheide und machten sich damit an den Strängen von Kaugummi zu schaffen.

Im selben Moment fiel Rose auf, dass der Graf von *zwei* Gefangenen gesprochen hatte. Gus! Wo war der Kater geblieben? Sie wagte es, den Blick von dem Mann und seinem heidelbeerblauen Zahn abzuwenden, und sah, wie ein langer grauer Schwanz um die Ecke eines Gebäudes verschwand.

Wenigstens war einer von ihnen in Sicherheit.

Nachdem die rosa Bandagen abgelöst waren, fesselten

die Wachen Rose und Großvater Balthasar die Hände auf dem Rücken. »Ihr seid Betrüger«, flüsterte einer der Wachmänner. »Einfach den Leuten vorzumachen, dass ihr eine überaus talentierte, weltberühmte Boygroup seid, obwohl das doch gar nicht stimmt. Schande über euch.«

Rose ging nicht darauf ein. Stattdessen sah sie den Grafen finster an und erwartete, dass er sich an ihrer Schmach weiden oder sie zumindest anschreien würde.

Stattdessen sagte er mit einer Handbewegung: »Bringt die Gefangenen zum Gondelhafen«, dann machte er auf dem Absatz kehrt und verschwand Seite an Seite mit Contessa Fela in der murmelnden Menge.

»Warum verhöhnt er uns nicht?«, flüsterte Rose Großvater Balthasar zu, während sie den Wachen folgten. »Das ist doch seine Lieblingsbeschäftigung.«

»Er lässt uns zappeln«, sagte Balthasar. »Ältester Trick, den es gibt.«

»Schneller, hopp-hopp«, rief ein Wachmann hinter ihnen.

Sie gehorchten. Rose ging hocherhobenen Hauptes. Auf keinen Fall wollte sie Graf Caruso Genugtuung geben, indem sie zeigte, wie besorgt sie war oder wie sehr sie um ihre Brüder und Devin fürchtete – oder wie viel Angst sie hatte, dass die Nudelholzgesellschaft ihre Eltern, Nella und ganz Calamity Falls mit weiteren schrecklichen Zuckerplagen überzogen hatte. Sie musste zuversichtlich bleiben. Sie musste sich als Meisterbäckerin erweisen.

Sie *war* schließlich Meisterbäckerin.

Wenn sie sich das oft genug einredete, würde sie es eines Tages vielleicht endlich selbst glauben.

Viel zu schnell erreichten sie den Marktplatz und die Leiter, die zu dem Anleger unten führte.

Rose und Großvater Balthasar wurden hinuntergestoßen in die Arme eines kräftigen Wachmanns, der auf dem hölzernen Anleger stand. »Vorsicht mit meinen alten Knochen – ich bin zerbrechlich!«, sagte Balthasar, als der Mann ihn aufrichtete. Rose schwieg.

Die roten Gondeln standen alle noch beieinander, und die Gondolieri sahen mit großen Augen zu, wie Rose und ihr Großvater in die Gondel gedrängt wurden, in der – mit dem Riemen in der Hand – immer noch der stinkende Tim stand. Rose sah, wie er sich mit den Fingern durch seine schwarzen Haare fuhr, die neuerdings ganz glatt waren. Lily, unglücklich und gefesselt, saß im Heck auf dem Boden. Eine Ausbuchtung unter ihrem Haar zuckte, und Rose erkannte die Augen von Jacques, die ihr zublinzelten.

Tim kam herbeigelaufen, als der kräftige Wachmann Rose und Großvater Balthasar neben Lily ankettete. Der alte Sträfling wackelte ruckartig mit dem Kopf, ungeduldig wie ein junger Hund. »Ich habe gemacht, was Sie befohlen haben«, sagte er atemlos. »Ich habe alles gemacht.«

»Wachen«, verkündete Graf Caruso, der jetzt ebenfalls auf dem Anleger angekommen war, »übernehmt das Kommando über die anderen Gondeln und lasst sie mir folgen. Meine Tochter und ich nehmen diese hier, und der kräftige Kerl da soll uns beschützen.«

Die Wachen salutierten, dann sprangen sie vom Anleger in den trockenen, staubigen Kanal hinunter. Tim jammerte, weil keiner ihm Beachtung schenkte, blieb jedoch, wo er war, immer noch gierig nach Anerkennung durch den Grafen. Rose ballte die Hände bei seinem Anblick. Sie waren so kurz davor gewesen, mit Tante Lily zu entkommen und Hilfe zu holen, um San Caruso zu befreien – und Tim hatte alles ruiniert.

Graf Caruso wandte Rose seine Aufmerksamkeit zu. »Ihr Hirnlosen!«, heulte er jetzt endlich los, denn er konnte seine Schadenfreude nicht länger zurückhalten. »Habt ihr euch denn nicht denken können, dass ich Peilsender in den Muffin-Anhängern von Lily Le

Fay hatte? Ihr seid darauf reingefallen wie Ratten auf Käse! Wie Fliegen auf Essig!«

»Äh, Euer Ehren«, sagte der bullige Wachmann neben Rose, »fängt man Fliegen nicht mit *Honig*? Wieso Essig?«

Graf Caruso legte den Kopf zurück und sagte: »Ha-ha-ha!« Dann zischte er mit einem giftigen Blick: »Du bist gefeuert.«

Der Wachmann riss die Augen auf. »Was?«

»Gefeuert! Degradiert! Such dir einen neuen Job und denke über die nützliche Lektion nach, dass man seine Vorgesetzten nicht korrigiert!« Graf Caruso wippte ungeduldig mit dem Fuß. »Auf Wiedersehen!«

Mit zitternder Lippe verließ der Wachmann das Boot und stieg die Leiter aus dem Kanal hinauf.

Graf Caruso kletterte in die Gondel, dann streckte er die Hand aus und half der Contessa hinein.

»Tim! Steuere die Gondel zurück zum Schloss. Und ihr anderen alle«, rief er den übrigen Männern in den Booten im Kanal zu, »folgt uns!«

Tim nickte dienstbeflissen und eilte ans Heck der Gondel. Nachdem er die Zugleine am Motor gezogen hatte, nahm er den langen Ruderpfahl, um sich abzustoßen und auf den Schienen durch den leeren Kanal zu fahren.

»Wie konnten Sie nur, Tim?«, fragte Lily, als sie Fahrt aufnahmen. »Ich hab Sie für einen Gleichgesinnten gehalten. Sie waren doch ein Gefangener, genau wie ich.«

»Oder ein Schwindler«, grummelte Großvater Balthasar.

»O nein, ich war Gefangener«, sagte Tim. »Doch nun bin ich frei, denn ich habe meine Schuld getilgt. Nicht wahr, Graf Caruso?«

Graf Caruso stand am Bug der Gondel und hielt die Hand schützend vor die Augen, um von der Abendsonne nicht geblendet zu werden. »Du und frei?«, höhnte er, dann fuhr er herum und sah den bärtigen alten Mann an. »O du dummer, törichter Mann. Dich würde ich *nie* freilassen. Deine Missetat kann dir niemals vergeben werden. Weißt du das nicht?«

Tim senkte den Kopf und ließ die Schultern hängen. »Ja, das weiß ich. Meine Missetat ist unaussprechlich.«

»Ah, aber Kopf hoch!«, rief Graf Caruso aus. »Nachdem ich nun den unverschämten Wachmann gefeuert habe, kann ich dir zu jeder Mahlzeit eine Extraration Minimuffins zuteilen!«

»Du bist ja so großzügig, *papà*«, sagte Contessa Fela. Sie saß auf einer gepolsterten Bank, und ihr petrolfarbenes Kleid flatterte im Wind. In der Hand hielt sie ein kleines Parfümfläschchen, an dem sie immer wieder schnupperte, um Tims Ausdünstungen nicht riechen zu müssen.

»Wirklich großzügig«, spottete Großvater Balthasar.

Graf Caruso verließ den Bug der Gondel, stolzierte herbei und stellte sich vor die Gefangenen. »Ich glaube, wir hatten noch nicht das Vergnügen, mein Herr.«

Großvater Balthasar rasselte mit seinen Ketten. »Werden Sie nicht frech! Sie wissen genau, wer ich bin, und Sie sollten wissen, dass ich alles tue, um meine Enkel zu retten.« Er nickte mit dem Kopf zu Lily. »Und wir lassen auch nicht zu, dass Sie Lily weiter foltern.«

Die Gondel überfuhr eine defekte Stelle in den Schienen und schaukelte hin und her, doch Graf Caruso blieb unbeirrt vor den Gefangenen stehen. »Zu schade nur, dass tatsächlich alle Mitglieder der Familie Glyck so unsagbar dumm sind.« Er richtete seine Aufmerksamkeit auf Rose. »Und du hältst den Rekord im Dämlichsein, Rosmarin Glyck. Gut, in Washington D.C. hast du mir eins ausgewischt, kleines Mädchen, aber ich musste nicht einmal mein Reich verlassen, um Rache zu nehmen. Du warst dumm genug, um mir schnurstracks in die Arme zu laufen, und das nur wegen eines rührseligen Liedchens von ein paar Vögeln!«

Lily runzelte die Stirn. »Sie ist gekommen, weil sie gut und treu und aufrichtig ist, Caruso. Im Gegensatz zu gewissen anderen Leuten.«

»Lily Le Fay hat gesprochen. Haha! Was glauben Sie denn, wer die Vögel überhaupt an Ihr Zellenfenster geschickt hat, hmm?«, spottete Graf Caruso. »Ich! Das war ich!«

»Darauf bin ich auch gekommen, stellen Sie sich vor.« Lily gähnte, und Graf Caruso wurde puterrot. »Möglicherweise habe ich es die ganze Zeit gewusst, und Rose herkommen lassen als Teil *meines* Plans. Haben Sie sich das jemals überlegt?«

Graf Caruso dachte eine Weile darüber nach, dann schüttelte er den Kopf. »Ach, Lily Le Fay, immer bemüht, Ihr hübsches, trügerisches Gesicht zu wahren. Das war ein *armseliger* Versuch zu lügen.« Er stampfte mit dem Fuß auf, so dass das Boot schaukelte. »Armselig – genau wie Sie selbst.«

»Lassen Sie sie in Ruhe!«, schrie Rose und zerrte an ihren Ketten. »Sie sind *böse* und *grausam*, und Ihre Minimuffins schmecken ekelhaft!«

Contessa Fela zog erschrocken die Luft ein. Graf Carusos Augenlid zuckte, und er wandte sich erneut Rose zu.

»Ich und böse?« Er zeigte ihr die gefletschten Zähne.

»Ich habe nichts anderes getan, als die Interessen meines Landes zu verteidigen und ein paar politische Randalierer gefangen zu halten. Du hingegen! Ja, du bist sogar noch eine schlimmere Schurkin, als ich je angenommen habe, Rosmarin. Jetzt kommt auch noch *Kidnapping* zur langen Liste deiner Verbrechen.«

Rose starrte den seltsamen Diktator verblüfft an. »Wovon reden Sie? *Sie* haben doch *uns* entführt!«

Contessa Felas hübsche Züge verzerrten sich zu einer wütenden Maske. Sie stieß mit der Parfümflasche nach Rose, so dass das Duftwasser spritzte, und der blumige Duft sich in die Gegend ergoss. »Ihr seid die Entführer!«, schrie sie und ihre Stimme hallte durch den Kanal. »Ihr habt No Direction gekidnappt, ehe sie überhaupt für mich auftreten konnten.« Sie zog einen Flunsch und verschränkte die Arme. »Und wer kommt jetzt zu meinem Bankett heute Abend?«

Rose erkannte, dass die Contessa keinen Schimmer hatte, dass die Band überhaupt nicht in der Stadt gewesen war – das Zusammenwirken von *Memoria-Caramellen* und *Verschandelungs-Donuts* hatte sie völlig in die Irre geführt.

»Sag mir, was ihr mit ihnen gemacht habt«, wollte die Contessa wissen. »Wo habt ihr die superheißen Musiker-Genies mit den lieblichen Stimmen versteckt?«

»Ähm«, machte Rose, denn sie wusste nicht so recht, was sie sagen sollte. Sie wollte nicht verraten, dass die Band gar nicht in San Caruso war. Irgendwie hatte sie das Gefühl, dass die Contessa sich dafür an ihr rächen würde.

»Papà!«, jammerte Contessa Fela. »Zwinge sie, es zu sagen! Pieks sie mit Nadeln!«

»Mach dir keinen Kopf«, erklärte der Graf und schlenderte wieder zum Bug der Gondel. »Wir werden schon bald herausgefunden haben, wo die Jungs von No Direction stecken, liebe Tochter. Im Kerker hat noch jeder zu sprechen angefangen.« Er klopfte auf die Bank neben sich. »Setz dich zu *papà,* und wir lauschen deinem Lieblingssong von No Direction, damit wir unsere Häftlinge nicht hören müssen.«

Schniefend gesellte sich Contessa Fela zu ihrem Vater. Er reichte ihr einen Kopfhörer, der mit seinem Handy verbunden war, und während die Stadt an ihnen vorbeiflitzte, lauschten Vater und Tochter der Musik der Boygroup.

Tante Lily beugte sich vor. »Habt ihr No Direction *tatsächlich* gekidnappt?«, fragte sie.

Aus ihrem dichten Haar heraus antwortete Jacques für Rose. »*Non, Mademoiselle,* es waren die Kinder, die sich verkleidet haben.«

»Das ist eine lange Geschichte«, flüsterte Rose mit einem Blick auf den Grafen und die Contessa, die nichts mitbekamen. Ihr Puls raste schneller als der Rhythmus von *Mein Herz platzt – bumm!* »Jacques, möchtest du dich wieder in meiner Hüfttasche verstecken?«

Jacques Kopf schaute kurz unter Lilys Haarsträhnen hervor. »Nehmen Sie es mir nicht übel, Mademoiselle Glyck, aber ich ziehe die frische Luft vor.«

Tim nickte traurig, während er das Boot mit der Stange vom Kanalboden abstieß. »Beengte Orte sind auch mir verhasst. Schon seit ich seinerzeit drei Monate lang in einem Ei gefangen war.«

»Für was hat man Sie denn eigentlich eingesperrt?«, wollte Großvater Balthasar von Tim wissen.

»Genau«, sagte Rose. »Welche Schandtat wollten Sie wiedergutmachen, indem sie uns so gemein hintergingen?«

Tim schüttelte den Kopf. »Ich kann es niemals aussprechen.«

»Kommen Sie schon«, grunzte Großvater Balthasar. »Sagen Sie uns, was Sie angestellt haben!«

»Ich kann nicht!«, jammerte Tim. »Ich sage nichts!«

»Doch, das werden Sie!«, schrie Großvater Balthasar zurück.

»Niemals!«

»Doch!«
Tim schlug sich mit dem Handrücken an die Stirn. »Niemals!«
Gerade als Rose dachte, das würde nun ewig so weitergehen, zwinkerte Großvater Balthasar ihr zu und rief: »Nein, das werden Sie auf keinen Fall!«
Zu Roses Überraschung antwortete der alte Gefangene: »Doch, das werde ich!«
»Keinesfalls!«, brüllte Großvater Balthasar, der ein Grinsen nicht unterdrücken konnte.
Mit einem heftigen Schub durch die Stange, die die Gondel um eine Biegung im Kanal schubste, sagte Tim: »Ich muss, und ihr könnt mich nicht davon abhalten!«
Die beiden gerieten so in Erregung, dass Rose Angst bekam, sie könnten zu laut werden, doch Graf Caruso und Contessa Fela saßen immer noch da, den Blick nach vorne gerichtet, und wackelten zu *Ding Dang Dong* im Takt mit den Köpfen.
»Wir wollen es gar nicht hören«, sagte Großvater Balthasar bestimmt.
»Pech für euch«, sagte Tim. »Mein Verbrechen war, wie ich zu meiner Schande gestehen muss, dass ich vor langer Zeit die *wahre* Contessa von San Caruso betrogen habe.« Er stieß einen tiefen Seufzer aus, und Rose

wich vor seinem schlechten Atem zurück. »Und aus diesem Grund habe ich mich selbst in den Kerker gesperrt.«
»Sie haben sich *selbst* eingesperrt?«, fragte Rose.
»Ach, Tim«, sagte Lily und schnalzte mitleidig mit der Zunge.
»Sie scheinen jeden zu betrügen, was?«, fragte Großvater Balthasar.
Tim nickte. »Das tue ich. Es ist so eine alte Angewohnheit, mit der ich noch Schluss machen muss. Ich bin eine schreckliche Person.« Er stieß die Stange in den Boden. »Aber nicht so schrecklich, dass ich die wahre Contessa allein zurücklassen wollte. Ich beschloss, so nahe bei ihr zu sein wie möglich.«
»Nahe?«, fragte Rose. »Wie ist das möglich?«
»Nun, im Kerker natürlich«, erwiderte Tim. »Die wahre Contessa ist die andere Lebenslängliche.«
Rose war verwirrt – soweit sie gesehen hatte, waren Tim und Tante Lily die einzigen Insassen des Kerkers gewesen. Alle anderen Zellen schienen doch leer zu sein. Entweder schwindelte Tim wieder – oder es gab *noch* eine Zelle, versteckt hinter einer Geheimmauer.
Ehe Rose Tim weiter ausquetschen konnte, wurden sie von Dunkelheit umfangen. Während ihres Gesprächs hatte Tim die Gondel in einen Tunnel gesteu-

ert, der in die innere Mauer um den leeren Burggraben gebohrt war – den leeren Graben, der das Schloss umgab. Nach einem Augenblick flackerten gelbe Lampen an den Tunnelwänden auf, und Rose sah vor sich eine runde Metalltür mit einer Radschleuse, ähnlich der Tür, durch die sie dem Wassertank entkommen waren.

»Ah, wir sind da«, sagte Graf Caruso und nahm den Kopfhörer ab, während Tim sich eilig daranmachte, die Tür zu öffnen. Mit einem düsteren Lächeln sagte er zu Rose: »Willkommen in meinem bescheidenen Heim. Mach dich auf einen längeren Aufenthalt gefasst.«

»Ich nehme an, ich muss zurück in das Verlies?«, fragte Tante Lily.

»O nein«, erwiderte Graf Caruso. »Jetzt, wo wir Sie und den schlimmen kleinen Teufel, Ihre Nichte, haben, wird es ein spezielles Ereignis in der Banketthalle geben.«

Rose fröstelte. Sie wollte überall lieber sein als bei einem speziellen Ereignis mit Graf Caruso.

»Ooh, das klingt schön«, sagte Tim und strengte sich an, mit seinen dürren Armen das störrische Rad an der Tür zu drehen.

»Speziell?«, fragte Tante Lily. »Auf welche Weise?«

»Ach, Sie werden schon sehen.« Der Graf reichte Contessa Fela sein Handy und den zweiten Kopfhörer und ging zum Heck der Gondel, um sich zu vergewissern, dass die anderen Gondeln und die Wachen gefolgt waren.

»He!«, sagte Rose. »Was haben Sie vor? Uns mit Muffins zu bewerfen und Trauben treten zu lassen?«

Graf Caruso kicherte. »Oh, es ist etwas viel Schlimmeres.«

Tante Lily schluckte hörbar. »Uns zu Muffins zu *verarbeiten*?«

Graf Caruso stieß ein wieherndes Lachen aus, dann bedeckte er den Mund. Er lachte so sehr, dass sein Gesicht rot wurde.

»Das ist barbarisch!«, bellte Großvater Balthasar. »Man kann aus Menschen doch kein Gebäck machen!«

Contessa Fela verdrehte die Augen. »Mann, Sie sind alle so abartig. Wir machen doch keine Muffins aus Ihnen!«

Graf Caruso wischte sich Lachtränen aus den Augen und sagte: »Es stimmt, Minimuffins mit Menschenaroma stehen nicht auf dem Speiseplan. Wir werden Sie nicht einmal foltern.« Nachdem er wieder zu Atem gekommen war, fügte er mit spöttischem Grinsen hinzu. »Wir zwingen Sie nur, aus dem Schlossbrunnen zu trinken.«

Lily stöhnte leise auf und verstummte. Großvater Balthasar ließ den Blick von dem kichernden Grafen zu der gelangweilten Contessa schweifen, die sich wieder ihrer dröhnenden Musik zugewandt hatte. »Sie wollen, dass wir aus dem Brunnen trinken? Das ist ja wohl nicht so schlimm.«

»Falsch«, flüsterte Lily. »Sehr schlimm.«

Rose erinnerte sich an die wiederholten Warnungen ihrer Tante, nichts von dem Wasser aus dem Reservoir zu trinken, als sie aus ihrer Zelle gestürzt waren.

»Der Brunnen bekommt Wasser aus dem Reservoir«, fuhr Lily fort. »Und im Reservoir ist das reine Quellwasser, genauer gesagt: unverdünntes Zauberwasser.«

»Wenn wir also das Wasser trinken«, sagte Rose, »dann werden wir danach süchtig wie der Rest von San Caruso.«

»Schlimmer«, sagte Lily. »Einen Süchtigen kann man entwöhnen. Das hier jedoch ist anders.«

»Aber bestimmt können wir doch ein Gegenmittel finden«, sagte Rose. »Oder wir könnten eines *machen* und allen geben, die hier wohnen!«

Graf Caruso griff sich beleidigt an die Brust. »Ein Gegenmittel? Ich biete euch ein *Geschenk* an! Die Quelle ist ein Jungbrunnen! Der aus der Legende. Ihr werdet niemals altern!«

»Sagt er die Wahrheit?«, wollte Großvater Balthasar von Lily wissen.

Lily nickte. »Aber das ist nicht alles. Wenn man von dem reinsten Wasser der Quelle getrunken hat, muss man es sein Leben lang täglich zu sich nehmen – oder man stirbt. Das bedeutet, wenn sie uns erst mal gezwungen haben, davon zu trinken, werden wir –«

»… nie mehr in der Lage sein, San Caruso zu verlassen!« Caruso grinste. Dann packte er Rose am Kinn und zwang sie, ihm in seine dunklen Augen zu sehen. »Das bedeutet, dass du dich besser an mein Gesicht gewöhnst, Rosmarin«, sagte er mit leiser, drohender Stimme. »Von heute an siehst du es sehr häufig.«

Ein metallisches Kreischen ertönte vor der Gondel, da Tim es endlich geschafft hatte, den Eingang zu öffnen, und der Graf ließ Roses Kinn los.

Rose spürte einen Kloß im Hals, fast so, als würden die Finger des Mannes sie immer noch würgen. Sie würde nie mehr nach Calamity Falls zurückkehren können, nie mehr Devin oder ihre Brüder sehen.

Nie mehr ihre Eltern sehen.

Nie mehr ihre kleine Schwester Nella.

Was konnte schlimmer sein als das?

Gackernd rieb der Graf sich die Hände und rief: »Wir sind da!«

Kapitel 15
Fischige Sache, höchst verdächtig!

»Perfekt!«, rief Graf Caruso, als er langsam um seine Gefangenen herumging. »Lasst die Seilwinde herab!«
Von oben hörten sie das Scheppern von Ketten, und als Rose hinaufblickte, sah sie, wie ein Haken langsam mit schnarrendem Geräusch herunterschwebte. Zwei Wachen packten den Haken und befestigten ihn an Rose, Großvater Balthasar und Tante Lily.
Sie sollten ertränkt werden.
Oder vielleicht nicht *ertränkt*, um genau zu sein, aber sie würden gezwungen werden, das Wasser aus dem Brunnen von San Caruso zu trinken und damit für immer festzusitzen.
Rose hatte bereits jetzt das Gefühl zu ertrinken. Eine

Stunde zuvor hatte sie geglaubt, eine schlaue Entscheidung getroffen zu haben. Aber wie sich herausstellte, hatte sie einen Riesenfehler begangen, den sie nie wieder gutmachen konnte.

»Keine Sorge, Rosie«, sagte Großvater Balthasar. »Wir kommen schon wieder raus aus dieser Klemme. Und aus diesen Fesseln.« Seine Hände waren genau wie die von Rose und Lily auf dem Rücken zusammengebunden, außerdem waren ihre Hände jeweils an die des anderen gekettet, so dass sie sich nicht ansehen konnten, außer wenn sie den Kopf scharf drehten.

»Hör auf deinen Großvater«, sagte Lily. »Du darfst nie, nie, *niemals* aufgeben.«

Sie befanden sich mitten in der großen Banketthalle, genau im Zentrum des Raumes. Der Boden war aus polierten Granitfliesen, die alle die Form von Muffins hatten, und die Kuppeldecke oben war von Wand zu Wand mit einem unglaublich bunten Fresco bemalt. Man hätte es vielleicht für ein klassisches Fresco der Renaissance halten können ... wenn die Gestalt in der Mitte in ihrem wallenden Gewand nicht Graf Caruso persönlich gewesen wäre. Er lag mit geschlossenen Augen auf einem Bett aus Minimuffins, und um ihn herum schwebten Putten mit Platten und Körben auf ihren Köpfen, die mit weiteren Minimuffins gefüllt waren.

»Was sollen wir machen?«, wollte Rose wissen und versuchte, die Panik zu unterdrücken, die ihr Herz schlagen ließ wie eine Trommel.
Graf Caruso blieb vor ihnen stehen. Er deutete vor Rose auf den Boden und sie sah nach unten. Die Stelle unter ihren Füßen war nicht aus Muffinfliesen, sondern aus mehreren zu einem Kreis zusammengefügten Steindreiecken, die an den Spitzen aneinanderstießen.
»Unter euch ist der Brunnen«, erläuterte Graf Caruso. »Sobald alles vorbereitet ist, öffne ich die Luke, lasse euch hinab in den Brunnen und tauche euch hinein wie einen Teebeutel in eine Tasse mit kochendem Wasser!«
»Das Wasser *kocht*?«, stieß Lily hervor.
»Das nennt man eine Metapher«, rief Contessa Fela. Sie saß nicht weit entfernt an der Bankettafel und tippte ständig auf ihrem Handy herum. Hinter ihr stand Tim neben einem Wandteppich, der mit Muffins verziert war. Er blickte zu Boden und scharrte mit den nackten Zehen.
»Das klingt ja nicht so schlimm«, sagte Großvater Balthasar trotzig. »Ich könnte ein gründliches Bad gebrauchen. Schrubbt mich ordentlich!«
»Es ist kein Bad!«, fuhr ihn Graf Caruso an. »Sie wer-

den *untergetaucht*. Stundenlang!« Er grinste teuflisch. »Ihre Finger und Zehen werden ja so *schrumpelig* sein!«

»Schrumpelig?«, sagte Rose. »Wen stört das? Aber wie sollen wir atmen? Wir ertrinken!«

»Stimmt, kleine Rose, ihr werdet viel länger untergetaucht, als jemand seinen oder ihren Atem anhalten kann. Aber es stimmt ebenfalls, dass ihr mir tot nicht von Nutzen sein würdet. Daher müssen wir einen Weg finden, der verhindert, dass ihr ertrinkt«, sagte Caruso. Er nickte zwei anderen Wachmännern zu, die im Verborgenen warteten und nun durch eine dunkle Tür verschwanden. »Da ich meinen Feinden immer vierzig Schritte voraus bin – habe ich etwas vorbereitet.«

Die Wachen kamen zurück – doch jetzt folgte ihnen jemand. Die Männer blieben neben Graf Caruso stehen, salutierten, traten zur Seite und gaben den Blick frei auf – Sunny.

Die alte Dame trug immer noch ihren weißen Sonnenschutz und ihre festen Schuhe und hielt das blaue Familienbackbuch schützend an die Brust gedrückt. Sie verneigte sich vor Graf Caruso.

»Sunny!«, rief Rose aus, doch der Ausdruck auf Sunnys Gesicht beunruhigte sie.

Sunny war nicht hereingezerrt worden. Sie war nicht in Ketten. Um genau zu sein, sah sie kein bisschen verängstigt aus. Es hatte den Anschein, dass sie hatte kommen *wollen*.

Und da glaubte Rose zu begreifen, dass Sunny nicht hier war, um sie zu retten.

Sie war da, um Caruso zu helfen.

»Ja, das ist Sunny«, sagte Graf Caruso mit höhnischem Grinsen. »Sunny arbeitet wie jeder andere in San Caruso nur für *mich*, und –« Das Gesicht des Grafen nahm plötzlich einen grünlichen Ton an. »Was haben Sie gegessen, Frau? Dieser Gestank!«

Jetzt erst nahm Rose den scharfen, starken Geruch nach Knoblauch wahr. Es roch, als ob Sunny in Knoblauch gebadet hätte.

Sunny drückte ihr Buch noch fester an die Brust. »Ich esse nun mal gern stark gewürzte Speisen, mein Graf. Ich hatte nicht erwartet, heute Abend noch auszugehen.«

Graf Caruso wedelte sich mit der Hand vor dem Gesicht herum und sagte: »Klar, ich nehme an, in Ihrem Alter geht man nicht mehr so viel aus.«

»Ich protestiere!«, sagte Großvater Balthasar. »Wir Graurücken sind ja vielleicht älteren Datums, aber das heißt doch nicht, dass wir nicht zu leben verstehen!«

Graf Caruso schnippte mit den Fingern. »Ah ja, *leben*. Darüber redeten wir ja gerade, was?« Er deutete auf Sunnys Backbuch. »Sie müssen irgendwie unter Wasser atmen, bis Sie alle genug mariniert sind. Selbstverständlich gibt es ein Zauberbackwerk, das so etwas Wunderbares bewerkstelligte, aber wir haben diese Bestrafung seit Jahrzehnten nicht mehr verhängt, und es gibt keinen mehr, der sich genau daran erinnert, wie das Rezept geht.« Er zuckte die Schultern. »Deshalb kann es gut sein, dass der Zauber nicht wirkt. Aber machen Sie nicht mich dafür verantwortlich, wenn das der Fall ist – sondern Sunny. Obwohl – wenn Sie tot sind, dann werden Sie wohl kaum mit dem Finger auf jemand zeigen, oder?«

Mit einem tiefen Seufzer trat Sunny vor. Ihre praktischen Schuhe machten beim Gehen einen seltsam schmatzenden Ton. Rose verdrehte den Kopf und sah, dass Sunny bei jedem Schritt einen fadendünnen Strang Kaugummi hinter sich herzog.

»Oder um es genauer zu sagen«, fuhr Graf Caruso fort, »falls einer von Ihnen aus dem Jenseits jemanden heimsuchen will« – er deutete auf Sunny – »dann *sie*.« Entsetzt starrte er zu Boden. »Erst der Knoblauchgestank und jetzt das? Was bringen Sie da für Schmutz in mein Schloss?«

Sunny hob einen Fuß an und musterte ihre Gummisohle. »Ich schätze mal, ich habe bei dem No-Direction-Konzert etwas Kaugummi abbekommen. Jeder hat was abgekriegt.«

Nur, dass Sunny gar nicht bei dem Konzert gewesen war, wie Rose sich erinnerte – sie war in der Fabrik geblieben, um auf die Rückkehr von Rose und den Jungs zu warten.

Irgendwas stimmte da nicht.

Aus dem Augenwinkel sah Rose an einer der Wände unter der Empore eine Bewegung. Hinter Contessa Fela – die immer noch ihr Handy bearbeitete – verzog Tim schmerzlich das Gesicht und rutschte Schritt um Schritt rücklings auf eine der dunklen Türöffnungen zu, die aus dem Bankettsaal führten. Er schüttelte etwas vom Bein, das ihn zerrte, dann stieß er einen Schrei aus, denn eine graue Gestalt kletterte an seinen zerlumpten Kleidern hinauf und setzte sich auf sein glänzendes schwarzes Haar. Gus!

Der Kater hatte sich irgendwie ins Schloss geschlichen und saß nun auf Tims Kopf. Rose konnte ein Lächeln kaum unterdrücken, als der alte Gefangene aufjaulte, weil sein Passagier offenbar kurz die Klauen ausgefahren hatte. Dann verschwanden die beiden aus dem Bankettsaal.

Rose wollte ihrem Großvater und ihrer Tante etwas Beruhigendes zuflüstern, doch ehe sie dazu kam, sprang Contessa Fela so heftig von ihrem Stuhl auf, dass dieser kreischend über den Fliesenboden schlitterte, dann trampelte sie mit in die Luft gerecktem Handy und wild gebauschtem Seidenkleid herbei.

»*Papà!*«, jammerte sie. »Die Wachen haben *alles* abgesucht, aber No Direction ist *nirgends* zu finden.« Ihre Unterlippe bebte. »Dieses gewöhnlich aussehende Mädchen hat was mit ihnen angestellt, das weiß ich einfach.«

Graf Caruso gab seiner Tochter einen Kuss auf den Kopf. »Na, na. Rose wird uns schon bald alles erzählen, was wir wissen wollen, und du bekommst dein Konzert, wie *papà* es versprochen hat.«

Contessa Fela sah Sunny finster an. »Können Sie jetzt endlich anfangen?«

»Ja, beginnen Sie«, polterte Graf Caruso. »Wachen, bringt die Geräte und die Zutaten herein!«

Zwei neue Wachmänner rollten einen fahrbaren Backofen mit Herdplatte herein. Ein riesiger Topf stand schon auf der Platte. Der silberne Deckel rasselte und Dampf quoll seitlich darunter hervor. Zwei weitere Wachmänner brachten einen Wagen mit Arbeitsfläche herein. Auf dem unteren Fach des Wagens stand ein Weidenkorb, der vor Zutaten überquoll.

»Was machen Sie?«, fragte Rose.

»Einen *Fischigen Feigen-Flan mit Karamell*«, sagte Sunny. »Wache, suche das Rezept auf Seite 73 heraus und halte es hoch, damit Rose es mir laut vorlesen kann, ja? Vielen Dank.«

Lily rümpfte die Nase. »Fisch und Feigen und Karamell? Das klingt ja, äh, ziemlich *gewöhnungsbedürftig*.«

»Fisch hat in einem Nachtisch nichts zu suchen!«, rief Großvater Balthasar. »Ein Flan ist doch ein Pudding! Was ist denn das für ein verrücktes Rezept?«

»Eines, das euch am Leben hält«, sagte Graf Caruso mit finsterem Blick. »Sunny, beeilen Sie sich. Ich muss meine Tochter trösten.« Er geleitete Contessa Fela an die Bankettafel zurück. Sie setzten sich nebeneinander, und er fütterte sie mit einem violetten Minimuffin von einem Teller.

Der Wachmann mit dem Backbuch hielt es Rose aufgeschlagen hin, und sie konnte jetzt die vertraute geschwungene Handschrift von Sunnys Großmutter sehen. »Wann immer du so weit bist«, sagte Sunny zu Rose und filetierte bereits einen silbrigschuppigen Fisch auf dem fahrbaren Küchenblock. »Und keine

Sorge, es ist nicht so schlimm, wie es klingt. Es ist leichter als Schaum, weil es voller Luft ist, die ihr braucht, solange ihr unter Wasser seid.«
Rose räusperte sich und begann vorzulesen:

Fischiger Feigen-Flan mit Karamell

Liebe Enkelin, in meiner Jugend gab es einen Brauch, der inzwischen unbeliebt geworden ist, der aber, so hoffe ich, wieder modern wird, daher teile ich mit dir das Rezept, das alles möglich machte.

»Was soll das?«, wollte Graf Caruso vom Tisch wissen. »Wir haben keine Zeit für Geschichten!«
Sunny schnalzte tadelnd mit der Zunge, während sie eine Feige in halbmondförmige Scheiben schnitt. »Das Rezept besteht aus der Geschichte, verehrter Graf. Bitte, Rose, fahre fort.«

Am siebten Tag des siebten Monats veranstalteten wir die alljährliche Jagd nach dem goldenen Aal. Der Aal, ein mechanisches Gebilde aus goldenen Plättchen, unter denen ein kompliziertes inneres Uhrwerk steckte, tauchte tief in die Wasser des Kanals und nahm eine unvorhersehbare Route. Alle Kinder der Stadt waren aufgefordert, durch die Kanäle zu schwimmen, bis ein Glückspilz unter ihnen schließlich den goldenen Aal fand. Der Sieger oder die Siegerin durfte bei dem Jubiläums-Festessen am oberen Ende des Tisches sitzen und einen Tag lang Graf oder Gräfin sein.

Es war ein Brauch in San Caruso, den Kindern vorher den berühmt-berüchtigten Fischigen Feigen-Flan mit Karamell zu reichen. Liebe Griselda, ich kann dir sagen, dass die Freude unserer Eltern hinterhältig war, als sie uns zum ersten Mal erzählten, was wir essen würden! Aber jeder von uns wollte gewinnen, und daher verschlangen wir das Dargebotene. Unsere Lungen füllten sich mit der magischen Luft, die Stunden reichen würde, und genau zur Mittagszeit fing das Wettschwimmen an.

Es gibt zwei entscheidende Zutaten zu diesem Rezept: das Wasser der Quellen, die San Caruso auszeichnen, und die ersten Windstöße eines reinigenden Gewitters. Diese werden kombiniert mit einem filetierten Fisch nach Wahl der Köchin – meine Wahl war immer Seebarsch – und mit Scheiben frisch gepflückter Feigen. Alles wird auf einen karamellisierten, schokoladigen Teig geschichtet. Für das Rezept benötigt man …

Rose las die Zutaten samt den angegebenen Mengen vor, und Sunny folgte ihren Anweisungen gewissenhaft. Sie schichtete die Scheiben von Fisch und Feigen

auf den Boden einer sehr großen Puddingform. In einer gesonderten Schüssel verrührte sie Kondensmilch, Eier, Zucker, Kakao, Butter, Mehl und natürlich einen guten Schuss des Quellwassers miteinander. Dann goss sie die Flanmischung in die Form, die sie dann in den vorgeheizten fahrbaren Ofen schob.
Der Pudding benötigte einige Zeit zum Stocken, und Rose hatte das Bedürfnis, mit ihrer Tante und ihrem Großvater zu reden oder Sunny zu bitten, sie zu befreien. Aber sie kam überhaupt nicht zu Wort – Graf Caruso ließ sich langatmig über die Pläne aus, die er mit ihnen hatte.
»Wie großartig – nicht nur eine, sondern *zwei* Meisterbäckerinnen in meiner Küche zu haben!«, rief er aus. »Man denke nur, die Minimuffin-Kreationen, die wir gemeinsam erfinden, werden nicht nur bewirken, dass mir die Weltführer meine kleine Indiskretion in Washington D. C. vergeben, sie werden meine Profite auch verdreifachen!« Er tänzelte praktisch vor Freude.
Die einzigen Anhaltspunkte, an die Rose sich klammern konnte, waren die Tatsache, dass Tim und Gus entkommen waren, der Knoblauchgestank und die Kaugummispuren. Das musste doch einfach bedeuten, dass sie und Lily und Großvater Balthasar bald gerettet würden. Bestimmt versuchte Sunny mit diesem lächerlichen Re-

zept nur Zeit zu gewinnen, damit sie ihre Fesseln loswürden und aus dem Schloss fliehen könnten.

Bei Tim hatte Rose gleich den Verdacht gehabt, dass mit ihm etwas nicht stimmte. Bei Sunny war das nicht so gewesen. Sie konnte sich doch auf ihr Gefühl verlassen, oder nicht?

Schließlich ertönte der Küchenwecker.

»Endlich!«, sagte Caruso. »Jetzt fängt der *wahre* Spaß an!«

Sunny zog die Puddingform heraus, drehte sie um und stürzte den Flan auf einen Teller. Der gebräunte und karamellisierte Fisch mit den Feigen lag nun oben auf dem dampfenden Pudding.

»Sind Sie endlich fertig?«, quengelte Contessa Fela.

»Fast!«, sagte Sunny. »Sie und Sie« – sie deutete auf die Wachen, die die Küchenausrüstung hereingerollt hatten – »helfen mir bitte bei dem letzten Schritt.«

Sunny hockte sich hinter den Backofen und kam wieder hervor mit etwas, das wie eine übergroße Fahrradpumpe aussah. Das Ding war so hoch und dick wie ein Feuerhydrant und genauso rot. Aus dem oberen Teil ragte ein Kolben heraus, aus dem unteren Teil kam ein langer schwarzer Schlauch. Sunny rammte die Düse des Schlauchs in den Flan.

Die Wachmänner kratzten sich ratlos die Köpfe, während Sunny den Deckel der Pumpe abschraubte und dann einen Topf holte, der auf dem Herd stand. Sie füllte etwas aus diesem dampfenden Topf in die Pumpe. Rose fing den Duft auf und begriff, dass es sich um die letzte Zutat handelte: die ersten Windstöße eines reinigenden Gewitters.

»Also, meine Herren!«, rief Sunny, und setzte den Topf ab. »Pumpen Sie die Luft in den Flan! Und strengen Sie sich ordentlich an!«

Wie ein Sprengtrupp, der Dynamit zum Einsatz bringt, stellten die Wachen sich an der Pumpe auf und drückten den Kolben mit Schwung herunter.

Der Flan auf dem Küchenblock erbebte, schwoll in der Mitte an – und *schrumpfte*.

Die Wachmänner fuhren fort zu pumpen, und mit jedem Luftstoß sank der Flan weiter in sich zusammen und wurde immer kleiner, wie ein Ballon, aus dem die Luft entwich.

»Ich will Ihre Backkünste ja nicht in Frage stellen, Mrs Sunny«, sagte Lily, »aber soll das so sein?«

»Ich stelle ihre Künste sehr wohl in Frage!«, sagte Großvater Balthasar. »Die Luft sollte doch *hinein*, nicht herausgesaugt werden.«

»Ruhe!« Graf Caruso sprang von seinem Stuhl auf. »Der Flan schrumpft immer. Warum?« Er schlug mit der Hand auf den Küchenblock. »Er macht das eben! Dieser *Fisch-Flan* wird Sie am Leben halten, solange Sie unter Wasser sind, und das ist ja wohl die Hauptsache.«

Sunny legte einem der Wachen die Hand auf die Schulter, und sie hörten zu pumpen auf. »Ja, es funktioniert genau so, wie es soll. Jetzt wird er serviert.«

Der Flan war auf die Größe eines – Rose erschauerte – Minimuffins geschrumpft. Sunny zog die Düse heraus und schnitt den Pudding in drei gleiche Teile, die sie auf einen Teller legte.

Rose wartete darauf, dass etwas passierte, während Sunny mit dem Teller herüberkam. Dass Tim und Gus mit einer ganzen Armee den Saal stürmen würden. Dass Sunny den Ofen explodieren lassen würde. Was auch immer – irgendetwas, das verhinderte, dass sie in den Brunnen gesenkt wurden.

Stattdessen befolgte Sunny pflichtschuldigst die Anweisungen des Grafen. Behutsam steckte sie erst Lily ein Stück Flan in den Mund, dann Großvater Balthasar. Wie es schien, würde sie ihr Tauchbad in unverdünntem Quellwasser tatsächlich zulassen und damit billigen, dass Rose, Lily und Großvater Balthasar bis an ihr Lebensende auf dieses Wasser angewiesen wären und niemals aus San Caruso wegkämen.

Ein banges Gefühl ergriff Rose: *Was, wenn Sunny die ganze Zeit auf Graf Carusos Seite gewesen war?*

»Warum machen Sie das?«, fragte sie und hielt die Tränen zurück, als Sunny auf sie zukam. »Wie können Sie uns das antun?«

Sunny hielt ihr das letzte Stück Minipudding hin. »Du musst mir vertrauen«, flüsterte sie und legte das Stück in Roses geöffneten Mund. »Iss es auf.«

Rose kaute und schluckte – trotz der Zutaten schmeckte es gar nicht mal so schlecht – und hoffte, dass sie ihre Instinkte nicht trogen und dass Sunny die freundliche Person war, die ihnen helfen wollte. Sie hatte keine Ahnung mehr, was sie glauben sollte.

»Jetzt!«, befahl Graf Caruso seinen Wachen. »Jetzt beginnen wir mit der Strafe! Nie wieder werden Rosmarin Glyck und ihre Familie meine Pläne durchkreuzen!«

Verborgene Räderwerke ratterten unter Roses Füßen, und die runden Bodenfliesen begannen sich zu bewegen. Sie zogen sich auseinander wie eine schwarze Pupille, die sich in der Dunkelheit vergrößert, und gaben einen tiefen Schacht in den Brunnen frei. Wenn ihre Handfesseln sie nicht gehalten hätten, wäre Rose in die Tiefe gestürzt.

Stattdessen baumelten ihre Füße jetzt über dem Nichts.

Undeutlich konnte sie die glasige Oberfläche unter sich schimmern sehen.
Dann begann die Kette, mit der sie an der Decke hing, zu rasseln, und Rose drehte verzweifelt den Kopf hin und her, während sie zusammen mit Großvater Balthasar und Tante Lily in die dunkle Öffnung gesenkt wurde.
»Bitte«, rief Rose Graf Caruso zu, als sie unter den Fußboden sanken, »es ist doch gar nicht nötig, dass Sie das tun!«
»O doch«, sagte er mit einem gefährlichen Schimmern im Blick, »und wie nötig es ist.«

Kapitel 16
Wo ein Schacht ist, ist auch ein Ausgang

»Hilfe!«, schrie Rose. »Helft uns doch!«
Aber niemand antwortete.
Sie und Großvater Balthasar und Tante Lily waren umgeben von einem runden, glitschigen dunklen Backsteinschacht. Das einzige Licht war ein rasch kleiner werdender Kreis über ihren Köpfen.
Graf Carusos Gesicht erschien am Rand des Kreises und sah zu, wie sie auf das gekräuselte Wasser unter ihnen zuschwebten. Obwohl sie den Fiesling nur als Umriss wahrnahm, meinte Rose, das Glitzern seines ekligen blauen Zahns erkennen zu können.
»Ciao!«, rief der Graf und winkte mit den Fingern. Dann stieß er ein irres Lachen aus und verschwand.

»Wir müssen was tun!«, rief Rose, und ihre Stimme hallte von den Schachtwänden wider.
Die Ketten ruckten und alle drei sanken noch einen Meter tiefer.
»Oh«, übertönte Tante Lily das Rasseln der Ketten. »Habt ihr das gespürt?«
Balthasar stieß einen lauten Rülpser aus, und Rose rümpfte über den Fischgestank die Nase. »Ich habe das Gefühl, der Flan tritt mir gegen die Magenwände.«
»A propos treten«, sagte Lily, »vielleicht können wir die Füße an die Schachtwand stemmen und den Abstieg aufhalten.« Sie strampelte wild mit den Beinen, es war ihr jedoch nicht möglich, die bemoosten Steine des Brunnens zu berühren. Nur einen ihrer zerschlissenen Schuhe wurde sie dabei los.
Er fiel nach unten und verschwand mit einem leisen Klatschen im Wasser. Die Oberfläche des Wassers war jetzt nur noch einige Meter entfernt.
»Das hätte sowieso nicht geklappt«, sagte Großvater Balthasar. »Die Wände sind zu rutschig und sie haben keine Ritzen, an denen man sich festkrallen könnte.« Er wand und krümmte sich. »Trotzdem, alle Achtung, dass du es versucht hast, Lily.«
Die Kette rasselte rasch weiter nach unten. Jetzt war das Wasser nur noch zwei Meter entfernt.

»Vielleicht können wir uns irgendwie aus den Handschellen befreien!«, presste Rose hervor und ihre Stimme bebte vor Angst. »Wenn einer von uns rausschlüpft, kann er die anderen befreien – dann können wir schwimmend die Köpfe über Wasser halten und müssen nichts trinken.«

Alle drei verstummten und schaukelten wie ein Pendel hin und her, als sie versuchten, die Metallfesseln loszuwerden. Rose verdrehte die Handgelenke in alle Richtungen, aber sie erreichte damit nur, dass sie sich die Haut aufschürfte. Die Handschellen saßen zu eng.

In dem Moment tauchte Rose mit den Fußspitzen ein, und eisiges Wasser drang durch die Leinenschuhe. Die plötzliche Kälte kam unvermutet, sie zog erschrocken die Luft ein und bekam Herzklopfen.

Und die Ketten ließen sie immer weiter nach unten.

»Es hat keinen Sinn«, flüsterte Großvater Balthasar.

Wieder lief ein Schauer durch Roses Körper. Ihre Arme und Beine überzogen sich mit einer Gänsehaut. Das Wasser reichte inzwischen bis zu ihren Schienbeinen.

Über sich hörte sie ein leises Scharren an Metall. Sie legte den Kopf in den Nacken und erwartete, die Wachen oder Graf Caruso herunterstarren zu sehen.

Stattdessen entdeckte sie eine kleine graue Gestalt, die vorsichtig an der Kette herabkletterte.

»Jacques!«, flüsterte Rose. »Was machst du? Nur gut, dass du aus Tante Lilys Haar gekrochen bist – rette dich!«

Die kleine Maus sprang Rose auf die Schulter. »*Oui*, ich bin aus ihren Strähnen geschlüpft und an der Kette hochgeklettert, als niemand aufgepasst hat.«

»Aber warum bist du wieder heruntergekommen?«, fragte Lily und klang fast unwillig.

Das Wasser stand Rose jetzt bis über die Knie und begann ihre Shorts zu durchnässen. »Wir sind gleich unter Wasser.«

»*Courage!*«, sagte Jacques. »Bleiben Sie stark, Mademoiselle! Der Kater, er hat einen Plan!«

»Na, hoffentlich einen schnellen Plan«, sagte Großvater Balthasar. »Dieses kalte Wasser tut meinen Gelenken bestimmt nicht gut.«

»Es hat was mit dem riechenden Mann zu tun, dem Gefangenen«, piepste Jacques. »Mehr weiß ich nicht.«

Lily seufzte verärgert. »Das ist schlimmer als überhaupt kein Plan. Man kann Tim nämlich nicht trauen!«

Jacques sprang nervös auf Roses Schultern herum. Seine Tasthaare zuckten, als das Zauberwasser ihre Taille erreichte. »*Mon dieu*, kein guter Aufenthaltsort! Ich muss euch retten!«

Er sprang von Roses Schulter und landete mit einem

leisen Klickern auf dem Metall der Handschellen. Rose hörte, wie er mit den Krallen scharrte und keuchte, als ob er versuchte, die Kette mit seinen kleinen Pfoten von dem Haken zu lösen.

»Was machst du denn da hinten?«, fragte Großvater Balthasar.

Schwer atmend erschien Jacques wieder auf Roses Schulter. »Es hat keinen Sinn. Ich kann Sie nicht von der Kette lösen. Ich habe versagt, Mademoiselle Glyck!«

Rose hustete, als das kalte Wasser die Höhe ihres Herzens erreicht. »Mach dir nichts draus«, sagte sie leise. »Du hast dein Bestes versucht. Du solltest verschwinden, bevor du mit uns eingetaucht wirst.«

»Nein!«, rief Jacques. »Ich werde das sinkende Schiff nicht verlassen!«

»Tja, das ist wohl das Ende«, sagte Tante Lily. »Wir werden zu Sklaven von Graf Caruso.«

»Ich nicht!«, sagte Großvater Balthasar ernst. »Ich weiß einiges über diesen Brunnen und bin nicht sicher, ob meine alten Knochen die Wucht an Zauberkraft, die durch unsere Poren eindringt, aushalten werden.«

Das Wasser stand Rose jetzt bis zu den Achselhöhlen. Eine Träne fiel von ihrer Wange in das große und furchterregende Becken unter ihr. »Großvater, du meinst doch nicht –«

Aus dem Augenwinkel sah Rose, wie der schattenhafte Kopf ihres Großvaters sich auf die Brust senkte. »Ich fürchte, doch. Ich komme hier nicht lebend heraus.«

Das Wasser war Rose bis über die Schultern gestiegen und durchnässte die Spitzen ihrer langen Haare. Immer noch konnte sie von weit oben den schwachen Hall der Stimmen von Graf Caruso und Contessa Fela hören, die schwatzten und lachten.

Nachdem sie ihr Bestes versucht hatte, war Rose nun doch gescheitert. Der Teil von ihr, der ihr immer gesagt hatte, dass sie nicht klug genug war, um andere anzuführen, hatte eben doch recht behalten.

Ihre Familie würde auseinandergerissen, und das war alles ihre Schuld.

»Es tut mir leid, dass ich den Glycks und dir immer den Ruhm vorgezogen habe, Rose«, sagte Tante Lily. »Ich hätte eher erkennen müssen, dass ich auf einem ganz falschen Weg war. Dann hätte ich so viel mehr Zeit mit euch verbringen können.«

Rose streckte ihren kleinen Finger aus, bis sie spürte, wie er sich mit dem von Tante Lily verhakte. »Es kann sein, dass wir auf ewig in San Caruso festsitzen, wenn all das vorüber ist«, sagte sie, »aber wenigstens haben wir einander.« *Wenn auch vielleicht sonst niemanden,* fügte sie stumm hinzu.

»Ach Rose«, sagte Tante Lily mit brechender Stimme.

»Ich habe dein wahres Ich inzwischen erkannt«, fuhr Rose fort, während ihr das Wasser bis zum Hals stieg. »Dass du außergewöhnlich bist und glamourös habe ich schon immer gewusst. Inzwischen weiß ich jedoch, dass du auch liebenswert und mutig bist.« Ihre Lippe zitterte, aber sie versuchte, mit fester Stimme zu sprechen.

»Du gehörst genauso zu den Glycks wie jeder von uns«, sagte Balthasar. »Ich habe in den vergangenen Tagen eine Seite von dir kennengelernt, die ich nie vermutet hätte.«

»Danke, Balthasar«, sagte Tante Lily.

Das Wasser klatschte Rose ans Kinn, und es blieb ihr nichts anderes übrig, als tief Luft zu holen.

Und dann wurde ihr Kopf von Kälte umhüllt.

Sie waren ganz und gar unter Wasser.

Instinktiv fing Rose an, mit den Beinen zu schlagen und Schwimmbewegungen zu machen. Blasen stiegen ihr aus der Nase. Einen Moment später hielt sie jedoch still. Die Brust zersprang ihr fast. Sie würde nicht mehr lange den Atem anhalten können, das wusste sie. Über

kurz oder lang würde sie den Mund öffnen und das Wasser hereinlassen müssen.
Nach einer Minute wurde der Druck auf ihrer Brust unerträglich und sie hatte das Gefühl, ohnmächtig zu werden.
Sie konnte nicht anders: Sie atmete instinktiv ein.
Das Wasser wurde zu Luft, als es in ihre Nase stieg, und ihre Lungen füllten sich damit und ihre Brust kribbelte vor Magie.
Sie konnte *atmen*.
Ekelhaft oder nicht, der *Fischige Feigen-Flan* tat seine Wirkung.
Rose öffnete die Augen und drehte den Kopf hin und her. Ihre langen Haare wallten um ihr Gesicht wie die Tentakel einer Qualle. Gefleckte Lichtstrahlen brachen sich im Wasser und an ihrem Körper.
Ein Schatten huschte vorbei und Rose sah über sich den Bauch von Jacques. Die kleine Maus schwamm verzweifelt im Kreis umher.
Die Wasseroberfläche war so nahe – nur Zentimeter über ihrem Kopf. Es war unerträglich, darunter festzusitzen, sich nicht bewegen zu können und zu wissen, dass sie in dem frostigen Bad bleiben musste, so lange wie es Graf Caruso für nötig hielt.
Die Kette erschlaffte und sie glitten dahin. Sie konnte

Tante Lily und Großvater Balthasar neben sich erahnen, ebenfalls atmend und ihrem Schicksal ausgeliefert.

Das ist also das Ende, dachte Rose. Sie hatte versucht, Tante Lily zu retten, und war selbst gefangen worden. Was hatte sie erwartet, als sie sich freiwillig in die Gewalt von Graf Caruso begeben hatte? Was war, wenn Großvater Balthasar recht hatte und sein alter Körper es nicht überstand, mit dem Zauberwasser getränkt zu werden?

Kathy Keegan hatte ihr gesagt, Meisterbäckerin zu sein bedeute, ein Team anzuführen. Den Teil »Bäcker« beherrschte sie ja, aber es war der »Meister«, der sie immer wieder stolpern ließ. Warum hatte ihre Familie ihr diesen Titel verliehen? Alle beteuerten ihr, dass sie an sie glaubten, obwohl sie ihre Familie immer wieder in törichter Weise in Fallen führte. Warum vergaben sie ihr immer wieder? Warum vertrauten sie ihr? Jetzt waren alle verloren und nur, weil Rose ihrer Aufgabe nicht gerecht geworden war.

Ein Gedanke drängte sich Rose auf: Vielleicht hatte sie es ja *verdient,* Graf Carusos Sklavin zu werden. Eine Backdrohne an einem Fließband zu werden und nur das zu tun, was sie konnte, nämlich backen, anstatt andere anzuführen. Immerhin würde nie wieder jemand –

auch sie selbst nicht – durch *ihre* Entscheidung zu Schaden kommen.

Doch dann dachte Rose an Devin und Basil und Tymo und Nella und Mom und Dad und Gus – wenigstens sie waren weit weg und hoffentlich in Sicherheit.

Und hoffentlich würde Großvater Balthasar durchkommen.

Sie brauchte ihn und Tante Lily, um selbst durchzukommen.

Eine kalte Brise fuhr Rose über den Kopf.

Das ist doch widersinnig, dachte sie. Die Kette hing immer noch durch, sie selbst befand sich immer noch ganz unter Wasser –

Ein Lufthauch wehte ihr um Stirn und Nase und Kinn. Rose schüttelte den Kopf und holte tief Luft, ganz ohne Zauberei, ganz normal.

Wurden sie wieder aus dem Brunnen gezogen?

Aber die Kette bewegte sich nicht! Und Rose konnte auch nicht hören, wie die Räderwerke knirschten oder die Winde ratterte – nur, wie ihr Großvater und ihre Tante nach Luft schnappten und dass Jacques erleichtert piepste, als er sich wieder auf ihre Schulter setzte.

Sie wurden nicht hochgezogen. Das Wasser wurde abgelassen!

»Was geht da vor sich?«, kreischte Graf Caruso von oben. Rose legte den Kopf zurück und sah seinen Umriss, der wild herumfuchtelte. »Ich kann ihre Köpfe sehen! Lasst sie tiefer hinunter!«

Das Geräusch setzte wieder ein, die Ketten bebten und ließen sie tiefer ins Wasser.

Rose lachte.

Das Wasser lief rascher ab, als die Winde sie hinunterlassen konnte. Schon bald reichte ihr das Wasser nur noch bis an die Knie, dann die Knöchel und schließlich nur noch bis an die Fußsohlen.

»Ich hätte Tim mehr vertrauen sollen!«, sagte Tante Lily strahlend.

»Ist wohl eher das Werk von Asparagus!«, krächzte Großvater Balthasar. »Gut gemacht, Kater!«

Das Wasser im Becken unter Rose strudelte jetzt wie Badewasser, das abgelassen wurde.

Die Winde senkte sie weiter hinab, bis sie mit den Füßen auf dem Grund des Brunnens standen – weicher Schlamm, der Rose um die Schuhe schwappte. Sie sah zu, wie das letzte Wasser der Zauberquelle gurgelnd durch einen Abfluss im Boden ablief, und konnte nicht zu grinsen aufhören.

»Es ist mir egal, wer das bewirkt hat!«, rief sie. »Wir sind gerettet!«

»Was ist das dort links?«, fragte Balthasar, dann schüttelte er den Kopf. »Links von mir, rechts von dir.«
Rose wandte sich nach rechts und sah eine blinkende rote Lichtquelle, die voller Algen war. Darunter war eine halb verrostete Metalltür in der Brunnenwand. Vor ihren Blicken wurde die Tür mit einem hörbaren Ächzen aufgestoßen.
Die Tür öffnete sich in den Brunnen hinein – und da stand Devin, eine Taucherbrille auf der Nase, und sah sie grinsend an.
»Devin!«, rief Rose. Sie war im ganzen Leben nicht glücklicher gewesen, jemanden zu sehen.
»Wohin ist mein Wasser verschwunden?«, hallten Graf Carusos Schreie von oben. »Das ist *mein* Wasser – und ich will es zurückhaben!«
Devin schob die Taucherbrille zurück und lachte über das Gezeter des Grafen, dann watete er mit einem riesigen Schraubenschlüssel in den Händen auf sie zu. Seine Füße schmatzten im Schlamm. Tymo und Basil tauchten hinter ihm in der Tür auf.
»Tymo!«, rief Rose. »Basil! Ich bin so froh, euch zu sehen!«
Tymo lehnte sich an den eisernen Türrahmen und grinste. »Du hast doch nicht angenommen, dass wir dich einfach vergessen würden, *hermana*, oder?«

»Ihr seid wirklich ein willkommener Anblick, Jungs«, sagte Großvater Balthasar. »Aber wie seid ihr hergekommen?«

»Mit Sunny!«, rief Basil. »Wir haben noch eine Ladung *Seht-mich-nicht-Knoten mit Knoblauch* gemacht und uns reingeschlichen.« Er hob die Arme und roch an seinen Achselhöhlen. »Wir riechen echt würzig.«

»Aber das Wasser«, fragte Tante Lily, »wie habt ihr es ablassen können?«

Tymo deutete mit dem Finger auf Devin. »Er hat die Schleusentore aufgebrochen«, sagte Tymo. »Das ganze Wasser in dem unterirdischen Reservoir – jetzt fließt es wieder durch die Kanäle, wo es hingehört.«

»*Mon dieu!*«, quiekte Jacques von Roses Schulter. »Die Stadt, sie ist gerettet!«

Rose fühlte sich leicht und ihr Mund war ein einziges Grinsen. Auch wenn es vielleicht Reste des *Fischigen Feigen-Flans* waren, die sie aufblähten – ihre Brust schwoll an vor Stolz auf ihre Brüder und Devin. Sie hatte fast vergessen gehabt, was Kathy Keegan ihr zuletzt aufgetragen hatte – nämlich, an ihr Team zu glauben. Sie hätte wissen müssen, dass sie kommen würden. Ihr Team – *ihre Familie* – würde immer da sein, um ihr zu helfen.

»Das ist ja so unglaublich«, sagte Rose. »Wie habt ihr so schnell herausgefunden, was man machen muss?«
»Wir hatten etwas Hilfe«, sagte Devin und umarmte sie fest. Sie hatte gar nicht wahrgenommen, wie ausgekühlt sie war, bis er sie an sich drückte. »Ich befreie euch mal von den Ketten. »Wartet mal …« Er ließ sie los, griff zwischen sie und zog den Haken aus der Winde.
»Ich bin auch da!«, sagte Tim. Der alte, zerzauste Gefangene kam mit erhobenen Armen durch die Tür und lachte sein fast zahnloses Lachen. »Seht meine Werke, Mächt'ge, und erbebt!«
»*Tim?*«, riefen Rose, Tante Lily und Großvater Balthasar gleichzeitig.
»Tim hat also doch geholfen?«, fragte Rose noch mal nach.
»Nein, nein! Steh nicht herum, Tim.« Tymo schob den zerlumpten alten Häftling aus dem Weg. »Darf ich euch Carmelina vorstellen?«
Unter der Tür stand eine zierliche ältere Frau, die einen schmutzigen Gefangenenanzug trug. Ihr kurzes weißes Haar war flauschig wie eine Wolke, ihr Gesicht glich einem verschrumpelten Apfel mit runden Wangen, und sie hatte freundliche, irgendwie vertraute Augen. Die alte Frau hatte die Hände vor der Taille gefal-

tet und nickte so majestätisch und würdevoll wie eine Königin.

»Es ist mir eine Freude, Sie und euch kennenzulernen, meine Helden von San Caruso«, sagte die Frau. »Ich möchte mich vorstellen. Ich bin Carmelina, die *wahre* Gräfin von San Caruso.«

Kapitel 17
Lorbeeren für Rosmarin

»Die wahre Gräfin?«, rief Rose erstaunt. »Dann hat Tim Sie ja doch nicht erfunden. Sie waren *tatsächlich* im Kerker?«

Die Kette, die in den Brunnenschacht baumelte, fing zu schwingen an. Alle sahen hinauf und entdeckten einen von Graf Carusos Wachmännern, der sich vorsichtig herunterließ. Weitere Wachmänner standen am Brunnenrand bereit, um dem ersten zu folgen.

»Ja, Timotheus hat die Wahrheit gesagt«, erwiderte die alte Dame. Sie sprach mit Akzent, und ihre Stimme war kräftig und satt wie Haselnussbrotaufstrich. »Meine liebe Rosmarin, ich habe sehr viel über dich gehört, und ich freue mich darauf, noch mehr zu hören von deinen Abenteuern, aber ich fürchte, das Vergnügen müssen wir auf später verschieben.«

»Beeil dich mit dem, was du da machst, ja?«, murmelte Großvater Balthasar nach hinten.

»Fast fertig.« Mit rotem Gesicht hantierte Devin mit seinem Schraubenschlüssel herum. Dann hallte ein lautes Knacken durch den dunklen Brunnen, und Rose spürte, wie ihre Fesseln sich lösten. Die Handschellen fielen auf den Boden.

»Lasst uns abhauen!«, sagte Tymo und winkte sie zur Metalltür. *»Rapido, rapido!«*

Lily klaubte ihren herabgefallenen Schuh aus dem Schlamm und folgte der Gräfin durch die Tür, Großvater Balthasar und Basil dicht hinter ihr. Devin zog Rose gerade in den Tunnel, als der erste Wachmann auf den schlammigen Grund des Brunnens sprang. Jacques, der immer noch auf Roses Schulter saß, quiekte erschrocken auf.

»Im Namen von Graf Caruso, bleibt stehen!«, schrie der Wachmann und setzte ihnen nach.

»Ach, halt die Klappe«, sagte Tymo – und er und Devin schlugen die Tür mit einem lauten Krachen zu. Auf dieser Seite der Tür befand sich wieder ein Schloss mit Rad, das die Jungs schnell zudrehten. Dann klemmte Devin den großen Schraubenschlüssel in die

Radspeichen, damit es nicht mehr gedreht werden konnte.

Alle blieben in dem felsigen Tunnelgang stehen und hielten den Atem an, während die Wachen auf der anderen Seite versuchten, das Rad zu drehen.

Doch der Schraubenschlüssel hielt, und die Tür blieb verschlossen.

»Jawoll!«, rief Basil. »Abklatschen, alle miteinander!« Er hielt die Hand hoch, doch als niemand ihn abklatschte, packte er Großvater Balthasars Arm und schlug seine Handfläche auf die seines Großvaters.

»Wir sollten nicht feiern«, sagte Contessa Carmelina. Ihre blasse Haut war in dem schummrigen Licht fast durchsichtig. »*Noch* sind wir nicht in Sicherheit.«

Und schon hämmerte jemand an die Eisentür, so dass Rose zusammenfuhr. »Nichts wie weg hier«, sagte sie. »Äh, falls Sie das auch wollen, Euer … Gnaden?« Sie verneigte sich vor der Gräfin.

Die Gräfin lachte. »Nur nicht so zeremoniell. Ja, lasst uns verschwinden! Ich möchte so schnell wie möglich hinaus aus diesen feuchten Kellergängen!«

Im Gänsemarsch folgten Großvater Balthasar, Tante Lily, Tymo, Basil, Rose – mit Jacques auf der Schulter – und Devin der Gräfin durch den schmalen, schwach beleuchteten Durchgang.

»Was ist geschehen, nachdem ihr über die Mauer gesprungen seid?«, wollte Rose von Devin wissen und passte vorsichtig auf, wohin sie trat. »Und wie habt ihr die Gräfin gefunden?«

»Wir haben gesehen, wie ihr eure Blasen habt platzen lassen«, sagte Basil. »Da sagte ich todesmutig« – er senkte die Stimme, um wie ein barscher Soldat zu klingen – »›Männer, wir müssen die Festung stürmen und unsere Schwester retten! Ich übernehme die Verantwortung! Auf geht's‹.«

Tymo schnaubte ironisch. »Ja, so in der Art. Devin hat uns wieder zurückgeführt. Es war *asombroso*.«

»Ach was, Kleinigkeit«, hörte sie Devin sagen. »Ich habe die Stränge unserer geplatzten Blasen zu einem langen, elastischen Seil geflochten, die Enden an die Brücke geknotet und eine Schleuder konstruiert.«

»Eine Schleuder!«, sagte Lily staunend von vorne. »Ihr habt euch über die Mauer geschossen?«

»Ihr hättet zerschmettert werden können, Jungs!«, rief Großvater Balthasar.

»Ach was, es war ganz ungefährlich«, sagte Devin. »Der Kaugummi war so klebrig, dass es eher wie Bungee-Springen war – haltbar und elastisch genug, um uns ganz sanft und federnd oben auf der Mauer landen zu lassen.«

»Und du hast genau berechnet, wo ihr landen würdet?«, fragte Rose.

Devin zog den Kopf ein. »Ähm … schon. *Doch.* Das habe ich ganz genau berechnet.«

»Mit anderen Worten, du hattest keine Ahnung, ob es klappen würde«, stellte Rose klar.

»Ich hab's nur vermutet«, bestätigte Devin. »Aber wir waren mit dem rosa Klebezeug so überzogen, dass wir in jedem Fall sanft gelandet wären, auch wenn wir den Zielpunkt verpasst hätten.«

Der Gang stieß auf eine Abzweigung mit zwei Möglichkeiten. Die Gräfin winkte sie in den rechten Tunnel.

»Danach sind wir ins Hotel gegangen und haben Sunny gesucht«, erzählte Basil, während sie diesen neuen Gang entlanggingen. »Sie ahnte, dass man euch gefangen hatte, weil ihr befohlen worden war, diesen *Fischigen Feigen Flan* zu machen.« Er streckte die Zunge heraus. »Ich bin froh, dass ich davon nichts essen musste!«

»Wir haben noch eine Ladung *Seht-mich-nicht-Knoten mit Knoblauch* gemacht«, erzählte Devin weiter. »Nachdem wir uns ins Schloss geschlichen hatten, haben wir gesehen, wie Gus sich mit Tim verdrückt hat.«

»Der *gato* hat Tim überredet, uns zu der echten Gräfin zu führen«, ergänzte Tymo.

Tim erhob den Finger, ohne sich umzusehen. »Ich bin der Herr des Irrgartens! Ich kenne mich aus in der ganzen Welt!«

»Gus!«, rief Rose. »Wo ist Gus?«

Die Gräfin hielt an, und alle blieben hinter ihr stehen. »Wenn du mit Gus den kultivierten und stattlichen sprechenden Kater meinst: Der wartet weiter vorne auf uns, wenn ich rechtgehe.«

Sie hatten das Ende des Tunnels erreicht. Eine hölzerne Leiter führte hinauf zu einem runden Gullygitter. Am Fuß der Leiter wartete Gus, der sich lässig die Ohren putzte.

»Na endlich, da seid ihr ja«, näselte er. »Ich habe den Ausgang gefunden, wie ihr seht.«

»Asparagus!«, rief Großvater Balthasar ihm entgegen. »So ein lieblicher Anblick für die trüben Augen eines alten Mannes.«

Gus hob stolz den Kopf. »Ja, natürlich. Sollen wir diese elende Grube nicht endlich mal verlassen?«

Tante Lily grinste. »Noch nie im ganzen Leben war ich so froh, einen Ort zu verlassen.«

Rose blickte zurück. Ihr war deutlich bewusst, dass es keine Geräusche gab – kein Poltern an Türen, keine

Stiefel, die auf die Metallgitter stampften. Keiner verfolgte sie den Tunnel entlang.

Das bedeutete jedoch womöglich, vermutete Rose, dass sie an anderer Stelle aufgehalten werden sollten.

»Leute, wir müssen uns beeilen«, sagte sie. Erneut spürte sie die kalte Nässe des Brunnenwassers. »Caruso gibt nicht so leicht auf.«

Alle nickten mit grimmiger Zustimmung.

Tymo stieg als Erster die Leiter hoch.

Unter Ächzen entfernte er den Gullydeckel, und sanftes Abendlicht strömte in den felsigen Tunnel. Devin half der gebrechlichen Gräfin hinauf – »ein wahrer Gentleman!«, rief sie –, und dann folgten die anderen hintereinander, wobei Gus auf Großvater Balthasars kahlem Kopf saß und Jacques sicher auf Roses Schulter.

Als sie nach oben kamen, streckte sich Rose. Die Spätsommersonne fühlte sich gut an auf ihrer kalten, nassen Haut, und schon spürte sie, wie ihre feuchten Kleider sich erwärmten.

Sie befanden sich am Ausgang einer weißen Felshöhle und blickten auf den Burggraben.

Contessa Carmelina stieß einen leisen Schrei aus, und Rose sah auch sofort, warum.

Der bisher entleerte Burggraben war gefüllt mit glitzerndem, türkisfarbenem Wasser. Und nicht nur der Burggraben – *alle* Kanäle führten wieder Wasser.

»Seht nur, was wir gemacht haben«, flüsterte Basil ehrfurchtsvoll.

Die Stadt San Caruso, die staubig grau und beige und blass gewirkt hatte, als sie angekommen waren, erstrahlte jetzt im Abendlicht farbenfroh: mit einem abendroten Himmel, weißen Häusern und leuchtend blauem Wasser, das zwischen den Straßen und unter den Bogenbrücken und um die Insel herum glitzerte.

Selbst von hier konnten Rose und ihre Begleiter die Leute von San Caruso sehen, die sich an den Kanälen und zwischen den muffinförmig geschnittenen Hecken drängten und auf die wieder gefüllten Wasserstraßen blickten. Rose war sich nicht ganz sicher, glaubte jedoch sehen zu können, dass sie lächelten.

»Das ist ja so schön«, flüsterte Rose.

»*Das*«, sagte Großvater Balthasar, »ist das San Caruso meiner Jugend.«

Die Gondeln wiegten sich auf den sanften Wellen und ihr Lack glänzte rot wie Liebesäpfel. Die Gondolieri in ihren schwarzweiß gestreiften Hemden sangen neue Lieder, und ihre frohen Weisen wurden über die Kanäle getragen.

»*Le acque di San Caruso scorrono di nuovo*«, sang die Gräfin leise mit. »Ja, das ist meine Stadt, wie sie sein soll.« Mit den Händen auf dem Herzen hielt sie Ausschau nach einer Möglichkeit, den Burggraben zu überqueren. »Ich muss zu meinem Volk!«

Devin schlängelte sich am Felsrand entlang, den Rücken an die weiße Steinmauer gedrückt. »Hier geht's lang!«, rief er und winkte den anderen, ihm zu folgen. »Die Hauptbrücke ist dort drüben!«

Er fand eine kleine Treppe kurz vor der Brücke, die zum Fuß des Felsmassivs führte, und alle stiegen schnell hinauf. Als der Letzte von ihnen die gepflasterte Straße erreichte, entstand hinter ihnen an den Stufen zum Schloss ein lauter Tumult.

Alle drehten sich zu dem zerklüfteten Felsmassiv um. Eine Truppe von Wachleuten kam die Stufen heruntergerannt. Der Anführer blies in eine Pfeife.

»Stehen bleiben!«, kreischte die Stimme von Graf Caruso. »Ich habe keinem erlaubt zu gehen!«

»Zeit für uns, einen schnellen Abgang zu machen«, sagte Gus von Großvater Balthasars Kopf.

»Du sagst es, Gus«, pflichtete Basil ihm bei. »Den Letzten beißen die Hunde!«

»Wartet!«, rief Tante Lily und deutete auf die Wachen. »Sie haben Sunny!«

Rose drehte sich um. Ihre Tante hatte recht – Rose konnte ungenau Sunnys weißen Sonnenschutz zwischen den schwarz uniformierten Wachen erkennen. Contessa Carmelina klammerte sich an Tymos Arm, als würde sie gleich umsinken. »Griselda!«, rief sie. »Meine Enkelin!«

»Warten Sie mal«, sagte Rose. »Sunny ist Ihre Enkelin? *Sie* haben das magische Backbuch geschrieben?«

»Wow, das ist *muy impresionante*«, sagte Tymo. »Die Rezepte da drin sind so gut wie die von den Glycks.«

Die Wachen waren an der untersten Stufe angekommen.

»Jetzt oder nie«, warnte Gus. »Wenn wir nicht verschwinden, landen wir wieder in dem Kerker!«

»Erlaubt mir.« Tim trat vor und verneigte sich. »Ich war die meiste Zeit meines Lebens der Privatgondoliere der Gräfin, und obwohl sie immer zu mir hielt, war das umgekehrt nicht so, und das ist der Grund, warum wir heute da sind, wo wir sind. Wenn ihr mich bitte anhören wollt, kann ich meine Fehler der Vergangenheit vielleicht wiedergutmachen.«

»Aber Tim«, sagte Tante Lily und legte ihm die Hand auf die Schulter. »Sie haben doch noch nie so vornehm geklungen.«

»Normalerweise sage ich das, was mir als Erstes durch

den Kopf geht, Sirene«, sagte Tim, »aber diese Rede habe ich seit zehn Minuten eingeübt.«
Alle sahen Rose hilfesuchend an. Sollten sie losrennen und versuchen, sich zu retten? Oder bleiben und Sunny befreien – selbst wenn es bedeutete, wieder von Caruso gefangen zu werden?
Einen kurzen Moment fragte Rose sich, ob sie das überhaupt entscheiden konnte. Doch als sie in die Gesichter ihrer Familie und Freunde blickte und dort eindeutig Zuneigung und Vertrauen sah, beschloss sie, ihrem Team zu glauben.
Und daher musste Rose nicht allzu lang überlegen – *natürlich* würden sie eine Freundin nicht zurücklassen.
»Also gut, Tim. Lassen Sie hören, was Sie vorzuschlagen haben.«

Tim hatte ihnen seinen Plan in dem Moment fertig dargelegt, als Caruso und seine Wachen die Brücke erreichten. Die Wachleute verteilten sich und umringten die Gruppe, während Caruso über die Brücke kam und Sunny hinter sich herzog. Immer noch hielt sie das Familienbackbuch an sich gedrückt. Contessa Fela kam als Letzte angerannt. Sie sprang barfuß von Stufe zu Stufe, und ihr Blumenkleid flatterte hinter ihr her. Ihre Highheels hielt sie in den Händen.

»Ha-ha!«, sagte Caruso. »Wie ich sehe, habt ihr diese Verräterin gefangen, ehe sie entkommen konnte. Sehr schlau von euch. Vielleicht« – er grinste, so dass sein blauer Zahn funkelte – »können wir ja einen Handel machen.«
Contessa Carmelina trat vor. Sie sah Caruso mit vernichtendem Blick an. »Wir sind uns ähnlich, Caruso.« Sie zog die dünnen Augenbrauen hoch. »Falls Sie überhaupt so heißen.«
Er sah sie höhnisch an. »Und zwar *Graf* Caruso. Vor allem *Sie* sollten das nicht vergessen.«
Rose hielt die Luft an. Hoffentlich klappte Tims Plan.
Etwas erregte ihre Aufmerksamkeit, während der falsche Graf und die echte Gräfin sich mit Blicken maßen. Einer von Carusos Wachen war älter als die anderen. Er hatte weiße Haare und einen säuberlich gestutzten Bart. Seine Augen waren groß geworden, als die Gräfin das Wort ergriffen hatte, und nun sah Rose, wie er mit den umstehenden Wachleuten flüsterte.
»Hier ist mein Angebot«, verkündete die betagte Gräfin. »Ich möchte, dass meine Enkelin freikommt und ihr Leben in ihrem Hotel ohne Einschränkung fortsetzen kann.«
»Warum in aller Welt sollte ich dem zustimmen?«, fragte Caruso.

»Ich schlage einen Austausch vor«, fuhr die Gräfin fort. »Sie händigen den Glycks Sunny aus, und im Gegenzug können Sie Ihre beiden Häftlinge zurückhaben – Lily Le Fay und mich.«

Sunny ließ fast ihr Backbuch fallen. »Großmutter! Das kannst du nicht machen!«

Rose ergriff die Hand von Contessa Carmelina, und beide lächelten Sunny beruhigend zu. »Wissen Sie noch, was Sie mir oben am Brunnen gesagt haben?«, fragte Rose leise.

Sunny überlegte einen Moment. »Dass du nicht ertrinken wirst?«

»Nein, danach«, sagte Rose. »Sie haben gesagt: ›Vertraue mir.‹ Jetzt bitte ich Sie, das Gleiche zu tun.«

Caruso runzelte die Stirn. »Ich nehme an, ich könnte die Kanäle wieder entleeren und das Leben würde wieder zum normalen Zustand zurückkehren.« Er strich sich übers Kinn. »Aber das würde bedeuten, Rosmarin Glyck gehen zu lassen. Hmm. Was für eine Zwickmühle! Was für eine Klemme!«

»Tu's nicht, *papà!*«, rief Fela. »Das Mädchen muss uns immer noch verraten, was sie mit No Direction gemacht hat!« Sie warf der versammelten Glyck-Truppe einen finsteren Blick zu. »Und überhaupt, diese Lily kann ich nirgends sehen. Die ist schon längst abgehauen!«

»Stimmt nicht!«, sagte Basil. »Wir haben sie hier bei uns.« Er schob Tymo und Devin zur Seite, so dass Lilys magere Gestalt zu sehen war. Sie trug immer noch ihren modischen gestreiften Häftlingsanzug, obwohl er sehr schlecht an ihr saß. Den Kopf hielt sie gebeugt, so dass ihr Gesicht von ihren langen, glatten schwarzen Haaren verdeckt war. »Tja, Tante Lily, nun heißt es, zurück ins Gefängnis.«

Caruso rief: »Heben Sie das Kinn, Le Fay! Seien Sie nicht so verschämt!«

Sie schüttelte den Kopf.

Carusos Stirnrunzeln verstärkte sich. »Ihr würdet eure Tante einfach so drangeben? Für eine Frau, die ihr eben erst kennengelernt habt?«

Tymo zuckte die Schultern. »Wir konnten sie sowieso nie leiden. *El Tiablo* hat uns die ganze Mühe eingebrockt, sie retten zu müssen, nur, um uns dann weiszumachen, dass sie sich absichtlich hat fangen lassen. Wer macht denn so was?«

»Sie ist echt schlimm«, sagte Devin. »Sie hat versucht, einen Keil zwischen mich und Rose zu treiben.«

»Nie krault sie mich hinter den Ohren«, sagte Gus.

»*Mich* krault Mademoiselle überhaupt nicht!«, piepste Jacques.

Caruso wirkte noch nicht völlig überzeugt.

Doch dann sagte er mit einem Lachen: »Gut, ich werde einer Herde geschenkter Gäule nicht ins Maul schauen. Kommen Sie herüber, sogenannte Gräfin. Und Sie auch, Lily Le Fay.« Er machte den Wachen ein Zeichen, Sunny gehen zu lassen. »Gehen Sie zu Ihren neuen Freunden, Sunny. Hauen Sie ab!«

Sunny zögerte nicht lange und rannte los, um ihre Großmutter zu umarmen. Doch Contessa Carmelina hielt die Umarmung kurz. Sie ließ ihre Enkelin los und packte Lilys Hand. Und dann gingen sie gemeinsam los – um wieder Carusos Häftlinge zu werden.

»Ach Großmutter!«, rief Sunny verzweifelt.

Doch ehe die Gräfin bei Caruso angekommen war, ertönte eine Hupe.

Alle drehten sich zur Hauptstraße um. Ein Golfmobil kurvte kreuz und quer über die breite Kopfsteinpflasterstraße und hielt schließlich mit quietschenden Reifen an.

Dann stiegen zwei Personen aus.

Als Rose die beiden erkannte, fröstelte sie vor Angst. Das war nicht Teil des Planes.

Eine der beiden war die große, kantige Louann Leatherhead. Die andere – die Fahrerin – war ihre rundliche, origamibesessene Schwester Suzanne. Beide trugen gleiche weiße Blusen und Hosen, Designersonnenbrillen und ausladende Strohhüte. Auf der Krempe von Suzannes Hut steckten diverse Origamiblumen und dazwischen – falls Rose sich nicht täuschte – der spionierende Origamischwan, der träge mit den dreieckigen Papierflügeln schlug.

Suzanne streckte die fleischigen Arme. »Was für eine anstrengende Reise!«, trällerte sie. »Aber ein herrlicher Ausblick!«

Louann sortierte ihre langen Gliedmaßen und kletterte aus dem Mobil. »Wen kümmert der Ausblick!«, lamentierte sie. »Ich mache mir mehr Gedanken um diesen lügenden Spitzel, der sich Graf nennt.« Sie ließ ihre Fingerknöchel knacken und starrte Caruso direkt an.

Und dann hörte Rose ein Geräusch, das sie niemals erwartet hätte – ein Kichern des prahlerischen Caruso, das ausgesprochen *nervös* klang.

»Suzanne!«, rief er mit versagender Stimme. »Louann! Wie wunderbar, Sie zu sehen!«

Louann forderte ihre Schwester mit einer Geste ihres langen Arms auf, ihr zu folgen. Dann stapfte sie an den Glycks vorbei und stellte sich vor Caruso sowie vor die echte Gräfin und die verschämt zu Boden blickende Lily Le Fay.

»Die Internationale Nudelholzgesellschaft wird ja *so*

zufrieden sein.« Louann stieß Caruso ihren spitzen Finger in die Brust. »Über Jahre haben die Mitglieder der Nudelholzgesellschaft mich und Suzanne für verrückt erklärt, weil wir behauptet haben, dass Sie das ganze Quellwasser horten!«

Caruso trat einen Schritt zurück. »Nicht *ich* bin es, den Sie suchen, meine Damen!« Er deutete auf die langhaarige Gefangene. »Es ist Lily Le Fay! Sie – sie steckte hinter allem. Hinter dem Ablassen der Kanäle, dahinter, allen weiszumachen, dass ich dahintersteckte, hinter allem! Und hier ist sie!«

Endlich hob die langhaarige Gestalt den Kopf – und man sah einen struppigen Bart und ein zahnloses Lächeln. Tim winkte mit dem Finger und sagte: »Hallo.«

Suzanne fuhr zurück. »Caruso! Was haben Sie mit ihr gemacht?«

»Das ist nicht Lily, du Idiotin«, bellte Louann. »Das ist ein Mann!«

»Nennen Sie mich Tim«, sagte Tim. »Oder nennen Sie mich, wie Sie wollen, solange Sie mich irgendwie nennen.«

Caruso machte ein entgeistertes Gesicht. »Aber … wo ist Lily?«

»Die brauchen wir jetzt sowieso nicht mehr!«, sagte

Louann. »Die Kanäle sind wieder gefüllt mit Quellwasser, mehr Beweise sind nicht nötig, damit die restliche Nudelholzgesellschaft die Stadt erstürmt.« Sie packte Caruso und schüttelte ihn. »Sie kommen mit uns mit. Sie müssen eine Menge erklären.«

»Genug!« Contessa Carmelina trat vor. »Genug mit dem ganzen Schabernack!«, erklärte sie. »Der Mummenschanz ist zu Ende. Meine Enkelin ist vor diesem Mann in Sicherheit, und ich muss nicht mehr so tun, als ob ich einen Fußfall vor ihm mache. *Ich* bin die wahre Gräfin von San Caruso, und ich will, dass Sie alle *meine Stadt verlassen*!«

Alle starrten die betagte Frau entgeistert an, überrascht, dass eine so kräftige und herrische Stimme von einer so zarten Person kommen konnte – von einer Person, die noch in Häftlingskleidern war.

Contessa Carmelina stellte sich dicht vor Louann, die eingeschüchtert auf ihre halbe Größe zu schrumpfen schien.

»Die Lage in San Caruso hat sich geändert«, fuhr Contessa Carmelina fort. »Ich bin die rechtmäßige Regentin, und dieser Mann ist ein Scharlatan. Wenn Sie ihn festnehmen wollen, weil er Sie hintergangen hat, dann tun Sie das und entfernen Sie ihn und seine Tochter aus unserer Stadt.« Louann setzte zu einer Entgegnung an, doch die Gräfin hob einen Finger, um sie zum Schweigen zu bringen. »Beeilen Sie sich jedoch«, fuhr sie fort. »Wenn Sie nicht innerhalb einer Stunde von hier verschwunden sind, dann lasse ich Sie – und ihn – in den Kerker werfen.« Sie hob drohend eine Augenbraue. »Wo er mich all die Jahre festhielt – wenn ich mich nicht irre, auf Befehl der Nudelholzgesellschaft.«

»*Papà!*«, jammerte Fela und drehte sich im Kreis, als wisse sie nicht, wohin sie sich wenden sollte. »Diese schreckliche alte Frau versucht dir einzureden, dass *sie* die Gräfin ist! Bestrafe sie!«

Caruso klopfte sich die Kleider zurecht. »Sie redet natürlich Unsinn. Diese Frau hat hier nichts zu sagen.« Er winkte die versammelten Wachleute herbei. »Dieses Spielchen hat lange genug gedauert. Wachen, nehmt sie und alle anderen fest, damit die Leatherhead-Schwestern und ich in Ruhe eine zivilisierte Unterhaltung führen können.«

Doch die Wachen rührten sich nicht.

Stattdessen verneigten sie sich alle vor Contessa Carmelina.

»Gräfin«, sagte der alte bärtige Wachmann und hielt seine Mütze ehrerbietig vor der Brust. »Ich war gerade neu eingestellt, als Sie während des Putsches verschwanden, aber in meiner Jugend habe ich immer bewundernd zu Ihnen aufgesehen. Wenn wir Wachleute gewusst hätten, dass man Sie hier gefangen hielt, dann hätten wir Sie schon vor langer Zeit befreit.« Er sah sie fest an und fuhr fort: »Zu Ihren Diensten, jetzt und immerdar.«

Caruso fielen fast die Augen aus dem Kopf. »Aber«, stotterte er, »aber – aber –«

»Jawoll!«, rief Basil und stieß die Faust in die Luft. »Nehmen Sie sie fest, und geben Sie ihnen nie mehr was anderes zu essen als Rosenkohlmuffins!«

Contessa Carmelina lächelte Basil an, dann nickte sie dem älteren Wachmann zu. »Begleiten Sie diese zwei Frauen, den angeblichen Grafen und seine Tochter aus der Stadt. Ich will sie nicht mehr in der Nähe meines Sitzes haben.«

»Das können Sie nicht tun!«, schrie Caruso, als die Wachen sich auf ihn stürzten, ihn bei den Armen packten und ihn vom Boden hoben. »Sie wissen nicht, was mir die Nudelholzgesellschaft antut! Werfen Sie mich in den Kerker! Bitte, bitte!«

Die Gräfin wedelte mit den Händen, und die Wachen zerrten den benommenen Caruso zu dem Golfmobil.

»Wir sind hier noch nicht fertig!«, sagte Louann und stampfte mit dem Fuß auf.

»O doch«, sagte die Gräfin, »das sind Sie. Und Sie werden niemals wieder nach San Caruso zurückkommen oder unser Wasser anrühren. Bringt sie fort!«

Die übrigen Wachmänner – alle außer dem alten Mann – umringten die protestierenden Schwestern und zerrten sie hinter Caruso her. Fela versuchte wegzulaufen, bis einer der Wachen sie sich über die Schulter warf, und sie wie einen Sack Kartoffel forttrug.

»No Direction!«, jammerte Fela. »Ich werde euch räääächen!«

Schon bald waren die lärmenden Gestalten in Richtung Stadttor verschwunden und fast ganz und für immer aus San Caruso entfernt.

»Kann ich jetzt unbesorgt rauskommen?« Tante Lily streckte den Kopf von der Treppe unter der Brücke heraus, wo sie sich versteckt hatte.

»Da hast du 'ne ganz schöne Show verpasst!«, sagte Devin und reichte ihr helfend die Hand.

»Wir haben es geschafft!«, krähte Basil und hüpfte erregt auf und ab. »Wir haben Tante Lily *und* San Caruso gerettet. Und das haben wir dir zu verdanken, Rose!«

Tymo klopfte seiner Schwester auf den Rücken. »Du warst eine großartige Anführerin, wie immer, *mi hermana.*«

Rose wich zurück. »Ich hab doch gar nichts gemacht! *Ihr Jungs* habt uns aus dem Brunnen gerettet, und es war *Tims* Idee, Caruso zu überlisten.« Sie winkte dem alten Häftling zu, der dasaß und sich die glatten schwarzen Haare kämmte. »Und ohne *Gus und Jacques* wären wir verloren gewesen.«
Gus strich Rose zwischen den Beinen durch und schnurrte. »Ich nehme das Kompliment an.«
»Ich auch«, quiekte Jacques von Roses Schulter.
Devin drückte Rose. »Aber nur ein wahrer Anführer kann andere dazu bewegen, ihr Bestes zu geben«, sagte er. »Du verdienst den Lorbeerkranz! Echt! Als wir in unseren Blasen über die Mauer gehüpft sind, weißt du, was da mein erster Gedanke war?«
Rose schüttelte den Kopf.
»Dass das *überirdisch* war!«, antwortete er. »Aber weißt du, was dann mein zweiter Gedanke war? Ich fragte mich: ›Was würde Rose jetzt tun?‹«
»Das stimmt!«, sagte Basil. »Sowohl das ›Überirdisch‹ als auch die Sache mit dir. Er hat mich und Tymo gefragt, und wir haben alle versucht, wie du zu denken. Das war ganz schön schwer, muss ich sagen.«
»Vielen Dank«, sagte Rose. »Es ist gut, ein Team um sich zu haben.«
In dem Moment trat Sunny zu Rose – sie hatte nie

glücklicher ausgesehen. »Rose!«, sagte sie. »Ich bin so froh, dich kennengelernt zu haben. Euch alle.«
»Ich auch«, sagte Rose. »Wohin geht Ihre Großmutter?«
Die Gräfin wurde von dem älteren Wachmann die Stufen hinaufgeleitet.
»Sie macht sich in ihrem neuen, wiedergewonnenen Zuhause etwas frisch, dann tritt sie mit einer Mitteilung vor die Stadt.« Sunny lächelte den Glycks verschmitzt zu. »Keine Sorge, wir haben schon Pläne für eine Renovierung.« Sunny nahm Rose bei der Hand und sagte: »Komm, ich möchte dich Großmutter Caruso ganz offiziell vorstellen.«
Rose warf einen Blick zurück auf die Stadt, die vor Freude über die Rückkehr des Wassers, das ihnen so lange von dem falschen Grafen vorenthalten worden war, immer noch regelrecht vibrierte. Zu wissen, dass sie und ihre Familie das bewerkstelligt hatten, erfüllte Roses Herz mit so viel Freude, dass sie das Gefühl hatte, es könnte gleich bersten. Und doch war das Gefühl noch ein kleines bisschen gebremst, weil ihr dämmerte, dass ihre Arbeit noch nicht vollständig beendet war.
»Sehr gerne würde ich Ihrer Großmutter ganz offiziell die Hand drücken«, sagte Rose. »Aber wir müssen un-

bedingt den nächsten Flug nach Hause kriegen.« Entschlossen sah sie hinüber zu ihrer Familie und Devin. »Wir müssen nämlich noch eine weitere Stadt retten.«

Kapitel 18
Rosa Wolken

Auf dem Weg vom Flughafen zurück nach Calamity Falls wurde der Familienvan der Glycks kurz vor der Stadtgrenze immer langsamer und hielt schließlich an. Balthasar konnte nicht weiterfahren. Er wurde von einer durchscheinenden rosafarbenen Decke aufgehalten. Das netzartige rosa Gewebe erstreckte sich von Ästen über Telefonmasten zu Wasserhydranten quer über die Straße und versperrte die Weiterfahrt.

Eine neue Plage war ausgebrochen.

Von weitem sah es aus, als sei die Stadt von einem dunstigen rosafarbenen Nebel umhüllt. Aber jetzt, nachdem sie näher dran waren, konnte Rose erkennen, dass es sich um etwas viel Schlimmeres handelte.

Großvater Balthasar öffnete die Tür und stieg aus. »Das sieht nicht gut aus. Nein. Das ist sogar sehr, sehr unangenehm.«

Tante Lily schob die Seitentür des Vans auf, und die vier Kinder kletterten aus dem Wagen. Gus und Jacques sprangen hinter ihnen heraus. Obwohl der Sommernachmittag warm war, fröstelte Rose.

Sie befanden sich am Rand der Stadt, wo die Wälder der Umgebung bis an die ersten Häuser und eine Tankstelle heranreichten. Um diese Tageszeit rumpelten normalerweise Dutzende von Autos und Jugendliche auf Fahrrädern über die Straße, und die Bewohner mähten den Rasen in ihren Vorgärten.

Stattdessen war kein Mensch im Freien.

Es war unheimlich still. Sie ließen den Van, der das einzige Fahrzeug weit und breit war, mitten auf der Straße stehen.

Vor ihnen breitete sich ein zartrosa Gewebe aus wie ein riesiges Spinnennetz. Jeder Zentimeter der Straße und der Vorgärten und Hecken war in das klebrige Geflecht gehüllt, das praktisch die gesamte Stadt erstickte.

»Alles ist wie in einem Kokon eingesponnen«, sagte Devin.

»Und alles wegen mir«, jammerte Tante Lily. »Es tut mir so leid.«

Rose drückte ihre Tante. »Das, was die Leatherhead-Schwestern da gemacht haben, ist doch nicht deine Schuld, Tante Lily.«

Großvater Balthasar hockte sich vor das rosafarbene Gespinst, das die Straße überspannte, und stocherte darin herum. Er packte einen der langen Stränge und zerrte daran, aber sosehr er auch zog, er ließ sich nicht abreißen.

»Vielleicht kann ich behilflich sein«, sagte Gus und kam angeschlichen. Mit zwei raschen Schlägen seiner Krallen löste er einen Knoten aus Strängen ab. Großvater Balthasar ergriff ihn, ehe er auf dem Boden landete – und steckte ihn in den Mund.

»Großvater!«, rief Basil. »Man kann doch etwas, das man draußen findet, nicht einfach in den Mund stecken! Glaub mir, ich hab das auf schmerzliche Weise lernen müssen!«

Großvater Balthasar richtete sich auf und kaute nachdenklich. Er schluckte alles hinunter und verkündete: »Das ist Zuckerwatte.«

»Ach so«, sagte Basil und zupfte an dem süßen Zeug. »Dann können wir uns vielleicht einfach durchfressen!«

»Klingt eher danach, als würde man davon Karies kriegen«, sagte Tymo. »Dann siehst du wie Tim aus!«

Großvater Balthasar eilte zum Van zurück. Er kramte in dem Gepäck im Kofferraum und kam kurz danach mit einer riesigen Machete zurück.

»Äh, wofür ist *die* denn, *abuelo*?«, fragte Tymo.

Devin konnte seine Aufregung kaum in Zaum halten. »Die sieht ja gefährlich aus. Kann ich sie mal halten?«

»Jetzt nicht, Junge«, erwiderte Großvater Balthasar. Er hackte auf die Stränge von Zuckerwatte ein, und flauschige Fetzen des gesponnenen Zuckers rieselten zu Boden. Basil rannte zu ihm, fing ein paar der Fetzen auf, ehe sie auf dem Pflaster landeten, und steckte sie in den Mund, bis seine Wangen so rund waren wie die eines Hamsters.

»Ich habe mal einen Ausflug in den Urwald gemacht, als ich in Mexiko lebte«, erzählte Großvater Balthasar. »Ich musste ein paar Zutaten sammeln.« Er hackte wieder los und schlug eine größere Bresche in das Netz. »Mit Macheten kann man sich gut durch Lianen und Buschwerk schlagen – und, wie es den Anschein hat, auch durch Schichten von Zuckerwatte.«

Tante Lily folgte Balthasar durch das Gespinst. »Kommt, wir schlagen uns bis zur Glücksbäckerei durch«, sagte sie. »Wir müssen Polly und Albert finden und das Zeug so schnell wie möglich vernichten.«

Es dauerte eine Stunde, die Zuckerwatteschicht zu durchtrennen – Tante Lily übernahm die Machete, als Großvater Balthasars Arm schlappmachte –, aber mit der Zeit gelang es ihnen, sich ganz bis zur Tür der Glücksbäckerei durchzuhacken. Alle hatten, als sie ankamen, in den Haaren Büschel von rosa Zuckerwatte kleben, die allerdings tatsächlich lecker schmeckte, daher stopfte Rose sich auch ein paar Fetzen in den Mund.

Die Schaufenster der Bäckerei waren dunkel und an der Tür war ein Schild: *Geschlossen.* Rose spähte besorgt an Tante Lily und ihrem Großvater, der den Schlüsselbund suchte, vorbei – da entdeckte sie in der Backstube direkt hinter der Schwingtür ein Licht.

»Da ist jemand drin!«, rief sie. »Schnell, gehen wir rein!«

Endlich fand Großvater Balthasar den richtigen Schlüssel und schloss auf. Das Glockchen an der Tür bimmelte, was ein vertrautes Geräusch war. Doch Rose konnte, nachdem die gesamte Stadt in einem Dschungel von klebrigem Zuckerzeug steckte, keine Erleichterung darüber verspüren, wieder daheim zu sein.

Sie rannte in die Backstube. Sie konnte riechen, dass etwas Warmes, Buttriges gebacken wurde – die Art von

Backwerk, die nur ihre Mutter zu backen pflegte, und zwar Tag für Tag.
In der Essecke saßen zwei Gestalten. Beide blickten auf, als Rose durch die Schwingtür stob, und stießen beinahe ihre dampfenden Kaffeetassen um.
»Rose, du bist zurück!«, rief Chip. Er war der Bäckergehilfe ihrer Mutter, ein klobiger Kerl, der kaum in die Nische passte. Ihm gegenüber saß Mrs Carlson, die schottische Babysitterin. Sie hatte eine gelbgeblümte Bluse an, die zu ihren blondgefärbten Locken passte.
»Hi, Chip«, sagte Rose. Ihre Geschwister, ihr Großvater und Devin waren inzwischen auch in die Backstube gekommen. »Hi, Mrs Carlson. Wo sind Mom und Dad?«
Mrs Carlson verzog missbilligend den Mund. »Du kommst ja gleich zur Sache, was? Fragst nicht mal: *Wie sind Sie zurechtgekommen, seit Sie in der Bäckerei festsitzen, weil Ihr Zuhause in zuckrige Netze eingesponnen ist?* Tz, tz, diese Kinder heutzutage!«
»Wir müssen wissen, wo Mom und Dad sind«, sagte Basil. »*Sofort.*«
Chip kratzte sich den blanken Schädel. »Polly und Albert haben von oben Zubehör geholt, haben Nella geschnappt und sind um ungefähr zwei Uhr zur Hinter-

tür hinaus, ausgerüstet mit Gartenscheren, um sich durch die Netze zu schneiden. Sie hatten Langlaufskier angeschnallt.«
»In welche Richtung sind sie gegangen?«, fragte Tante Lily.
»Auf den Kahlen Kopf«, antwortete Mrs Carlson und nahm einen Schluck Kaffee. »Warum sie allerdings zu einem so ungünstigen Zeitpunkt einen *Ausflug* machen müssen, ist mir schleierhaft.«
»Kahler Kopf«, wiederholte Rose und zog Devin bereits zur Ladentür zurück. »Dann nichts wie hin!«

Oben auf dem Kahlen Kopf bog Balthasar mit quietschenden Reifen auf den Schotterparkplatz. Am anderen Ende des Geländes war eine große Waldlichtung – der kahle Platz, der dem Berg den Namen gegeben hatte. Und mitten auf der Lichtung, den Blick auf die wandernden Wolken gerichtet, standen Polly, Albert und Nella.
Rose schob die Seitentür des Wagens auf und sprang hinaus, ehe er noch richtig angehalten hatte. Die anderen folgten. Ihre Schritte knirschten auf dem Schotter. Rose wedelte mit den Armen und rief: »Mom! Dad! Nella!«
Nella hörte sie als Erste. Sie trug einen himmelblauen

Regenmantel und pinkfarbene Gummistiefel und hatte die Kapuze über die schwarzen Haare gezogen. Ihre Augen leuchteten auf beim Anblick ihrer großen Schwester, und das kleine Mädchen rannte über das Gras und sprang Rose in die Arme.

»Rosie!« Nella umklammerte Roses Hals. »Du hast mir so gefehlt! Und außerdem hast du das Limonadenwasser verpasst!« Sie ließ Rose wieder los und flüsterte: »Nicht Mom sagen, aber ich hab einen ganzen Becher mit Erdbeergeschmack getrunken.«

»Ich sag nichts«, versprach Rose. »Ach Nella, du hast mir ja auch so gefehlt.«

Polly und Albert wandten den Blick von den Wolken, als sie die Stimmen hörten. Wie Nella waren sie regenfest ausgestattet und hatten orangefarbene Plastikcapes an. Obwohl sie sich ja nur ein paar Tage nicht gesehen hatten, war Rose überglücklich, ihre Eltern in die Arme zu schließen, ihre Mutter mit ihren schwarzen Locken und dem lieben Gesicht und ihren großen, schlaksigen Vater, dessen Lächeln von seinem buschigen roten Bart umrahmt wurde.

»Mom!«, sagte Basil und schlang die Arme um die Taille seiner Mutter. »Mann, wir müssen euch vielleicht eine Menge erzählen. Wir haben ein Konzert gegeben, das ausverkauft war, und ich war der Star, und ich finde, ich sollte *Musikclown* werden und Witze über Oboen reißen und so!«

»Hört nicht auf ihn, *madre* und *padre*«, sagte Tymo. »Der Star war eindeutig ich.«

Polly sah die versammelten Glycks an. »Ich bin froh, dass ihr alle gesund und munter zurück seid. Wir sind den ganzen Tag beschäftigt gewesen und haben euren Anruf wohl verpasst.« Sie lächelte Devin freundlich zu. »Deine Eltern werden auch froh sein, dass dir unter der Obhut der Glycks nichts zugestoßen ist.«

Devin nickte. »Jeder in Calamity Falls weiß, dass man sich auf die Glycks verlassen kann.«

»Habt ihr Graf Caruso besiegt?«, fragte Albert.

»Darauf kannst du wetten«, sagte Balthasar und zog Albert in eine Umarmung. »Aber davon können wir euch später erzählen. Wie es aussieht, haben wir ein größeres Problem, das erst mal gelöst werden muss.«

»Ja«, fing Polly an. »Ich – oh.« Roses Mutter erstarrte. Sie hatte jetzt erst Tante Lily gesehen, die hinter Rose und Devin auftauchte. »Lily.«

Da wurde Rose klar, dass ihre Eltern Lily ja nur ganz kurz auf dem Bankett in Washington D.C. gesehen hatten, ehe sie verschwunden war. Ihnen ging es wie Großvater Balthasar vor der Italienreise – sie waren nicht im Bilde, dass Lily sich gewandelt hatte. Rose war am Anfang ja auch nicht sicher gewesen, ob sie Lily vertrauen kann, daher verstand sie das Zögern ihrer Eltern. Aber Lily hatte so viel durchgemacht. Sie hatte sich als durch und durch geläutert erwiesen.

Rose nahm die Hand ihrer Tante. »Mom«, sagte sie, »Tante Lily hat beschlossen, mit uns zurückzukommen. Ich hoffe, das ist in Ordnung.«

Polly verschränkte die Arme und musterte Lily streng. Nach einem Augenblick umspielte ein kleines Lächeln ihre Lippen. »Nach allem, was du hast ertragen müssen, Lily, glaube ich, dass du ein gemütliches warmes Bett verdient hast und bessere Gesellschaft als diesen Caruso.«

»Er heißt vielleicht nicht mal so, Mom«, sagte Basil. »Kannst du dir das vorstellen?«

»Kann ich sehr wohl«, sagte Polly.

Lily seufzte erleichtert. »Ich danke dir, Polly. Und dir auch, Albert. Wir müssen über eine Menge reden.« Sie deutete hinter Roses Mutter. »Wir sollten uns aber jetzt um diese Zuckerwatte-Plage kümmern, damit die Leute wieder aus ihren Häusern kommen können.«

»Hey, was ist das?«, fragte Devin und kauerte sich vor eine Anzahl von Flaschenraketen, die in der Erde steckten. Er sah sich eine davon genau an und sagte: »Sind da Brausestangen dran?«

»Halt mal!«, schrie Basil. »Sind das *meine* Flaschenraketen? Mom! Dad! Die brauche ich!«
Albert tätschelte Basil den Rücken. »Tut mir leid, Kumpel, die mussten wir beschlagnahmen. Es ist ein Notfall, weißt du?«
»Wie sieht euer Plan aus?«, fragte Rose.
Polly mache ein ernstes Gesicht. »Tja, wir haben eine Ladung *Brause-die-einem-das-Wasser-im-Mund-zusammenlaufen-lässt* gemacht«, erklärte sie ihrer Tochter, »die wollen wir in die Wolken hochschießen.«
»Was soll das bewirken?«, fragte Devin.
»Du solltest dich doch wohl inzwischen mit dem Zauberkram auskennen, Junge«, sagte Großvater Balthasar. »Rate mal.«
Devin neigte den Kopf zur Seite und überlegte. »Na ja, wenn einem die Brause das Wasser im Mund zusammenlaufen lässt, dann laufen die Wolken vielleicht auch aus.« Er schnippte mit den Fingern. »Ach so, ihr versucht, Regen zu machen, damit die ganze Zuckerwatte schmilzt!«
Rose strahlte Devin an. Er begriff schnell.
»Deshalb seid ihr also wie für einen Regenguss angezogen«, sagte Tymo. »Ich dachte schon, mir sei ein neuer Modetrend entgangen, während ich weg war.«
»Das klingt nach einem tollen Plan«, sagte Rose zu ih-

ren Eltern. »Aber warum macht ihr so enttäuschte Gesichter?«
Albert blickte wieder zum Himmel. »Wir haben nicht genug Raketen dafür. Die bewirken vielleicht ein paar Tropfen Regen, aber wir brauchen ein *Unwetter*, damit die Zuckerwattenetze schmelzen und weggewaschen werden. Wenn wir nicht bald eine Idee haben, wird der Zucker so hart, dass wir ihn gar nicht mehr auflösen können.«
Polly schüttelte den Kopf. »Was wir jetzt brauchen, ist ein Wunder.«
»Oder«, sagte Rose und grinste, »wir brauchen jemand mit einer eigenen Fliegerstaffel. Tymo, leihst du mir dein Handy?«

Eine halbe Stunde später stand der gesamte Glyck-Clan – samt Devin – auf dem Kahlen Kopf und beobachtete einen Doppeldecker, der Loopings durch die Wolken flog und eine glitzernde Spur von Brausestaub hinter sich herzog. Der Staub wurde von den Wolken aufgesaugt, die schon bald dick und dunkel wurden. Donnergrollen erfüllte die Luft, und ein frischer Wind kam auf. Der Kahle Kopf verdüsterte sich, und das helle Tageslicht wurde von verzauberten Sturmwolken verhüllt.

Kathy Keegan war Rose wieder einmal zu Hilfe gekommen.
»Es klappt!«, rief Basil.
»Juhu, Rosie!«, jubilierte Nella.
Pollys orangefarbenes Regencape flatterte ihr um die Schultern. »Es ist noch zu früh zum Feiern, Kinder!« rief sie durch den Wind. »Zurück zum Van!«
Alle rannten zum Wagen und stiegen ein, da schlugen auch schon die ersten dicken Tropfen an die Windschutzscheibe. Rose schob die Seitentür zu und Großvater Balthasar fuhr in Richtung Stadt los.
Windböen erfassten den Wagen und schaukelten ihn hin und her. Es schüttete so heftig, dass Rose kaum aus den überströmten Fenstern sehen konnte.
»Wow!«, sagte Basil. »Es funktioniert!«
Und das tat es wirklich. Die Zuckerwatte konnte dem sintflutartigen Regenguss nicht standhalten. Als sie sich den ersten Häusern mit den Zuckergespinsten näherten, schrumpfte die Zuckerwatte, wurde wässrig, fiel in nassen Matsch zusammen und floss über die Gullys ab. Die Gespinste über den Bäumen schmolzen ab, wurden zu dicken Tropfen und fielen von den Blättern wie ein sirupartiger rosafarbener Regen.
Während Großvater Balthasar vorsichtig die rutschigen Straßen entlangfuhr, drückte Rose die Nase an die

Scheibe und sah, wie die Leute die Fensterläden öffneten und vor Freude jubelten. Eine Mutter und ihre Tochter tanzten sogar auf dem Rasen, nass bis auf die Haut, so dass rosafarbene Fontänen aufspritzten.

»Dem Himmel sei Dank für Kathy Keegan«, sagte Rose.

»Dem Himmel sei Dank, dass es *dich* gibt«, erwiderte Polly. »Und euch alle. Kathy wäre uns nicht zu Hilfe gekommen, wenn sie nicht an dich glauben würde und an all die gute Arbeit, die du tust.«

»Die *wir* tun«, sagte Tymo und lehnte sich an Tante Lily.

»Das stimmt«, sagte Polly. »Die gute Arbeit, die *wir alle* tun. Wir als Familie.«

Es regnete immer noch, als der Van in die Auffahrt der Bäckerei fuhr. Drinnen legten alle Glycks ihre Regensachen ab und versammelten sich vor den großen Ladenfenstern, um zu beobachten, wie der Zauberregen Calamity Falls von seiner neuesten – und hoffentlich letzten – zuckrigen Plage befreite.

»Da seid ihr ja wieder!«, sagte Chip und kam durch die Schwingtür, gefolgt von Mrs Carlson. Sie trugen ein Blech mit frischgebackenen Teebrötchen – daher war der Duft gekommen, den Rose bei ihrer Rückkunft gerochen hatte.

»So ist es«, sagte Polly und machte die Lampen an. »Setzt euch, alle miteinander, und wärmt euch auf. Ich mache heiße Schokolade.«

Tymo und Basil balgten sich an der Verkaufsvitrine, während Großvater Balthasar, Tante Lily und Albert sich an den Bistrotischen niederließen und leise miteinander redeten. Nella half Chip und Mrs Carlson, die Teebrötchen auszuteilen.

Und Rose und Devin saßen an einem Extratisch, hielten unter der Tischfläche die Hände und beobachteten das Unwetter draußen.

»Das Leben mit dir ist niemals langweilig, was, Rosmarin Glyck?«, sagte Devin.

Rose wurde rot. »Schon möglich. Aber du hast es mit deinen ganzen Explosionen noch interessanter gemacht.«

Devin zuckte die Schultern. »Was soll ich sagen? Explosionen sind einfach *super cool.*«

Draußen in der Ferne blitzte es, und man hörte Donnergrollen. Rose rutschte mit ihrem Stuhl näher an Devin. Obwohl beide feucht waren vom Regen draußen, fühlte Rose sich in seiner Nähe warm.

»Du hast ja ganz schön lang mit Kathy Keegan geredet«, sagte Devin. »Was hat sie denn gesagt?«

Als Rose Kathy Keegan gebeten hatte, mit dem Sprühflugzeug die Wolken platzen zu lassen, hatte die millionenschwere Bäckerin sofort ihre Hilfe zugesagt und sich dafür das Rezept für die *Brause-die-einem-das-Wasser-im-Mund-zusammenlaufen-lässt* notiert, um eine große Menge zu machen.

Aber es hatte noch mehr zu besprechen gegeben. Rose hatte ihr alles erzählt, was in San Caruso passiert war und wie sie ihr Möglichstes getan hatte, auch wenn sie zwischendurch mutlos gewesen war und schon hatte aufgeben wollen.

»Aber ich glaube, Sie hatten recht«, hatte Rose dann zu Kathy Keegan gesagt. »Ich glaube, ich bin jetzt bereit anzutreten und Bäckerin für ein übergeordnetes Wohl zu werden. Es gibt mehr Böses in der Welt als diesen Caruso und die Internationale Nudelholzgesellschaft.« Sie holte tief Luft. »Ich weiß vielleicht nicht immer, wie ich mich verhalten soll, aber ich habe ein Team, auf das ich mich verlassen kann und das mir dabei hilft, den richtigen Weg herauszufinden.«

Kathy Keegan am anderen Ende der Leitung war still geworden. Schließlich sagte sie: »Das finde ich eine gute Nachricht, Rose. Aber du bist noch jung. Was ist eine der grundlegenden Regeln beim Backen?«

»Geduld«, hatte Rose geantwortet und dachte an die Worte ihres Urururgroßvaters.

»Genau«, sagte Kathy. »Werde erst mal ganz zu der Person, die du sein sollst, und ich wende mich an dich, wenn ich jemanden mit deinen Talenten brauche.«

Die Schwingtür flog auf und Polly kam zurück. Sie trug ein Tablett mit dampfenden Bechern. Rose nahm einen und schloss die Hände darum.

»Kathy hat mir geraten, mich nicht zu sehr darum zu sorgen, dass ich die Welt retten muss«, sagte sie jetzt zu Devin, »zumindest vorerst nicht. Deshalb finde ich, dass ich mich erst mal darauf konzentriere, die beste Meisterbäckerin zu werden, die ich sein kann.«

Lily schloss die Augen und biss in ihr Teebrötchen. »Die sind ja köstlich!«, rief sie aus. »Polly, du musst mir das Zauberrezept geben.« Dann ließ sie den Kopf hängen. »Aber glaube nicht, dass ich dir deine Geheimrezepte stehlen will.«

Polly setze sich neben ihre Cousine. »Da ist diesmal kein Zauber drin, Lily. Nur das übliche – Zucker, Mehl, Butter.« Sie legte eine Hand auf die von Lily. »Und natürlich ein bisschen Liebe.«

Basil stöhnte. »Echt, Mom, wie kannst du so was sagen und dabei ernst bleiben!«

»Weil es stimmt«, sagte Lily zu Basil. »Das ist die Zutat, die mir immer gefehlt hat. Aber jetzt vielleicht nicht mehr.«

»Ihr seid beide unmöglich«, sagte Basil. Er schüttelte sich, als habe er etwas Saures verschluckt.
»Wohin willst du jetzt gehen, *Tia* Lily?«, fragte Tymo. »Paris? New York? Eine andere tolle Stadt?«
Lily überlegte einen Moment. »Ich dachte, ich bleibe eine Weile hier«, sagte sie und tauschte einen Blick mit Rose aus. »Im Moment bin ich genau da, wo ich sein möchte.«

Epilog
Neu in der Stadt

An einem frischen, kühlen Nachmittag einen Monat später fuhr Rose mit ihrem Fahrrad die Hauptstraße entlang. Im Fahrradkorb lag ein Sack Zucker aus dem Supermarkt. Es war ein sonniger Tag, und die Blätter der Bäume färbten sich schon ein wenig gelb und rot.

Erst vier Wochen waren vergangen, seit sie den Zuckerwatteschleier beseitigt hatten, und danach waren keine weiteren Plagen mehr aufgetaucht. Auch hatten sie nichts von der Internationalen Nudelholzgesellschaft gehört. Es schien so, als seien Calamity Falls und die Familie Glyck erst mal in Sicherheit.

Rose fuhr am Marktplatz vorbei und bog in die Straße

ein, die zur Bäckerei ihrer Eltern führte. Sie musste über Nella grinsen, die im Fenster stand und den Kunden, die draußen Schlange standen, Grimassen schnitt, doch sie fuhr weiter zu einem Haus, das an der nächsten Kreuzung lag.
Das Haus, vor dem sie anhielt, ähnelte dem der Glycks. Es hatte zwei Stockwerke, war pastellblau getüncht mit rosafarbenen Zierleisten und hatte Fensterläden. An der Hauswand lehnten Leitern und in der Auffahrt stand eine Palette mit Baumaterial. Das frisch gemalte Schild war mit einer Plastikplane abgedeckt, auf der man lesen konnte: *In Kürze Neueröffnung!*
Rose hob den Sack Zucker aus dem Korb und schlüpfte durch die Haustür. Wie die Tür der Glücksbäckerei hatte sie ein fröhliches Glockenspiel, das bimmelte, als Rose eintrat. Der Boden war noch mit Schutzpapier abgedeckt und die Wände waren erst halb gestrichen, aber es sah schon echt nett aus. Das Glas der Vitrine war blitzblank poliert. Rose hatte geholfen, mit Schablonen Blumenranken an die Wand zu malen, und das Ergebnis gefiel ihr ausgesprochen gut.
»Polly, du bist aber schnell zurück!«, kam eine Stimme aus der Küche. »Ich bin auch gerade erst gekommen!«
»Ich bin's, Tante Lily!«, rief Rose und stellte den Zu-

cker auf die Arbeitsfläche. »Ich hab den Vanillezucker, den du wolltest.«

Tante Lily kam in den vorderen Raum und strahlte. Sie hatte sich die Haare wieder kurzgeschnitten und trug eine gerüschte Schürze über ihrem schlichten, aber eleganten Outfit aus Hose und Bluse.

»Dann hast du deine Mutter gerade verpasst«, sagte Tante Lily und umarmte ihre Nichte. »Ich schwöre dir, sie hat mindestens dreimal pro Stunde eine neue Idee für Leckereien.« Sie kicherte, dann fragte sie. »Wie war's in der Schule?«

»Na, Schule eben«, sagte Rose mit einem Schulterzucken. »Wie geht's mit den Vorbereitungen für *Lilys Schokoladenladen*?«

Lily klatschte in die Hände. »Besser, als ich mir je hätte vorstellen können.« Sie deutete auf die Küche. »Könntest du mir vielleicht helfen? Ich probiere gerade ein neues Rezept für *Schokokaramellen* aus, mit dem deine Mutter heute Nachmittag daherkam. Ich glaube, wir haben etwas gefunden, wozu getrocknete Schrullen perfekt passen.«

»Das klingt ja wahnsinnig«, sagte Rose. »Ich helf dir gern.«

Beide gingen nach hinten, wo sie den restlichen Nachmittag über experimentierten und kosteten. Einmal lächelte Tante Lily Rose wehmütig zu. »Ich bin froh, dass wir uns wiedergefunden haben«, sagte sie.

Rose lächelte zurück. »Ich auch.«

Und obwohl es der eine oder andere für eine Lappalie hätte halten können, verglichen mit der Befreiung einer ganzen Stadt, entschied Rose, dass es der größere Erfolg in ihrem jungen Lebens als Meisterbäckerin war, ihrer Tante vergeben und sie nach Hause geholt zu haben.

»Also los«, sagte Rose und rührte die entscheidende Prise getrocknete Schrullen in die letzte Portion Karamell, »lass uns zaubern!«

Alle Bücher von Kathryn Littlewood

Habe ich		Wünsche ich mir
	›Die Glücksbäckerei – Das magische Rezeptbuch‹ (Band 1)	
	›Die Glücksbäckerei – Die magische Prüfung‹ (Band 2)	
	›Die Glücksbäckerei – Die magische Verschwörung‹ (Band 3)	
	›Die Glücksbäckerei – Die magische Verwandlung‹ (Band 4)	
	›Die Glücksbäckerei – Die magische Rettung‹ (Band 5)	
	›Die Glücksbäckerei – Die magische Zeit‹ (Band 6)	
	›Die Glücksbäckerei – Das magische Fest‹ (Band 7)	
	›Die Glücksbäckerei – Die magische Schule‹ (Band 8)	

Deine Wunschliste bitte hier ausschneiden.